空间感

刘心武 著

漓江出版社

图书在版编目(CIP)数据

空间感 / 刘心武 著. —桂林:漓江出版社, 2019.11
ISBN 978-7-5407-8713-4

Ⅰ. ①空… Ⅱ. ①刘… Ⅲ. ①散文集-中国-当代 ②小小说-小说集-中国-当代 Ⅳ. ①I217.2

中国版本图书馆 CIP 数据核字(2019)第 176357 号

空间感(Kongjiangan)

作者:刘心武

出 版 人:刘迪才
责任编辑:张玉琴
装帧设计:何 萌
责任监印:陈娅妮

漓江出版社有限公司出版发行
社址:广西桂林市南环路 22 号 邮政编码:541002
网址:http://www.lijiangbook.com
发行电话:010-85893190 0773-2583322
传 真:010-85890870-814 0773-2582200
邮购热线:0773-2583322
电子信箱:ljcbs@163.com

山东德州新华印务有限责任公司印刷
(山东省德州市经济开发区晶华大道 2306 号 邮政编码:253000)
开本:889 mm×1 194 mm 1/32
印张:12.125 字数:270 千字 彩插:7
版次:2019 年 11 月第 1 版
印次:2019 年 11 月第 1 次印刷
定价:45.00 元

关于这本书

书里有几幅水彩画，可以先翻看。它们不是所谓的“插图”，不是摘取文章中的场景加以“再现”。但这七幅图却又实实在在地与书里的文章血肉相连。

我们每个人的生命，总不免镶嵌在一定的时空中。对时间的敏感，往往大于对空间的敏感。从时间流逝中生发出的喟叹已经很多，但对自身所置身过的空间，有所感悟，而特意从“空间感”的角度诉诸文字，也非常必要。2012 年全年，我在《上海文学》杂志开辟了《空间感》的专栏，每期一篇，是纪实性的大散文。这十二篇大散文，构成了这本书的第一辑。我的写作追求，从中篇小说《立体交叉桥》、长篇小说《钟鼓楼》、短篇小说《5・19 长镜头》等就清晰地表明，不魔幻，非惨烈，而是对现实作精微逼真的描绘，倡宽厚，吁温良。如果以美术史上的例子来譬喻，则“野兽派”“达达主义”等的变形狂放虽新颖别致，却也有“超级现实主义”“照相现实主义”的另种趣味呈现。我的写作，长篇小说《四牌楼》是“真事隐、假语存”的手法，但那前后，我觉得真事何必定隐？开始钟情于纪实文本，但又不甘心于归附所谓的“报告文学”，于是有《私人照相簿》《树与林同在》的产生，文字与真实的照片交融在一起，试图引出读者深长的思考，这种文本，我让它有小说的特性，即出人物、有情节、设悬念、重细节，比如本书《你在东四第几条？》这篇，当成短篇小说阅读亦可，但里面的所有内容皆为真实存在。

本书第二辑是一组小小说，是为报纸副刊撰写的。有人对我说："写这样的小东西是成不了文豪的。"诚然。但人写作为什么一定要以成为文豪为目标？生命的意义可以设定得很伟大，也可以设定得很平凡。我曾写过一篇《给平凡以价值》的文章，在我看来，伟大也可能沦为虚妄，而平凡却可能接近高尚。我知道有不少读者没有时间啃大部头书籍，他们会阅读每天到手的报纸，翻翻副刊，浏览短文。这样的短文写好了，也可以拨动读者心弦。作为一个喜好写作的人，我心中一直有自己的读者存在，我知道他们期待着什么，我要在他们面对现实的焦虑中，和他们相濡以沫。我无力成为一座巍峨的灯塔，却可以点燃一支支亮烛。现在将这一支支亮烛排成方阵，奉献给喜我纳我的读者诸君。

本书第三辑收入的是以前未收录在书里的一些随笔。我在2012年年底，推出了《刘心武文存》40卷，把从1958年发表的第一篇文章，直至2010年年底的所有尚能记起找到的文字，全汇聚在了一起，意在供各方有兴趣的人士阅读欣赏、分析研究、批评批判、收藏保存。那么，《文存》所收下限以后的作品呢？出于敝帚自珍，我决定如有机会，也及时单本或汇聚出版。于是2011年出版了《刘心武续红楼梦》，2012年出版了《人生有信》，以前已经收录在书里重组出版的不算，再版的也不算，崭新的，2014年前后则有漓江出版社推出的《刘心武评点〈金瓶梅〉》、长篇小说《飘窗》，以及这一本内容与以前所出的所有书完全不重复的集子《空间感》。为此我要特别感谢漓江出版社对我的厚爱。这次《空间感》再版,我为第二辑、第三辑补充了共计大约 6 万字的 2015 年至 2018 年的新作,使这本书的时代气息,始终保鲜。

于时间敏感,对空间麻木,是一种心智的缺失。愿与读者诸君共勉:在流逝的时间中,能越来越铭心刻骨地回味、体悟那些镶嵌过或正框围住我们生命的空间。

2019 年 6 月　温榆斋中

目录

一

二

三

不言而喻

——北京饭店

一位外国朋友告诉我，他每次来北京，一定下榻北京饭店，他说，那好处是，回到他那国家，人家问起：在北京住哪儿呀？答曰："北京饭店。"别人就点头，双方就不用再啰嗦什么。如果回答是香格里拉、希尔顿、凯宾斯基……对方起码会说："啊呀，北京也有这些啊。"如果是完全中国味道的名字，则可能引出一番议论："什么含义呢？在北京什么地方？舒服吗？……"

一句"我住北京饭店"，一切就都不言而喻了：身份、财力、接待规格、享受到的特色、方便度、舒适度……

我八岁跟随父母来到北京。同来的还有小哥和姐姐。大哥和二哥那时都已在外地工作，所以不同行。父亲原来在重庆海关任职，1950年后被新的海关总署调京任用。从重庆乘船先往武汉，再从武汉乘火车来到北京，接待我们的总务处人员把我们带往台基厂海关总署里面，暂时安排在一座小洋楼的地下室里居住。父母的少年时代和青年时期，随祖父母在北京居住过，对于北京充满感情，重返故地的兴奋溢于言表，但小哥和姐姐却不以为然，他们初到北京，跑出机关大院去转悠一番后，回到地下室当我的面怪腔怪调地调侃："北京——好得勒儿！"他们是在背后歪曲性地学舌，来北京之前，父母一再跟子女宣谕北京极好，但是兄姊初来乍到的感受却是"不怎么样"。那时我才八岁，父母兄姊不许我出屋乱跑，我好闷啊！后来有天母亲终于牵着我的手，带我去一条胡同里访问一家旧识，我才有机会睁大眼睛，观察"好得勒儿"的北京。

出台基厂北口，我见到了东长安街，往东看有个牌楼。母亲絮絮地跟我灌输：因为在东边，单是一个，而不是像猪市大街那边的十字路口有四个牌楼，因此叫作单牌楼，同样的牌楼在这条街尽西边还有一个，所以又分别叫作东单牌楼和西单牌楼，那地名儿又简化为东单和西单，四牌楼呢，也分东四牌楼和西四牌楼，地名则简化为东四和西四……当时我听了完全不往心里去，谁想到四十几年后，母亲播下的种子，竟开花结果，我的一部长篇小说就以《四牌楼》命名。

我感兴趣的是响着特殊铃声的有轨电车。它在马路当中轨道上运行的身影，令我觉得十分庞大，而且神秘。几年后我才有机会坐上它，而且知道那铃声是驾驶员用脚踩出来的。大约十二岁的时候，因为上学放学总乘固定的一路电车，跟一位司机脸熟了，有回车上比较空，停站后，我鼓足勇气，请求那司机让我踩踩铃阀，那司机竟同意了，当我踩出的铃声震响自己耳膜时，形成了我童年时代的一次欢愉高潮。半个多世纪过去，不知那位司机还在世否？一个生命赐予另一个生命欢愉，哪怕是短暂的、琐碎的，也是宇宙间至美至妙的事情！

母亲指着马路对面一座楼，郑重地告诉我："那是北京饭店。"我望过去，并不觉得有什么了不起。心里浮出兄姊轻薄的语音："北京——好得勒儿！"因为在重庆，那时市中心已经有为庆祝抗战胜利建造的“精神堡垒”纪功碑，即一座圆顶的塔形建筑，后来改名叫解放纪念碑，望去觉得非常高大；还有我们路过武汉时，住在江边的武汉海关大楼里，印象里，那座简称“江海关”、顶上有大钟的西洋建筑，也比北京饭店雄伟。

后来海关总署给我们家分配了宿舍，是在东四钱粮胡同的一所颇具规模的四合院里。虽然离开了台基厂，那段初来北京时所留下的空间印象，还是清晰的。特别是，那马路对面，就是王府井，父母带子女逛完王府井，还往往要再走出王府井南口，在北京饭店前面望望，再往东散步，那时候东边的马路分两层，上面高处那条路，曾短暂地叫作过斯大林大街，街上连续有些小洋楼，其中有个小洋楼是家电影院，记得叫作真光电影院，在抗美援朝战争爆发前，那里还在放映美国好莱坞的歌舞影片，记得兄姊就带我看过一部，他们觉得很开心，我却在座位上打起瞌睡；最东边接近东单路口的地方，有个剧场，就是中国青年艺术剧院，走到那个地方，父母就会指点着说：“兰姑姑就在这里头。”所谓兰姑姑，就是孙维世，她是著名的导演，小名叫小兰，只有少数亲友知道这个称谓，我家与孙家算得世交，故父母有此口吻。但那时我对青艺及其剧目的兴趣，不如对那条马路的下面一层来得浓，因为那矮掉一米多的下层，种有一些有趣的灌木，布置着一些太湖石，在其中捉迷藏，一定十分惬意，我和姐姐也曾尝试在那里面嬉戏，却很快被父母制止了。这上下两条马路再靠南，才是东长安街，穿过马路，东单尽东面原是一片很大的旷地，1948 年底和 1949 年初，曾作为临时飞机场，接走了许多不愿留在北平的人士，其中包括胡适。据说胡适匆忙去登飞机，随身只带了两本书，其中一本就是残缺的甲戌本的脂砚斋评《石头记》。那乃是历史烟云中的一个细节，谁想到几十年后，其影印本成为我研究《红楼梦》的重要资料。1950 年的时候，那个临时飞机场已不复存在，上面搭建了许多临时的棚屋，做各种生意，其中就有几家西餐馆，是父亲的最爱。后来那片地方又演变为东单公园。

我长大成人以后，才知道北京饭店里有若干父兄辈铭心刻骨的生命记忆。父亲随祖父初到北京的那十来年，因为祖父是清朝最后一科的举人，到日本留过学，辛亥后在蒙藏院当佥事，薪酬颇丰，住进净土寺胡同一座原来蒙古贵族的旧居——称作“朴园”——里面，从留下的旧照片上看，堪称是个大宅门，父亲在里面随祖父母很过了几年好日子，但是，后来政局动荡，先迁到了什刹海畔，祖母去世，再迁到西四南边的缸瓦市——那时祖父续了弦，又生了几个子女，生活质量就下降不少，到 1924 年，祖父南下广州，参加革命去了，抛下续妻，更抛下了子女，父亲本来常随祖父到北京饭店应一些名流的饭局，而且因为聪慧勤奋，也考取了协和医科大学，现在我还保留着他当时一张西服革履的照片，一派富家子弟、未来名医的模样，但南下的祖父虽然给续妻寄生活费，那后母对父亲却十分苛酷，等于是扫地出门，不仅不管缴纳学费置备必要的学习用品，连饭钱也不给，父亲十分狼狈，为了应付生活，常常以代人考试的方式，挣些风险很大的钱，也曾到祖父那些仍留在北京的朋友那里，请求帮助，但人家只不过给点小钱，或仅是把父亲顺便带到前门外的撷英番菜馆，或北京饭店里的法国餐厅，让他在饭局上忝列末座，当他面说些恭维祖父的话罢了；父亲因为实在缴不起协和医科大学的学费，只得退学，为尽快获得一个牢靠的饭碗计，就去报考了海关，被顺利录取，于是娶了母亲，而且很快生下了大哥。

海关的待遇很好。大哥随父母过上了优裕的生活。多年后大哥跟我说起，小时候，父母曾把他带进北京饭店吃餐，还请了几位好朋友，有那父亲的好朋友就问大哥："长大了干什么？"大哥伶俐地回答："当医生。"父亲脸上就现出真切的笑容。父亲未能在协和医科大学完成学业，是他一生的痛。因此他始终期盼子女中有人能代他完成这一夙愿。但是后来我们四个儿子一个女儿长大成人，并没有一个成为医生，虽然父亲为我们后来都能自食其力而欣慰，但竟没有一个成为医生，依然是他心底里的隐痛。

北京饭店和协和医学院离得很近。在京城的那片空间里，有着父亲怎样的希冀与失落啊！

大哥小时候在学校不好好读书，胆子大，净干些让父母担惊受怕的事，比如在海关宿舍两栋离得很近的楼房屋顶上，他找来一块两端刚够压住楼顶的木板，拿根绳子把自己吊在木板上，荡秋千，那木板在他快乐的荡悠中，不住地跳动着，眼看一端就要滑下屋顶，他却浑然不觉。母亲发现，几乎晕倒，邻居们帮助制止，父亲下班回来听说，再加上学业荒疏，训斥他他还梗脖子，气得将他抓过去打屁股。大哥在学校里常常"抱打不平"，惹出事端，学校碍于父亲海关有职务，不好公开出布告将大哥开除，就通知父亲，将他"默退"。大约是我四岁的时候，有次大哥在吃饭时，父亲训斥他，他顶撞，父亲气愤中把一碗面抛到地上，大声吼："你给我滚！"大哥立刻站起来，晃晃肩膀，冲出门去，母亲追出去，大声呼唤，哪里唤得回来，父亲也以为他过几天会自己回来，却从此不知踪影。过了半年多，有天母亲忽然高兴得流泪，原来大哥给家里写来了信，说他在北京，为美国调停国共两党军事活动的派出机构工作，他会一点英文，派上了用场，父亲下班回家，母亲柔和地报告了大哥的来信，父亲没有再生大哥的气，看了信，微微点头，说了句："只怕还有夸张。"确实有夸张，我稍大后，二哥告诉我，大哥那两年在中美联合组成的"军调处"，其实只是个跟着别人去采购食堂原料的"小炊拨儿"（北京话，意为让人指使干杂活的角色）。角色虽小，但活动的空间却非常壮丽，那就是北京饭店。大哥跟二哥讲起，那时候北京饭店里经常有舞会，他也可以参加，在舞会上别人也不知道他究竟是干什么的，那时他才二十岁出头，身材匀称，相貌英俊，从衬衫里显现出阳刚的肌肉线条，据说有次参加舞会的大明星美女白光，非常喜欢他，一连约他跳了六支舞曲，让那天舞会上的其他男士嫉妒得眼睛出火，白光一再赞扬他是"好小弟"……

1959 年北京电影制片厂拍摄了《青春之歌》，里面利用真实的厅堂展现了 1934 年左右的北京饭店，在《风流寡妇》的圆舞曲旋律中，绅士淑女翩翩起舞，当然那是作为反面场景，来衬托主人公革命女青年林道静"出于污泥而不染"，不过我看那一片段时，还是很艳羡那样的华丽生活。1962 年北京电影制片厂又拍摄了《停战以后》，里面有更多北京饭店的场景，不仅有厅堂，也有客房走廊和客房内景，其中很多镜头也是实景拍摄。1903 年建成的北京饭店，最初是两个法国人的资本，后来有中国民族资本家的资本加入，在收归公有之前，是个中法股份有限公司在经营，它的建筑风格和内部装修，有浓厚的法国风味。到 1962 年的时候它的面貌没有什么大的改变，因此用来拍摄在里面发生的历史故事，是很便当的。《停战以后》里面有个女翻译的角色，由著名电影演员秦怡的妹妹秦文扮演，她似乎没有姐姐那么美丽，但演技不错；据说她扮演的那个角色的原型，就是国家主席刘少奇的夫人王光美。1946 年到 1947 年的"军调处"就设在北京饭店里面，那确实曾经是王光美重要的人生舞台。多年以后，王光美被打倒被侮辱投入监狱，大哥偷偷告诉我，他在“军调处”当小跟班时，曾见到过号称辅仁大学校花的王光美，感叹人生真是诡谲莫测。大哥在内战爆发后开了小差，跑到南方，后来参加了解放军，1960 年他从海南岛驻地请探亲假回北京，一个人悄悄跑进北京饭店，当然是由怀旧情绪支配，那时北京饭店是不能随便进去的，一般市民或外地人也很少有人尝试进入，可能大哥穿一身军装，又善于应对，居然放他进去了。他出来以后，心情不好，因为他发现，那里面的舞厅，依旧舞曲萦回、舞影翩翩，只不过曲子多了苏联风味的，男士西服革履的不多，女士穿连衣裙的不少，但也有穿旗袍烫卷发的，据说是上级指示，准许少数女子保持舞女职业，以备首长和外宾之需。大哥觉得所看见的场面与参军后受的教育相悖，又不能公开议论，只能私下与小他两岁的二哥倾诉苦闷，这是后来二哥见我懂事了，才转述给我的。北京饭店这个空间，就这样给予过我大哥难以理抹清楚的心灵刺激。

尽管多次内部改装修饰，老北京饭店的楼体始终存在。1959 年在它西边修造了一座新楼，跟它联通，新楼底层有华美宽敞的宴会厅，现在仍是京城许多重要政治活动或体面的商业活动的使用空间。老北京饭店的东边原来是铁道部的办公楼，1974 年拆除，建造了更新的一座线条简捷的具有现代化设施的店楼，也与最早的店楼连通。但改革开放以前，新老三座连通的店楼都是平头百姓不能随便进去的，除非你当了全国劳动模范，把你安排为代表、委员什么的，在某个会议召开期间，才让你住进去。1974 年建成的新店楼，安装了红外线遥控的自动扉，那时候成为京城市民茶余饭后的一个话题，啊呀，先进得不得了啊，人刚走过去，它就蔫不叽地自动打开，你走过去没几步，它又蔫不叽地自动合上，神仙门啊！什么时候咱也穿过它一趟啊！表达向往者多半就会遭到奚落：美得你！你是哪棵葱？哪轮得到你享受那神仙门的乐子！如今到处是自动扉，有几个人还记得三十多年前的这些心态与话语？

我在改革开放以前没有进入过北京饭店。但是 1975 年的时候，得到过一次邀请，差点儿去穿越那先进的自动扉。

1968 年的时候，我任教的那所中学进驻了军宣队（全称是“中国人民解放军毛泽东思想宣传队”），他们负责组织学校里的“斗、批、改”，我因为 1964 年曾经在《北京日报》上发表过一篇《京剧不适宜表现最当前的现实生活》的文章，里面还提出不应该在现代戏里取消小生小嗓、旦角水袖等传统行当，有“反对革命样板戏”“反江青”的罪名笼罩头上，因此灰头土脸、夹着尾巴做人，哪敢主动接近军宣队，但那军宣队的指导员和一位战士，却主动来跟我接近，我把自己的“问题”坦白给他们，没想到，指导员在我单身宿舍里私下跟我说：“老戏也有好的，我就最爱看《杨八姐游春》！”让我心头轻松了许多。那战士姓周，他也常到我宿舍来聊天，跟我开许多玩笑。有天小周来我宿舍一反常态，愁眉苦脸，原来他父亲病重，想到北京来看病，但那时一个农民进北京城，住店和到医院看病，都必须要有省里革命委员会开具的介绍信才行，何况看病和住店都得花钱，困难呀！我就跟小周说，你父亲来了北京，可以就住我这间屋子、睡我这张床，我北京有个姐姐，她家离这学校也不算太远，我就每天在她那里住，白天来学校参加“斗、批、改”好了；另外，我没成家，工资一个人用不完，也有点小积蓄，帮补你父亲一些医药费并不影响我的生活。只是，那省里的介绍信，你怎么才能开出来呢？讨论中，指导员也来我宿舍，听说了，就给他出主意，说你们省里革委会，正好有我战友在那里负责站岗，我给你带上封信，兵帮兵，一家亲，你就一定把那介绍信开下来，你爹的病得抓紧治！三人议定，小周当夜就赶回家，没两天带来他父亲，安顿在我的宿舍里，又到协和医院看了病，确诊是化脓性肋膜炎，加紧治疗不提。1969 年，“清理阶级队伍”，学校里有人正式在大会上质问：“为什么猖狂反对江青的刘心武还没有揪出来？”一派群众组织贴出了揭发批判我的大字报，又在校门外墙上刷出每个字使用一整张大字报纸的大标语“刘心武猖狂反对江青同志罪该万死！”那天下午就要将我挂牌子戴高帽批斗，但下午广播里宣布又有新的“两报一刊”（即《人民日报》《解放军报》和《红旗》杂志）的社论发表，公布了毛主席最新最高指示，学校的革命师生照例要敲锣打鼓上街游行欢呼，我那个下午就混过去了。第二天一早军宣队通知那派要揪斗我的群众组织：“刘心武那篇文章够不上现行反革命，不同意你们揪斗。”军宣队将我保下，是那时西城区领导所有中学运动的总部（设在航空胡同民国时期的航空署，一座中西合璧的楼房里）作出的决定，但我觉得我们学校的军宣队小分队的指导员，包括小周与其他成员，替我说了好话，一定起着不小的作用。

军宣队成员实行轮换，1974 年的时候，指导员和小周早已回到原部队，而小周他们那个连，恰好就分配到新建成的北京饭店值勤，他们离开我任教的那所中学以后，我们一直还保持着联系。小周有天见到我，就邀我跟着他到北京饭店新楼参观，他说我跟在他身后，别出声就行，保我能享受自动扉之乐，还能进没住人的客房开眼界，知道什么是中央空调，当然更可以看到那时一般单位和家庭都很稀罕的彩色电视……他的好意我心领了，但我没有应约而去，我这人胆小，不愿冒险去品尝非分的甜头。

1980年以后，我是北京饭店的常客。或参加在西楼宴会厅的各种名目的活动，或到里面会见外宾，有时媒体的采访也借用那里面的空间。1986年我从北京市文联调到中国作家协会《人民文学》杂志社工作，杂志社搞活动，也常租借里面的多功能厅，记得一次是在老楼顶层，先开研讨会，再吃自助餐，因为杂志社里有能人，通天都行，遑论搞定这么一个饭店，他们跟我汇报，非常好的自助餐，所收费用却相当便宜，那真是些美好的时光。

改革开放的重大成果之一，是开启了民智，二十世纪八十年代，北京饭店不断出新鲜事。开头也是限制一般民众，“闲人免入”，但就有外地来京的普通人，大摇大摆地往里走，被拦住，问干什么的？理直气壮地回答：“吃饭的！你这外头不是大字写着‘北京饭店’吗？到了首都，进这饭店吃个饭，怎么不行？”若是在“文革”时期，这来闯的人很可能就被视为敌对分子，给薅起来了，但那时的北京饭店工作人员意识也在发生转变，只是耐心解释：“目前还不对外，但是你们的愿望我一定向领导反映，也许没多久，这里就对所有人开放了——可是衣衫不整的，还是不许入内啊！”闯店的人也就心平气和起来：“别总是只接待首长外宾，快点开放！你开放了，我穿得比今天还鲜亮地进来吃饭！”

很快的，大概是1981年，北京饭店也就允许一般的中国人进入了。真对一般人开放了，往里进的平头百姓也并不多，因为里面消费很昂贵。拿吃餐来说，里面在1958年就有谭家菜，本是清同治年间谭姓高官的私房菜，后来在街上设了店面，属于高档官府菜，民国时期一直存在，新中国成立后，首长喜欢，用来招待外宾，都哄然称妙，因此最后搬进了北京饭店，首长外宾两便。现在北京饭店的谭家菜若非公款消费，一般自费的必须是富人才不在乎，中产阶级翻开菜牌，若忍住咋舌，心里也还会鼓槌乱响。但开放的社会毕竟比封闭的社会好，人们的机会、机遇多了。二十世纪八十年代初期，多有一般身份的年轻人，穿得体面一点，到北京饭店里面寻找命运转折机遇的。他们当然不会住店，也不去吃谭家菜，只是到大堂吧点一杯可乐或咖啡，慢慢地呷，两眼则不住地观察，有的就跟外国人搭讪上了，一回生二回熟，来往上了，有的就获得对方的好感与信任，或帮助联系了外国大学的奖学金，或对其出国进行担保。最令人惊叹，其故事流传至今不减其魅力的，是一位李姓男子，被来中国旅游的美国好莱坞老牌女星相中，对其一见钟情，爱得执着深沉，难分难舍，最后将其带往美国，那李姓男子在美国为那年迈的大明星送终后，根据大明星遗嘱，获天文数字遗产，后来重返中国，成为京城巨富，而北京饭店，便是他的发祥地。

一个空间，在不能进去，只能在外面观望时，神秘而奇妙，便有许多话可说；若出没其中成家常便饭，印象繁多，互相重叠，反倒不知道说些什么好了。北京饭店于我就是如此。

回想起二十世纪八十年代，浮到记忆上层的，有两个人两三件事。

一个人是德国的马汉茂，这是他的汉名，他那时是西德波鸿大学的教授，热衷于把改革开放后的中国新的文学作品介绍到德国，他本人动手翻译的作品不多，但他善于联络中国作家、德国汉学家、出版社、传媒，也就是组织能力特别强，许多中国作家的作品被译成德文在德国出版，里面都有他的功劳，他还能设法找到一些机构赞助，邀请安排中国作家访问西德。我的若干短篇小说、中篇小说《如意》等，就都是他组织翻译出版的，1984 年又帮我找到邀请方，提供机票和费用到西德访问，那几年里我们联络比较频繁。大约在 1985 年，他又来中国，住北京饭店，约我去会面，我去了，他在大堂等我，汇合后，他想到商品部买东西，我陪他去，他要了商品，掏出钱包付人民币，售货员不收，他就抗议："这是你们国家发行的货币，为什么你不收？"售货员很尴尬，但瞄见他钱包里有外币兑换券，就微笑着说："您不是有能用的钱吗？您付那个就行。"马汉茂偏要付人民币，那售货员坚持原则不收，僵在了那里。现在的 80 后、90 后可能已经完全不明白什么叫外币兑换券了，那时候外国人到了中国，必须先拿外币在指定的兑换点兑换成特殊样式的外币兑换券，拿那券买东西；而中国人用人民币，也买不到若干必须用外币兑换券才能买的商品，也未必是进口货，那时有若干专门制造出来的国货，只供应外国人，或持有外币兑换券的中国人。那时候更有一种侨汇券，就是你家在国外的亲友给你寄来外币，国家一律让你按汇率领取人民币，但按寄来的币值发放你一定数量的侨汇券，你可以到专门的商店，寻找你喜欢的商品，那些商品往往是其他一般商店里没有的，那商品标签上会写出，需要几张侨汇券，同时需要付多少人民币。那时各个涉外饭店的商品部都只收外币兑换券，在建国门外，更有专门的友谊商店，只接待持有外国护照的顾客，里面只流通外币兑换券，而专卖侨汇券商品的店铺又另在别处，我记得崇文门内大街上就有一家。且说马汉茂那天非要拿人民币在北京饭店购买商品，弄得售货员哭笑不得，我在一旁，心里很不是滋味。后来是马汉茂嘟嘟哝哝，满脸不高兴，终于从钱包里抽出一张外币兑换券，买下了那件物品。马汉茂后来患忧郁症在德国跳楼自杀。这件事已过去二十几年，那时候中国政府缺少外币，所以有那样严厉的外汇管制，集腋成裘，现在呢，从美国到一些欧洲国家，全都欠中国政府钱，中国政府拥有的外汇储备之多，报出那数字令人晕眩。世道变化之大，令人长叹。现在用人民币在北京饭店消费绝无问题，无论你是哪国人。而停用的外币兑换券和侨汇券，已经成为收藏市场的热门货，价格一路飙升。

还想起一个人，就是韩素音。她生于 1917 年，现在该有九十四五岁了。她父亲是中国人，母亲是比利时人，很早就取得英国国籍，几十年前就定居瑞士洛桑，她最后一任丈夫是印度人，她的著作在许多西方国家出版，我记得其中一本是首先在南美阿根廷一家出版社印制发行的。认识她，我是在叶君健先生家里，一般人多只记得叶君健是个儿童文学作家，译有丹麦安徒生童话全集，而不清楚他一度曾算得上是一个英国作家，属于二十世纪四十年代英国文学精英圈——索尔兹伯里群星——里面的一员，那其中包括影响极大的女作家弗吉尼亚·伍尔芙，叶君健那时候用英语和世界语写出的长篇小说颇获好评，就文学资历而言，韩素音出道比叶君健晚，他们是在英国相识的，后来一直保持着联系。我在叶老家里认识韩素音以后，她偶尔也会单独约我会面，大约也是 1985 年，她又来北京，因为读了我的中篇小说《如意》，非常欣赏，打算翻译成英文，约我到北京饭店吃谭家菜，我们边吃边聊，谈得比较深入。她告诉我，北京饭店这地方她太熟悉了，她和三任丈夫，都曾在这个空间里活动过，她在这个饭店里目睹了中国社会往往令人吃惊的变化。她认为自己能够向世界解释中国。从二十世纪七十年代到八十年代，她被中国高层人物看重，周恩来、邓颖超早在四十年代在重庆就跟她熟识，她通过中国人民对外友好协会邀请来华后，周恩来夫妇接见她是必然的，后来邓小平也接见她，她频频来华，也频频发表报道、解释中国的文章，在西方确有一定影响。但是，她后来似乎渐渐失去了报道、解释中国的权威性，就像定居法国的那位荷兰纪录片大师伊文思一样，伊文思本来是通过纪录片诠释中国的权威，但到二十世纪八十年代却力不从心了，西方人觉得他片面，中国官方也失却了靠他对西方宣传的倚重，韩素音应该与他同病相怜。我和韩素音最后一次见面，是在八十年代末，那天前驻美大使章文晋、张颖夫妇在家里招待她，请我和谌容作陪，章家住处离北京饭店很近。那天席间大家坦率交谈，但不甚投机，记得当韩素音报道了一则消息并发表评论后，我心里很不以为然，谌容似也难以认同，但我们都没吭声，章文晋的儿子却平和而具体地反驳了她，席间气氛有些个紧张，好在女主人张颖巧妙地把话题引开，大家便集中精神品尝女主人精心烹制的仿谭家菜火锅。饭后大家饮茶，继续聊天，我想起北京饭店就在附近，而韩素音的生命体验与那个空间又有着那么密切的联系，就建议她以北京饭店为主要场景，写部长篇小说，她笑笑说："我才不为它做广告呢。"我感觉她内心里有种落寞情绪萦回。后来中国政府高层再没有接见过她。

北京饭店当然不用做广告。它是不言而喻的。我如今很少去那里，有请帖也懒得去。但它毕竟是牵动过我的家族和我个人的一个重要空间。保持对生命历程里的主要空间的敏感，是活力仍在的标志吧。

2011 年 10 月 29 日写于温榆斋

宽阔的台阶

——巴黎卢森堡公园

巴黎塞纳河左岸的卢森堡公园，我在很小的时候就听说过。不但听说，也看见过，当然，看到的是照片。那照片不是单纯的风景照，上面有人物。有的人物是熟悉的，比如大姑妈和二姑妈，她们都曾在法国留过学。有的只知道跟两位姑妈有这样那样的关系，所以会一起在卢森堡公园留影，但究竟何许人也，父母说出过几位，留下模模糊糊的印象，再有的，则父母也说不清了。随着我告别少年时代，进入青年时期，社会环境使得家里那样的照片深藏起来，对照片上的人物，父母即使知道也缄默不语了，我呢，也渐渐失掉了探究的兴趣，因为，对那样一些影像刨根问底，属于危险的兴趣。再后来，大风暴袭来，人们在恐惧中纷纷毁灭旧照片。风暴过后，天空晴朗起来，我家收拾旧照片，居然也还残存一些，在巴黎卢森堡公园里拍摄的，剩有四五张。1986 年至 1987 年，我在《收获》杂志开了个《私人照相簿》专栏，在《留洋姑妈》那篇里展示了两张。其中一张有着卢森堡公园最明显的特征，就是那两边有着巨杯形花钵装饰的宽阔台阶。

卢森堡公园号称巴黎最大的市内公园，但是跟北京的北海、景山、天坛、陶然亭等公园比较起来，却是小巫见大巫。最近在网络上看到一位到巴黎自由行的“驴友”抱怨，说那卢森堡公园令他失望，一无莲池锦鲤，二无曲径通幽，三无叠石怪趣，四无游廊山亭，他去那天还起风，公园碎石路面上旋起沙尘，令他十分扫兴。个体生命对同样景物的感受往往差异极大，我很尊重那位“驴友”的感受。我 1983 年第一次造访巴黎，就去了卢森堡公园，后来每次必去，特别是 2000 年那回，借住在朋友家，他们家就在卢森堡公园旁边，几乎天天要在那公园里穿行，用中国古代文人的语言来形容，是“十二栏杆拍遍”，那公园，似乎也成了一个熟稔的法国朋友。我的感受是，卢森堡公园体现着西方的一种造园理念，就是那空间不是用来让人惊艳，而是用来让人放松的，因此，它里面虽然有着古典式的宫殿建筑（现在是法国众议院），有着美迪奇喷泉那样的园林小品，更分布着若干圆雕，以及大片的花坛，但那些事物对游人眼球的吸引力有限，它的主打布局是随意栽种的树林与林荫道，还有草坪花坛边碎石地面上那些可以随意移动使用的铁椅。在我看来，卢森堡公园之美，树木花草、圆雕喷泉都在其次，那些在树下花前，坐在铁椅上放松自己，或读书报，或抚琴弦，或紧依紧偎，或老少互嬉……的普通巴黎市民的自然生态，是最美的。

卢森堡公园的空间，并不在一个平面上，大体而言，是它的东北部，对比于其他部位，高出几米，两个平面的过渡，便由那宽阔的台阶完成，那个台阶，也就成了游人们留影的一个常取场景。三十几年前，曾与二姑妈聊起卢森堡公园的这个台阶，她感叹道，恐怕几代曾到巴黎的中国人，都上下过那台阶，并大都在那上面留过影，她就陪何香凝，还有廖承志，多次经过那台阶，她说，上世纪初，不仅留法的人士必定在那台阶留下足迹，当时在欧洲其他国家留学的，尤其是在德国留学的人士，都会或途经巴黎，或利用假期从柏林等处来巴黎活动，比如周恩来、宋庆龄、朱德、孙炳文、邓小平……就十之八九会在那宽阔的台阶闪过自己的身影。我拿出在那宽台阶上拍摄的旧照片让二姑妈指认，她告诉我，其中那个高挑身材、一身白色洋装的女士，叫张邦珍。我问：张邦珍如今在哪里？二姑妈轻声说：去台湾了。我本能地回应道：啊，是个反动派啊！二姑妈迟疑了一下，就跟我说：其实，那个时代，在保皇党和军阀们看来，共产党和国民党都是“乱党”，也就是说，都是革命党，跟李大钊一起被军阀张作霖绞杀的，就有好几位并非共产党，而是国民党，其中一位非常年轻的女士，叫刘愷兰，二姑妈跟她接触过，就是国民党员，属于国民党左派。张邦珍呢，最早也应该算是国民党左派，跟共产党人过从甚密。后来国共分裂，直到大决战，当年在巴黎一起游卢森堡公园的人，才彻底分道扬镳，张邦珍随宋美龄去了台湾。我注意到另一张照片上，有位女士女扮男装，留男士分头，穿中式男性大褂，二姑妈告诉我，她叫罗衡，那时应该也算是国民党左派，二姑妈和罗衡都曾当过何香凝先生的秘书，但罗衡后来也去了台湾。我又本能地回应道：啊呀，怎么她也成了反动派？二姑妈微微摇头道，政治理念固然对一个人的行为起着重要作用，但人是复杂的，人的感情更是具有推动力的。她以比较含混的语言让我知道，张邦珍和罗衡在巴黎时就不是一般的亲密，后来回到中国，两个人同在一所中学主政，同室居住，张的女性打扮十分精致，罗的男士装束十分粗犷，人们对她们从瞠目以视渐渐到见怪不怪，因此，大决战胜负迅速分明时，张执意要去台湾，罗怎舍得？也就去了。二姑妈跟我讲张、罗故事时，已经进入改革开放时期，那时我虽然在政治话语上还使用“反动派”之类的名词，却已经有机会看到白先勇刚出版的《孽子》，开了些窍，懂得张、罗的“孽女”情缘必须尊重，再回过头来看她们上世纪初在巴黎的留影，越发憬悟到世事的诡谲与人性的神秘。

那张有大姑妈、张邦珍站在卢森堡阔台阶上的照片里，前端还有位手持便帽、西服短裤的男士，姿势十分随意，他是谁？父亲曾说，怕就是罗家伦吧。二姑妈那天虽然没有被照到镜头里，记忆还不甚模糊，就摇头，说怎么会是罗家伦？罗家伦那时候已经接近 30 岁，照片上的男士应该是更年轻的一位留学生。罗家伦是 1919 年“五四运动”中的干将，流芳百世的《北京学界全体宣言》就是他起草的。他后来先到美国、德国留学，1925 年许入读巴黎大学。那时他尚未遇到后来的妻子张女士，在欧洲狂追过一位中国留学生，那位女生是在德国柏林大学攻读化学的，罗家伦在柏林就不断给那女生写情书、送玫瑰，后来人家跟一些同学来巴黎度假，在卢森堡公园，他就当着大家向那女生示爱，众留学生或插科打诨，或真诚祝福，但那女生不仅不为所动，而且以非常激烈的方式表达了拒绝……

那位被罗家伦追求的女生，也曾在卢森堡公园的那个阔台阶上跟一些人合影，因为其中有我大姑妈，我家也曾有过一张，但很早的时候，就被撕毁了，毁掉它的，就是那位也曾有过美丽青春的女士。

那位女士名蓝素琴。记得大约是我 12 岁的时候，我们家住进来一个人，在我眼里，分明是个老婆婆，父母却让我唤她蓝孃孃。她怎么是我孃孃？孃孃应该是母亲的姊妹，应该跟母亲一样姓王啊，而且，母亲家族的孃孃已经很多，比如那时候八孃孃就在北京农业科学院工作，来往很多，但八孃孃也从没有在我家留宿过，这位蓝孃孃怎么提着个破旧的小箱子住到了我家，住进来了许多日子，也不见她走，最让我觉得离奇的是，她也不去上班，三顿饭跟我们围坐在八仙桌上一起吃。

那时我家住在钱粮胡同海关宿舍，我家门外有株高高的金合欢树，盛夏时，合欢花，也叫马缨花，满树盛开，散出特殊的香气，全家人轮流洗澡，洗完澡，各自搬个小板凳，坐到树下，扇着大蒲扇乘凉。有次父母到屋里做什么事去了，树下只有我和蓝孃孃，她一声不响，我不高兴，就缠着她给我讲故事，她叹口气说：“有什么好讲的呢？讲深了，你怕不懂。”我越发不高兴了，跟她说：“我 5 岁就上学了，现在都要上初二了。别小看了我！那年爸爸妈妈带我们从武汉坐火车到北京，我因为岁数小，是免票的，可是，乘务员发现我在那里算带小数点的除法，就要查我的年龄，他说，哪有这么小的娃儿就懂小数点的呢？再说我到这 21 中，语文老师头一堂课，提问，让说出来暑假里读了什么书，问到我，我说读了普希金的《上尉的女儿》，他眼睛瞪得好圆……”蓝孃孃这才扑哧一声笑了，用蒲扇拍着我背说：“鬼娃儿！没想到你人小心大！”我就说：“可不。我在爸爸的那个放旧照片的紫檀匣子里，看到过大姑妈、二姑妈她们在法国的照片，有个地方叫卢森堡公园，在那地方照的最多，爸爸说照片里头也有你呢！你为什么不跟我讲讲卢森堡公园的故事呢？”蓝孃孃听了脸色陡变，四面望望，然后低声说：“以后快别再提那些陈年旧照。”稍后又说：“故事我懒怠讲。不过，你既然早熟、早慧，倒是可以给你推荐本读物。我知道你哥哥姐姐都是喜欢俄罗斯古典文学的，所以你也读了《上尉的女儿》。其实德国的文学也是很好的，有本书叫《茵梦湖》，不知道你能不能在图书馆里找到？”

我在很久以后，才读了《茵梦湖》的中译本。因为是一个特别的人所推荐，我的读后感，是很个案的。我掩卷后思绪悠悠。蓝孃孃一生未婚。我见到她时，应该是五十岁出头，何以那么出老？原来，她是从监狱里放出来，因为实在无处安身，才投靠到我家的。我不会特别去注意父母和蓝嬢嬢的谈话，尤其是当他们压低声音交谈时，我总是走开去做自己的事情，但既然在一个空间里生活，免不了还是听到一些、记住一些。有一次是蓝嬢嬢跟妈妈说，感谢我家给了她这么舒服的居住条件，特别是能在大澡盆里仔细洗干净自己，她说她刚进监狱的时候，最感苦恼的还不是那罪名，而是身上立刻长满了虱子，她说她在狱里后来受到表扬，就是由她发起，制订方案，督促众牢友一齐努力，消灭了虱子，连看守们也都高兴，因为原来看守回到家里也遭抱怨，虱子是牢门关不住的，从牢里传染到牢外，大家一齐灭虱，牢内牢外都舒服多了。蓝嬢嬢住的是新政权的监狱，那么，她是个反动派无疑了。父母怎么会留她在家里住呢？我那时候好不容易才被批准系上红领巾，这种觉悟还是有的，有一天，妈妈和蓝嬢嬢上街买菜，我就跟爸爸提出了这个问题："蓝嬢嬢怎么回事儿啊？"爸爸简单地回答我："她是因为历史问题抓进去的，现在查清楚，放出来了。她无亲无故了，实在没地方安身啊。现在她正在向政府申请安排工作，等把她安排了，她就会离开咱们家的。"后来有一天，听到蓝嬢嬢跟父母聊天，妈妈责怪她：何必把那张有她和罗家伦的照片要去撕掉？她说往事实在不堪回首。那天大家在卢森堡公园拍完照，又出公园在街边咖啡座吃餐，那罗家伦还是那么不管不顾，众人都在哄笑，"我腻烦极了，就一个鸡蛋丢过去，把他身前的玻璃杯砸了个粉碎！"蓝嬢嬢的这段叙述一直镶嵌在我的记忆里。1988 年在巴黎，我特意登上卢森堡公园的阔台阶，穿过一片树林，走出它东北大门，面前是一条有着好几个咖啡馆的街道；卢森堡公园是一个几处有门，与周边街道相连的公众共享空间，我在《私人照相簿》的照片说明里，把公园里的阔台阶说成

北京慕田峪长城：宏大的空间会使自我倍感渺小，要勇于维护渺小生命那不可亵渎的尊严。

街头，就是因为它实际上与外面街道浑然一体；那么，半个多世纪以前，蓝孃孃是在哪个咖啡馆的露天咖啡座，往罗家伦那边扔鸡蛋的呢？那种咖啡馆确实不仅供应咖啡及其他饮料，也供应吃的，蓝孃孃扔出去的鸡蛋，应该是英式的煮鸡蛋，竖放在一种专门的鸡蛋托子上，吃的时候，先用餐刀背将壳击裂，然后再剥去所有蛋壳，最后是用手拿起来吃，还是用叉子叉起来吃呢？……悠悠岁月里，在巴黎卢森堡公园附近，曾发生过蓝素琴将煮鸡蛋掷向罗家伦的一幕，而在那以后，并没有太久，罗家伦回到中国，1927年与一位张女士结婚，1928年成为清华大学校长，1931年成为中央大学校长……后来也去了台湾，成为高官，1969年，他的人生谢幕。他一直保留着那张在巴黎卢森堡公园阔台阶上拍摄的，虽然是多人合影，却有着那时候他眼里西施的蓝素琴的照片吗？在他的遗物里，还找得到吗？

蓝素琴不以罗家伦后来的发达而后悔对他的拒绝。她始终不爱他。她回国以后，本来以她那柏林大学化学系的水平，足以到清华大学、中央大学化学系谋取一个教职，但她没有去，她应该始终不后悔那个在卢森堡公园附近的抛物运动。但以她向我推荐《茵梦湖》而推论，她应该是懂得爱情的。她那隐秘的爱情，究竟有几许的甜蜜，几许的辛酸？她始终独身，可见那曾经有过的爱情，是个凄恻的故事。她若愿写小说，怕也能写出本类似《茵梦湖》的书来吧？

大概是我上到初二上学期的时候，有天放学，不见了蓝孃孃，去那间原来她借住的房间，不见了她那只破旧的小皮箱，我就知道，她走了。也没问父母，到吃晚饭的时候，桌上少了她的碗筷。又过了一个星期，传达室送来的报纸里有一封信，记得信皮上印着西南师范学院的字样，父母传阅后，一个说：“这下好了。”一个说："其实不用道谢。"我就知道，蓝嬢嬢被安排到大学教她在德国学来的化学了。很长的时间里，我把她忘记了。

到 1963 年的时候，我已经是个中学教师了。那时候父亲已不在海关工作，他被调到张家口的解放军外语学院当英语教师。那一年暑假，父亲母亲先从张家口到北京，跟我会合，然后一起到成都，住到了他们的发小邓伯伯家里。邓伯伯比他们年龄略大，他们叫他邓哥。邓伯伯早年也在法国留学，我在他书房的书橱里，看到了我看熟了的以卢森堡公园阔台阶为背景的老照片。那时候邓伯伯是全国政协委员。一旁听邓伯伯跟父母怀旧，也聊到罗家伦追求蓝嬢嬢的事情，自然少不了提到那只抛出的煮鸡蛋，邓伯伯当时似乎在场，回忆起时不免呵呵地笑。邓伯伯指着那张旧照片，逐一说着他们后来的人生轨迹，有的在留学时就病死了，有的后来绝不再跟照片上的同游者来往，不知所终，这些听来当然无所谓。但是，有的，他就说："那时候激烈得很啊，谁想到后来竟投靠到他那时激烈反对的势力怀抱里去了！"这话听了也还不算惊心，但他又说道："那时候大家吵归吵，总觉得心还是靠近的，都恨军阀混战，恨列强瓜分，恨贫富不均，恨骄奢淫侈，恨政客虚伪，恨世风糜烂……大家都是热切要让中国富强的社会变革者啊，多一半应该算是真诚的社会主义者，怀揣着热血浸泡的理想……可是，后来，这位把那位视为死敌，那位更实实在在地对那边那个实行了镇压……当年大家在那卢森堡公园的宽台阶上，互相搂着肩膀，齐唱《马赛曲》啊……"他提到了蓝素琴，记得妈妈问他："邓哥，按说后来批判胡风，正式启动镇压反革命的大运动，还有反右，她都难以幸免啊，怎么听说她倒都平安无事？"爸爸只低头无语，因为他在 1957 年的"鸣放"中，也"说错了话"。邓伯伯沉吟了一阵，这样解释："是呀，有的人就是并无言论，也给划到敌我矛盾那边去了。蓝素琴么，听说在‘鸣放’的时候，有人动员她为解放初的被捕入狱吐苦水，动员她要求平反，她就在会上说，那样处置她是对的，后来安排她这份教职，她除了感激，没有别的话说。依我想，她是悟透了。果然求得了平安。”

那以后，我有时夜深人静时，就会想起卢森堡公园阔台阶上合影的那些中国热血青年，特别是那些宽泛意义上的社会主义者，他们当中后来真正融入胜利队伍，“正面打进去”的并不多，因为他们有的并非布尔什维克，有的后来成为托（托洛茨基）派分子，有的后来只听命于苏联的斯大林，有的只是在“白区”活动，几乎没有跟井冈山、遵义、延安、西柏坡关系紧密的，他们被陆续淘汰掉，势在必行。到了那狂暴的十年，开始我什么也不敢想，到林彪摔死的事情公开以后，才又胡思乱想起来。就觉得，其实革命有时候与其说是与反动派的殊死斗争，莫若说是与自己原先在一起照相的伙伴之间的路线斗争，大批曾经杀害过革命者的反动派头子，在那十年里境遇比那些被宣布犯了路线错误的有革命资历的人好过太多。近些年，重读鲁迅的《范爱农》，他用调侃的语气说，因为范爱农得罪过他，因此，倘若中国真有革命，他鲁迅第一个要革掉的，就是范爱农。这把人性揭示得多么深刻啊！鲁迅说他常常无情地解剖自己，这一笔就是拿自己开刀，揪出人性中最阴鸷的成分来。前些天在网络上浏览，发现同是对现实不满而表示要为改进而奋斗者，有的分明是一起照过相的，如在卢森堡公园的阔台阶上一起展示过青春年华的人士，却因对改进现实所开药方不同，先是发生龃龉，然后互相开骂，以至宣布要灭掉对方，听说还真有约到某处肉搏以求“彻底了断”的，不禁一身冷汗。难道，因为人性如此，本是同一台阶上的生命，就必然会在社会变革的进程中，自以为绝对正确者处罚歧见者，狠过那共同的敌方么？我的这些思绪，无关政治，直指人性。

蓝素琴离开那卢森堡公园的阔台阶以后，因为报应得早，悟透得早，后来一直低调生存，得以善终。当然，她后来的信息，愈加模糊。

新世纪里，有更多的中国人进出过巴黎卢森堡公园，我认识一位中国血统的法国姑娘，她的中国名字叫棠棠，她快要从法国的中学毕业，正准备考入医学院，今后去当一名脑外科医生。这是多么了不起的志向！2004 年，我和她在卢森堡公园里散步，我费尽千辛万苦，终于在路边树林里找到了一棵海棠树，正当春暖，满枝粉翠的花蕾，我指给她看，告诉她那是她生命的对应树，她十分高兴。后来我们一起踏上那道宽阔的台阶，她惊异于我眼里泛出泪光，我不问自答地说："台阶很宽阔啊，互相包容，就那么难吗？"

2011 年 11 月 23 日　温榆斋中

蟾宫明星俱乐部

——北京隆福寺街

我不知道该怎么感谢这条街。这是一条曾经极度繁华而如今已然萧索的街。它滋养过我的童年、少年时代。我不会因它的没落而稍减对它的尊重与挚爱。

它与宽阔的北京东四西大街平行。东四西大街更古老的名称是猪市大街。很多人知道北京前门大街走到底，南边那儿的路口叫珠市口。珠市口是卖珍珠的路口吗？据说“珠市”其实是“猪市”的掩饰写法。老北京人爱面子，比如屎壳郎（一种推粪球贮藏起来当粮食的昆虫）胡同，会写成“史可量胡同”，“打狗巷”会写成“大格巷”，烂面胡同会写成“烂漫胡同”，等等，但东四牌楼西边那条街，却一直坦率地写着猪市大街的名称，居住在附近的人们并不以为丢面子，为什么不丢面子？“要问猪市大街在哪儿？就在隆福寺跟前！”有了隆福寺撑面子，也就不必忌讳猪市的写法了。

隆福寺，我曾写过多篇文章，详尽地表述过我的回忆。我的长篇小说《四牌楼》里，将若干人物的命运展示在这个空间里。但是这座有着世界上最精致美丽的殿堂藻井的古寺，在二十世纪七十年代初被彻底拆解，如今连一点痕迹都没有留下。到了二十世纪八十年代后期，却又在那里建造了似是而非的商业大厦，在屋顶上造出了一圈古典殿堂式建筑，号称是“恢复隆福寺往日风貌”，新老北京人对此都不认账，懒于光顾，后来商厦遭遇火灾，改变了几次经营内容，总难以吸引顾客，以至我写这篇文章时，仍是一座落寞的大楼。从这大楼往南延伸，那时也建造了一座面向猪市大街的商厦，不知道设计师是怎么想的，其建筑语言，令人联想到的绝非明清寺庙，倒很像日本神社。这座临街的大楼也一直没有成为繁荣的商业空间。

隆福寺在我童年时代，是北京常设性的最大庙会，其摊档商品的琳琅满目、丰富多彩以及吆喝声浪、百戏杂耍，会令置身其中的人产生来到了童话世界的奇幻感觉。记得大概是 1954 年，那时的苏联芭蕾舞团到北京演出，演出地点就在猪市大街往南一点的北京人民艺术剧院，他们下榻的地方，大概就在猪市大街西口路南的华侨饭店，那时算是最高档的宾馆了，有天我放学后，就看到一些苏联人，女的特多，而且那些女士个个身材窈窕，穿着裙子，腿特别长，抹着口红，兴奋地从隆福寺山门里出来，都提着抱着握着夹着买来的东西，虽听不懂他们那些欢声笑语，却知道他们分明是在称赞庙会。那时候我已经读过安徒生童话《夜莺》，知道西方人对中国有种特别的想象，那些跳《天鹅湖》的俄罗斯美女，该觉得是到了“夜莺的国度”吧？她们高兴，我这个小北京，也很高兴，因为从“夜莺的国度”这个角度来说，她们何尝不是为隆福寺增添了色彩的“过路天鹅”呢？

其实隆福寺固然曾是个美轮美奂的空间，它山门外的那条街，即隆福寺街，也曾是个光彩夺目的长街。我记得街上有不止一家书店，有售卖新书的，更有售卖从线装书到民国时期石印、铅印的形形色色的旧书刊的。我那时年纪虽小，却已经很爱泡书店，卖新书的书店我当然爱去，也买些适合我那时心智发展的新书，比如从苏联翻译过来的童话《哈哈镜王国历险记》，从意大利翻译过来的童话《洋葱头历险记》（可能并非从意大利文直译而是从俄文转译，其作者罗大里那时是亲苏的），记得我还买到过一册冀汸的长诗《桥》，他是当作儿童文学来写的，对当时的我在诗歌审美上有着启蒙作用。后来我知道出了个“胡风反革命集团”，冀汸也是“胡风分子”，但我将那本《桥》一直保存了十几年，直到 1966 年夏天，出于恐惧，才将它抛弃。我不知道冀汸的《桥》在他平反后重印过没有，能不能买到，冀汸先生还健在吧？我希望，如果他本人读不到我这篇文章，那么，有读到这篇文章而认识他的人士，能将我这段文字转述给他，我要向他致谢，我十几岁的时候，在隆福寺的书店里买到过《桥》，而这座“桥”，也是我那个时期心灵获得的养分之一。我的同龄人那时候鲜有进旧书店的，我却出于好奇心常往里钻。我承认那里面很多的书我连书名都认不出，比如《訄书》，这是什么书啊？作者叫章炳麟，那时我完全不知道他是谁，我得承认，现在我知道他是谁了，却也仍未读过《訄书》，但此刻我却能鲜活地回忆起当年在隆福寺旧书店里所看到的那书的封面，它给予我的刺激是需要终生消化的——从那一刻起，我懂得了我们中国文化有多么深奥，懂得了对文化，对书籍，对写作，对阅读，自己需要永远保持虔诚。我记得我在旧书店里买回过一本苏曼殊的《断鸿零雁记》，是本用文言文写的言情小说，拿到家后很后悔，因为看不明白，但我把它保留到青年时代，后来读了觉得很好，只是受限于时代氛围，难以跟别人交流阅读心得。

隆福寺街的旧书店各有名称，其中我印象最深的是修绠堂。

它也是如今街上幸存的唯一旧书店了，由于那书店早已由私营而公私合营再完全国营，纳入新华书店的分支专卖旧书的中国书店，因此它现在的招牌是中国书店，但它的位置一直没变，离隆福寺街东口不远，路南，那房屋基础架构还能引出我对当年修绠堂浓酽的怀旧情绪。我小时候原来不懂得为什么那书店叫修绠堂，后来是父亲告诉我，“修”是长度很充分的意思（我立即想到“修长的身材”这个语汇），“绠”是绳子的意思，这两个字连起来，则是指长长的井绳，就是从井里汲水，要用这长长的井绳拴牢了水桶，才能获得水的滋养，书店自比为“修绠”，为读书人提供汲取知识的方便，这个店名确实取得好！父亲一度是修绠堂的常客，他从那里买到过《增评补图石头记》和线装的《浮生六记》，他虽藏在枕头底下，却都被我趁他不在时取出来翻阅过。

但是隆福寺街给予我的更大快乐，是它拥有颇多的演出场所。光电影院就在街东段密集了三家。其中两家历史悠久。东口的明星电影院池座小一点，但它的银幕前面有足够的表演空间，因此，为了招徕看客，它常在电影开映前加演一点真人表演的节目。记得上小学的时候，喜欢京剧的小哥带我去那里看费穆执导的京剧艺术片《生死恨》，是梅兰芳的代表作，彩色的，出了电影院小哥责备我在座位上睡大觉，我辩称看过的都记得，小哥就问我记得哪段，我说记得在凤仪亭，吕布把三叉戟朝董卓扔过去，小哥又笑又气，轻轻在我头上凿了两个“爆栗”。《生死恨》演的是宋代故事，梅兰芳塑造的韩玉娘形象固然哀婉动人，唱腔固然幽咽甜美，怎奈我一个小童如何消化得掉那份沉闷？没到一半便酣然入梦，是必然的，但是，我记住的三国故事也非胡诌，因为在电影开映前，确实加演了话剧《凤仪亭》。在我和小哥穿过孙家坑胡同往钱粮胡同家里走的时候，我跟他继续聊那出加演的话剧。我说："那个貂蝉好老啊，一点也不美，不明白为什么吕布董卓要为她打架。"那时候我虽然还没有读《三国演义》原作，系列小人书是翻烂了的，何况还攒"洋画儿"（纸烟盒里附送的小画片），"古代百美"系列那时候我已经攒了三十几种，其中的貂蝉画得相当美丽。小哥叹口气说："京剧有'四大名旦'，也有'四大霉旦'，演话剧电影的也一样啊，咱们今天看见的那个扮貂蝉的，我上中学的时候可红啦，还演过电影，可是现在完全是个'大霉旦'，竟然在明星电影院里这么讨生活，唉，此一时彼一时也!"小哥又提起街口外，东四牌楼南边路东，还有家私人电影公司。"但是现在私人拍电影演得出来吗？前些时公司老板死了，大出殡，那情景跟新社会格格不入，但他家属还指挥公司人员一路跟着拍纪录片，估计那也就是他们公司最后的一部片子啦!"小哥说这些话的时候，倒也还有几部残存的私人电影公司拍的片子允许放映，其中一部叫《太太万岁》，可惜那时候我能看却不想看，后来那样的电影都被赶下银幕了，多年以后，我才知道《太太万岁》是根据张爱玲的原创剧本拍摄的，而上映时她已去往香港。看电影，看完和小哥阿姐闲聊，常涉及电影以外的人和事，小哥又跟我说过，新中国了，那些旧明星很多都遇到一个不适应的问题，往往不是他们不愿意适应新社会，而是新社会已经难以为他们提供施展艺术才能的角色，工农兵要成为舞台银幕的中心嘛，像舒绣文，以前在《一江春水向东流》里演富贵泼妇多么夺人眼球，现在怎么办？她努力去演了部歌颂劳动模范的《女司机》，但是不仅观众看着别扭，她自己看着也难受，后来就自愿来到北京人民艺术剧院，在舞台上谋求艺术生命的延续；再比如上官云珠，以前在银幕上最擅长扮演资产阶级姨太太，现在怎么办？后来她非常努力，在《南岛风云》里扮演了共产党游击队的护士长，塑造出了一个革命女性的形象，非同小可啊！从此继续吃了十来年电影演员这碗饭……但是有的女演员，比如一位绰号“甜姐儿”的，外貌气质不具备上官云珠那样的可塑性，越来越无角色可演，就毅然另辟蹊径，尝试写作，倒也终于成为一个擅长报告文学的作家，后来我与其有相当密切的交往，那就是黄宗英……扯得有点远了，但这样的回忆，是必要的，使我进一步憬悟，任何一次社会大变革，都要对许多人甚至所有的生命重新洗牌，而且，其特别值得大悲悯的是，即使有的个体生命积极真诚地参与洗牌，甘愿洗心革面重新起步，到头来也可能还是要被无情淘汰，如上官云珠，她最后是在极度迷惑不解的痛苦中从楼窗跳下，跌在一个菜筐里结束了人生苦旅……

在明星电影院真是看到过很多明星演的电影，许多世界名片。看过的电影里印象最深的还有印度故事片《流浪者》，那时我已是初中生，上下集连映看完，出了电影院就跟同学一起哼唱电影插曲《拉兹之歌》。

另一个电影院叫蟾宫。我觉得它名字取得真好。那时候电影还是黑白片居多，电影片子就仿佛银色天宫里的景象，而且我从小就听大人说，月宫里有玉兔，有银蟾，玉兔不停地捣灵药，银蟾不住地吐仙气，蟾宫，多么神奇的所在！我上到初三的时候，就不耐烦跟着大人去看电影了，他们的选片有时实在不符合我的趣味，比如他们买了《一件提案》的电影票，让我一起去看，我就找理由推托，因为我实在想不出那“提案”能有什么吸引我的地方。有时也会跟同学一起看电影，比如苏联电影《牛虻》就分别跟不同的同学看过好几遍，直到现在，仍能复述出电影里的场景、镜头转换，以及配音演员的一些道白。那时候同学多半喜欢看打仗的电影或香港电影。我却渐渐喜欢上了苏联的某些反映现实生活的电影，比如《生活的一课》，演的是一个女大学生毕业前夕爱上了一个大工程的部门负责人，后来她丈夫职位越升越高，却越来越脱离群众、刚愎自用，她愤懑地离开了丈夫，后来她丈夫终于因犯错误被撤职贬黜，正当她丈夫灰头土脸地在发配地的小屋子前哀叹时，她却提着箱子回到了他的身边，他们拥抱在一起，决定一切从头开始。这是部所谓“反官僚主义”、“提倡社会主义道德”的“意识形态正确”的影片，当然是为巩固苏联体制服务的，但因为充满生动的细节，演员表演到位，蒙太奇结构流畅，是部好看的电影。前些时我从网络上调出了它的视频，那些当年打动过我的片段，依然令我感慨。还有一部在蟾宫看过的影片印象难消，就是巴基斯坦的《叛逆》，那是部手法夸张甚至可以说相当幼稚的左翼影片，以穷人向富人复仇为主题，但其中男女主角的形象具有个人魅力，两位演员都是当年该国的明星，那影片是随巴基斯坦电影周来华的，身体健硕的男演员苏赫特在蟾宫电影院参加了首映式，并在电影院前面的照相馆拍了一幅照片，很快被陈列在橱窗里，一时成为隆福寺街的一桩趣事，那部影片也就在蟾宫连映了许多天，我看过两遍。当年的蟾宫电影院结构很独特，它的正面是个照相馆，照相馆两边有甬道通进去，进去后才是电影院前厅，那前厅又经营花卉零售，连通向里边的甬道两侧也摆满夹竹桃盆栽，令观众赏心悦目。那时候蟾宫电影院在前厅的几面墙壁上，从上到下满贴着电影海报，映过的没映过的全有，林林总总，光是欣赏那些海报，也令人得到一定的满足。

后来在蟾宫隔壁又盖起一座剧场，可以放映电影，也可以进行舞台演出，叫东四工人俱乐部。我上高三时开始给《北京晚报》“五色土”副刊写稿，大约是1959年某天，收到报社寄来的一张电影票，地点就是这个工人俱乐部，报社会以什么片子来招待它的通讯员和作者们呢？直到开映前我也不清楚。灯暗了，开演了，是部译制好的意大利电影《罗马十一点钟》，不知别的观众感受如何，于我来说，是多层次的洗礼，首先是人性的洗礼，这部影片以在罗马发生的一桩真实事件为题材拍摄而成：众多女性为争夺一个打字员的职位，把应聘场所的楼梯挤垮了，酿成有死有伤的惨剧。当年引进这部电影，不消说是为了教育中国人民"资本主义腐朽没落"，当然，影片制作者是意大利左翼艺术家，确有抨击他们所置身的社会的用意，但于我而言，受到震撼的，却是对复杂而微妙的人性的揭橥。在经历了惨剧后，影片结束时，仍有固执地凌晨去等候面试的女子，在风中瑟瑟发抖，俗众就这样卑微地生存。其次，影片对我进行了一次审美洗礼，使我懂得，群戏也可以构成动人的作品；线性叙述与环状叙述都能形成对读者观众的牵引，问题在于如何巧妙穿插；悲剧中可以嵌入喜剧因素，催人泪下与令人莞尔同样必要；给出结论不如让欣赏者自己去回味琢磨。后来翻阅电影史，知道《罗马十一点钟》属于第二次世界大战后，意大利的"新现实主义电影"潮流中，与《偷自行车的人》《米兰的奇迹》等齐名的经典之一。

在隆福寺商场里面，有个小剧场，专门上演曲剧。有个小剧团，长期在那里面演《清宫秘史》。后来魏喜奎在那里演出了曲剧《杨乃武与小白菜》，大约在 1956 年，有天忽然周恩来总理去那里看了这出戏，虽然看完并没有上台与演员握手，也没有说什么，但记者一报道，这戏就红了，后来新凤霞的评剧版本也大受欢迎，过几年，魏喜奎就拍摄了彩色戏曲艺术片。周总理到隆福寺看《杨乃武与小白菜》也成为这条街历史上的一桩盛事，刚刚故去的诗人柯岩，她那首名诗《周总理，你在哪里?》记得里面有句“他在出席政治局会议”，其实无妨加一句“他在隆福寺小剧场看剧”。

十年动乱，隆福寺古建筑荡然无存，隆福寺街也面目全非，明星电影院好像改名为东方红电影院，蟾宫则改为了长虹。现在明星恢复了原名，长虹没有改回蟾宫，现在的电影全是彩色，而且全是大屏幕，还有 3D 功能，以长虹来比喻也确实比蟾宫更贴切。工人俱乐部则改名为个人文化宫，里面的娱乐项目更加多样化。

我曾在那条街西段路北的隆福寺小学就读，在那里我曾把几十张苦心积攒的糖纸，夹在一本《匈牙利民间故事》的书里，送给一个我无论从什么角度看都觉得美丽的女同学；记得男同学里有一位住在猪市大街南侧不远路东的一个地基陷落在马路之下的院落里，那商铺式的中西合璧风格的大门上面，还保留着“顺风车行”的字样，原来他家以前是开租车行的，所出租的不是黄包车、骡车、汽车，而是马拉的有弹簧底座的欧式马车，我们现在从电影、电视剧上还可以看到那种马车优雅的身影，当然到他成为我的同学的时候他家已经败落，家里大人都另觅生计了；我记得在早已拆毁的一条隆福寺街通向猪市大街的南北向短胡同里，还有个保留着破旧门脸但已不营业的茶馆，它那砖雕的字号还很清晰，可惜我忘掉是哪几个字了，后来在北京人民艺术剧院看老舍的话剧《茶馆》，我就总觉得表现的就是那家我多次路过的破旧大门里面曾发生过的事情；还记得街上有家命相馆，门外有很玄虚的木质对联，但到我上到小学五年级的时候，它就关闭了；1956 年，我在街上遇到腰鼓队，锣鼓喧天，是在庆祝北京市所有的私营工厂作坊、商铺店家都已经完成公私合营，也就是欢庆社会主义改造的伟大胜利；但是 1981 年，专写报告文学的作家理由告诉我他采访了北京改革开放后第一家领到执照的私人饭馆，地点就在猪市大街南边胡同里，菜式很好，我有天就从隆福寺街找到那里去……当我再次彳亍在隆福寺街的时候，我撷拾着从童年、少年时代一直延续到后来的记忆花枝，心头百味丛生。是啊，社会变革就是洗牌，淘汰掉许多，有确实应该淘汰的，有淘汰过头重新拾回的，有既已淘汰便再拾不回来的，有正向淘汰，更有逆向淘汰……俗众·生活·命运，这条街上的生生灭灭、歌哭吟唱，就仿佛是一部放映不停的集正闹悲喜之大成的剧情长片，够我观看体味一生！

眼下的隆福寺街仿佛一个被冷落的资深美人，它的街口虽然早就造起了仿古的牌坊，除了上面写到的明星蟾宫俱乐部，街上的北京风味小吃店也还有些人气，但整条街，尤其是西段，一些服装店常常是门可罗雀。令我有些想不通的是，如今北京的南锣鼓巷、五道营胡同等处，正在成为所谓体现北京特色的新商业区，那当然是好事，但那两处的基础其实远比不了隆福寺街，为什么人们在“保存古城风貌”这件事情上非要舍旧趋新？为什么要抛弃拆毁许多真的古董，而去生造一些新的“民俗空间”？

岁月匆匆，在可预测与难预料的世道变幻中，隆福寺街不断蜕变。街犹如此，人何以堪？还是旷达些好：相信该逝去的总归要逝去，该到来的总归要到来。我也并非消极地引颈以待，这些零碎的文字，其实是想为宏大的历史叙事填补空白，为社会的良性调整提供些微小的助力。

2011年12月20日　温榆斋中

雾锁南岸

——重庆南岸狮子山

随着记忆回到童年，我的空间比例感立即变更，我的视平线离地面不足一米，跟我个头平齐的是家里那几只大鹅，我混在它们里面一起朝花台那边摇摇摆摆而去，它们欢快地叫着，我觉得听明白了它们的话语，是在鼓励我朝前走，不要怕会从花台里爬出来的菜花蛇。

那时候只有大人将我抱起，我才会注意到大人的面容，当我自己在地面上跑来跑去时，我觉得亲切的面容主要是那几只大鹅。我觉得自己跟它们没多大区别，它们似乎也把我视为同类。

“刘幺！莫让鹅啄了你！”一个大人走进我身旁，记忆里没有她的面容，只有她的大手，很粗糙，很有力，握住了我的胳臂，将我拉往她的怀抱，几只鹅兄鹅弟抱怨地扇着翅膀，摇晃着让到一边。

抱起我来的，是我家的保姆彭娘。我在她怀里挣扎着：“鹅才不啄我哩！我要跟它们耍嘛！”彭娘道：“是有点怪吔，这些鹅啄这个啄那个，就是不啄幺娃！不过谨慎点为好啊！”说着彭娘就把我抱进灶房去了，把我放到小竹凳上，哄我说：“幺娃儿乖，帮我剥豌豆，我摆个龙门阵给你听……”

所忆起的这些，都在重庆南岸，那时我家的居所。

那是1946年到1950年，我四岁到八岁期间。我家那时所住的，是重庆海关的宿舍。那栋房子，是两层楼，下面一层，住的是另一家，那家的院门，在下面的一个平面上。我家的院门呢，则在山坡的另一平面上。院门由木头和竹子构成，进了院门，是个小院子，这小院子的右手边，是个几米高的坡壁，坡上有路，从那路上往下跳，按说就能跳进我家，但我家在那坡壁下面，布置了一个花台，花台上种的蔷薇，长成一米高的乱藤，一年里有三季盛开着艳红的蔷薇花，那些粗壮的藤茎上，布满密密的尖刺，令任何一位打算从坡壁上跳下的人望而生畏。就这样，我家右边形成了自然的壁垒。左边呢，我家这个院子的平面，与下面那个平面，又形成了一个落差更大的坡壁，于是安装了篱笆。那栋两层的小楼，下面一层与我们上面一层原来有楼梯相通，因为分给两家，堵死了。那楼耸起在我家的这个小院前面，二层正与小院的平面取齐，但楼体并不挨着坡壁，楼体与坡壁之间，是一道深沟，雨后会有溪流冲过，平时也有深浅不一的沟水滞留，那么，我们家的人怎么进入自己的住房呢？那就需要通过一座木桥，桥这头在我家小院，桥那头伸进楼上的一扇门。穿过桥，进入楼里，则是一个比较大的空间，充作饭堂，饭堂前面有门，门外则是一个不小的阳台，从阳台上可以望见长江和嘉陵江的汇合，山城重庆的剪影历历在目。从饭堂往右，有条走廊，走廊里面有三间屋子，有间是摆着沙发的客厅，有间是父亲的书房，尽里面最大的一间，则是卧室，我虽然有自己的小床，但常常要挤到父母的大床上去睡，夜里做噩梦，拼命往父亲脊背上靠，结果给他捂出了大片痱子。那时大哥、二哥都常在外地，小哥和阿姐在重庆城里巴蜀中学住校，父亲每天一早要乘海关划子过江到城里上班，晚上才回来，因此，大多数时候，那个空间里，只有母亲、彭娘和我。小院尽里面，有三间草房，墙是竹篾编的，屋顶是稻草铺的，一间是灶房，一间彭娘住，一间是搁马桶的，大人要到那里面去方便，我是不用去那里的，我在屋子里有罐罐，彭娘每天会给我倒掉洗净。草房再往里，高高的坡壁下，有一片菜地，彭娘经营得很好，我家吃的菜有一半是在那里自产的。

彭娘到我家帮佣，有很长的历史。大约在 1936 年父亲从梧州海关调到重庆海关任职，她就从老家来到我家了。据二哥告诉我，那时候我家生活很富裕，住在城里，每晚开饭，要开两桌，除了自家一桌，总有一些同乡，坐成一桌来吃饭。那时给彭娘的佣金，是相当可观的。但是 1937 年抗战爆发以后，生活艰难起来，特别是日本飞机轰炸重庆，使得父亲不得不将母亲和孩子们先转移到成都，再转移到老家安岳。彭娘在我家经济上衰落时，依然跟我母亲兄姊转移各地，相依为命。阿姐告诉我，那期间父亲偶尔会来成都看望家人，但来去匆匆，留下的钱不够用，战时薪酬发放不按时，加上邮路不畅，母亲常常面临无米之炊的窘境，她就记得，有天在昏暗的煤油灯光里，母亲开口问彭娘借钱，彭娘就从她自己的藤箱里，翻出一个土布小包袱，细心打开，好几层，里面是她历年来攒下的工钱，都兑换成了银元，她对我们母亲说："莫说是借。羊毛出在羊身上。甜日子苦日子大家一起过。只是你莫要再生那个从桌子上往下跳的心！"

彭娘规劝母亲不要从桌子上往下跳，是因为那时候，1941 年冬季，母亲又怀孕了，那时候父母已经有三子一女，而且还有一个年纪跟大哥相仿的，祖父续弦妻子生下的小叔，跟着母亲在抗战的艰难岁月里颠沛流离，父母实在不想再度生育，只是那时候没有什么避孕措施，不想父亲从重庆往成都短暂探视母亲的几天里，竟播下了我这个种。母亲找来不少堕胎的偏方，可是吃进去就会很快呕出来，于是跟彭娘说起，不如从桌子上猛地跳下，也许就把胎儿流出来了。有天母亲又让彭娘去为她买堕胎药，彭娘从外面回来，跟她说："这回我给你换了个方子！"母亲说："莫是吃了又要呕出来啊！"彭娘热好了那东西，端过去，母亲吃了一惊："这是什么啊？我怎么觉得分明是牛奶呀？"彭娘就说："是我给你买的牛奶！你这么一天天乱吃药，正经饭不吃几口，看你身子还能撑几天！你带着这么一大啪啦娃儿，不把身子保养好，怎么开交？给我巴巴实实喝了它！"母亲说："只怕喝了也要呕出来！"但是她喝下那牛奶，却不但没呕，还实话实说："多日没喝过这甘露般的东西了。只怕上了瘾没那么多钱供给！"

于是到了 1942 年 6 月，在成都育婴堂街借住的陋宅里，母亲再一次临盆。母亲非常紧张，她对彭娘说："以前都是在医院，那里边什么都是现成的……"彭娘就"赏"她——四川话把批驳、斥责、讥讽、奚落说成"赏"——"说不得什么以前现在了，抗日嘛，大家紧缩点是应当的！再说了，现在怎么就不现成？七舅母当过护士，我自己也生过娃儿，一锅干净水已经烧滚在那里了，干净的毛巾，消过毒的剪刀，全齐备了，你就安安逸逸生你的就是了！"凌晨，母亲生下了我，接生的是我七舅母，助产的正是彭娘，彭娘后来说："原准备你出来后拍你屁股一下，哪晓得你一到我手里就哇哇大哭，你委屈个啥啊？"

我的落生，虽在父母计划之外，但既然来了，他们也就喜欢。父亲给我取名，刘姓后的心字，是祖上定下的辈分标志，只有最后一个字需要父亲定夺，父亲那时候支持蒋介石的武装抗日立场，反对汪精卫的所谓"和平路线"，就给我取名刘心武。据说彭娘听了头一个赞同，说："要得！我们幺儿生下来就结实英武，二天当个将军！莫去舞文弄墨，文弱得像根麻秆儿！”她哪里想得到，几十年后，恰恰是这个名字里有“武”字的，没成为将军，倒混成个文人。其实要说名字的“文艺味儿”，二哥刘心人、小哥刘心化，都远比我更适合作为作家的署名。

彭娘似乎比父母更宠我。她说我命硬，从小就懂得自卫，才几个月，她把我放在盆里洗澡，我站在盆里，一只手死死拽住她的衣角，不使自己跌倒，“唷吔，这个娃儿，好大气力哟！”多年以后，彭娘说起，还笑得合不拢口。又夸我天生谨慎，说是他们老家乡里，有个娃儿，养活四五岁了，有天口渴，跑到饭桌前，欠起脚，抓过茶壶就对嘴喝，没想到壶里是大人刚灌满的滚水，满壶滚水不容他躲避咕咚咕咚灌进了他食道胃肠里，好好的一个娃儿，竟然就活活烫死了！因此，到我家帮佣以后，对我哥哥姐姐，她从小不忘提醒：吃喝先要弄清冷热，尤其不能把住茶壶嘴就往嗓子眼里灌。但是我呢，彭娘说，怪了，从很小开始，她喂我水喂我饭，明明她已经尝过冷热，是正合适的，那勺子到了我嘴边，我总会本能地用舌尖轻轻地试着舔一下，在确认不烫以后，才肯让她将水将饭喂进我的嘴里；长到四五岁自己能倒茶壶里的水喝了，见到茶壶，总要先小心翼翼地用手指尖触一下，再轻轻摸几下，确证不烫，这才倒在杯子里，小口小口地喝。“唷吔，这个娃儿，心鬼细哟！”彭娘所肯定的我生命的本能，也许确是我存活世上的先天优势。

但是彭娘对我的宠爱，有时达到溺爱的程度，由此引出母亲与她的争议。有一回，我家那几只鹅不断怪叫，彭娘走出灶房去看，我随在她身后，只见我家那篱门外，有个人抛进绳套，要套走在最前面的那只鹅，彭娘就冲过去，大声呵斥詈骂：“龟儿子！砍脑壳的！”篱门外的人只好收回绳套一溜烟跑掉了，我见状也冲到篱门边，朝外面大声骂：“龟儿子！砍脑壳的!”母亲听见人声，这才从屋里出来，站在桥上问怎么回事，彭娘且不报告有贼套鹅的事，而是极其兴奋地向母亲报告说：“好吔！刘幺会骂人了吔!”她那样眉开眼笑地赞我大声骂人，令母亲十分诧异。其实我那次骂人，完全是鹦鹉学舌，“龟儿子”还勉强能懂，何谓“砍脑壳的”，实在梦梦然，后来长大了，才知道是咒人遭遇杀头死刑的意思。母亲对我们子女，家教严格的一面里，禁止“撒村”即骂人是头一条，尤其不许说那些涉及性交的污言秽语，这种语言洁癖是否有些过分？依我后来的人生经验，是判定为过分的，使得我在少年、青年时期，因此被一些其实本质不错的同学疏离，我是那么样地不能口吐脏话，也使得我在自我宣泄时失却了一种偶可使用的利器。后来阿姐告诉我，母亲有次就跟彭娘说，莫教刘幺骂人，他学舌你的“村话”，你要制止他才是。彭娘完全不接受母亲的批评，她有她的道理：“村话村话，村里人说话，就那么直来直去，有啥子不好？我看你是离开村子当太太久了，一天洗几遍手，还不是喷嚏咳嗽的，哪里有我经得起打磨！我虽跟着你们也离开村子好久了，到底还在种菜养鹅，时不时说几句村话，心里岂不痛快许多!”母亲听了，也只是笑笑，不过彭娘自己该“撒村”的时候照旧泼辣地“撒村”，却不再怂恿我学舌“撒村”。

彭娘深深地融入了我们这个家庭。她和母亲，亲如姊妹，我看惯了她们一起制作泡菜、水豆豉，罐肉肠、晾腊肉，两个人合拧洗好的床单再晾到绳子上……母亲会到灶房和彭娘一起做饭，彭娘会到我们住房里跟母亲一起收拾箱笼、拆旧毛衣、织新毛衣，她们有时会头凑头压低声音说话，一起叹息，或者相对嗤嗤地浅笑。彭娘爱护我们家的每一个人。父亲和大哥是一对爱恨交织的冤家，我在别的文章里写到过，也以他们为原型，将那父子冲突写进了我的长篇小说《四牌楼》里。一次彭娘煮好了打卤面大家围着八仙桌吃，大哥顶撞父亲，父亲气得将一碗面摔到地下，喝令大哥："滚!"大哥搁下面碗，摇摇肩膀，取下椅背上的外衣，冲出屋子，果然一去不返。父亲盛怒，母亲也不敢马上劝解。那天小哥阿姐都在家。到晚上小哥要找锥子修理什么东西，阿姐要拿剪刀剪劳作老师（那时有门课程叫劳作课）留下的剪纸作业，却都没在以往放这些东西的地方找到，母亲也觉得锥子和剪刀的失踪不可思议，最后还是彭娘供认，她早发现父亲和大哥都像打火石，说不定什么时候就会撞出火花燃起大火，她怕父亲一怒之下会做出不理智的事情。确实，父亲恨大哥恨得牙痒时，放过类似《红楼梦》"不肖种种大受笞挞"那回里贾政那样的狠话，大哥上小学时惹祸被学校开除，父亲曾气得用锥子扎他屁股，所以为以防万一，就把锥子、剪刀等屋里的利器在晚饭前都藏了起来。第二天、第三天……几天以后大哥也没有回来，母亲急得哭泣："他连吃饭的钱也没有，可怎么办啊?"彭娘就悄悄告诉母亲，她预见到大哥可能离家出走，因此，在大哥那搭在椅背上的外衣口袋里，装了好几个银元，"他一时是有钱用的，再说了，他是条能挣到钱的汉子了，你放心，二天他回来，父子和好，你高兴的时候会有的!"母亲说要还她银元，她生气了："难道他们不也是我的儿女吗?"

彭娘确实是我们子女的第二个母亲。她最宠我，但其他的孩子也都疼。那时候小哥阿姐每星期五晚上会从城里回南岸，小哥比我大一轮，玩不到一块儿，阿姐比我大八岁，勉强可以充当我的玩伴。每次阿姐到家前，我都会把一只大橘子，用一只大碗扣住，等她回家以后，让她掀开大碗，感到欣喜。但是次数多了，阿姐渐渐不以为奇，她到家后忙着别的事情，我几次唤她，她都懒得去掀碗。这情况让彭娘发现了，于是，有一次我缠着阿姐催她找橘子，她漫不经心地依然做别的事，彭娘就过去跟她说："妹儿，这回刘幺给你扣了只活老鼠哩!"阿姐不信，马上去掀那只碗，谁知碗一掀开，阿姐和我都惊呆了——碗下扣的是几只艳黄喷香的枇杷果！阿姐高兴得跳起来，彭娘笑道："老鼠变成了枇杷果!"我老老实实地说："咦，我扣的是橘子呀!"阿姐才知道，彭娘用枇杷换去了橘子。那枇杷是头些天客人送给我家的，父母分了一些给彭娘，彭娘说该给我小哥和阿姐留着，母亲说这东西不经放，你就吃掉吧，那时候家里没有冰箱，天气热得快，确实很容易把枇杷放烂，但是彭娘自己舍不得吃，她想出一种土办法，就是把鲜枇杷埋在米缸里，小哥阿姐回家前取出来，果然都还新鲜。那天阿姐觉得有意外收获，小哥得到彭娘为他留的那一份也很高兴。

彭娘给予我小小的心灵，以爱的熏陶。她有"砍脑壳的"一类的骂人的口头禅，也有"造孽哟"一类表示同情、感叹的口头禅。来给我家送水的大师傅，是个哑巴。那时我家没有自来水，吃饭洗衣所需的水，都依靠拉木头大水车的师傅按时供应，大约每隔几天师傅就要来一次，先把那装水的车子停在院子里，再用水桶一桶桶地将水运进灶房间，倒进三只比我身子高许多的大水缸里，水缸装满后，要盖上可以对折打开的木盖子，往往是水注满后，彭娘就拿出几块明矾，分别丢到水缸里，起消毒、澄清的作用，当然，那是我后来才懂得的。送水师傅来了，母亲也会出来招呼，除了付钱，还让彭娘给他盛饭吃，彭娘会给他盛上很大一碗白米饭，米粒堆得高高的，那种样的一碗饭叫"帽儿头"，彭娘还会给他一碗菜，菜里会有肉。有回送水的师傅吃完要走，彭娘让他且莫走，师傅比比画画，意思是还要给别家送水，彭娘高声说：“你看你那腿，疮都流脓了，也不好生医一医，造孽哟！”就跑到木桥那边住房里，问母亲要来如意膏，亲自给那师傅在创口上抹药，又把整盒的药膏送给师傅。这些我看在眼里，都很养心。只是很长时间里我都想不通，为什么要用“造孽哟”来表示“可怜呀”。

彭娘使我懂得，不仅要爱护人，像我们家养的狗小花、猫儿大黑，还有那群鹅，都是需要怜爱的。小花本是只野狗，被我家收留，它虽然长得很高大，其实胆子很小，彭娘笑话它：“贼娃子来了它只知道喘气，贼娃子跑了它倒汪汪乱叫！”虽然小花如此无用，彭娘还是耐心喂它。猫儿大黑一身光亮的紧身黑毛，眼珠常常是绿闪闪的，它的存在，使得我们屋里没有鼠患。鹅儿里最高的那只，我叫它嘟嘟，为什么那样叫？没有什么道理，就喜欢叫它嘟嘟，我跟嘟嘟走到一起，彭娘说我们就像两兄弟。原来我家那蔷薇花台上，甚至三间草房里，常有蛇出没，自从嘟嘟它们长大，蛇都不敢到我家那个空间里活动了，我就亲眼看见，嘟嘟勇敢地把从蔷薇花台上窜出的蛇，鸽得蜷曲翻腾最后像绳子一样死在那里。

当我在重庆南岸那个空间里度过我的童年时，中国历史正翻动到最惊心动魄的一页。蒋介石在大陆的政权被推翻了，他带着一些人飞到了台湾。在内战爆发以后，我家忽然来了彭大娘的儿子，我叫他彭大哥。后来知道，他是为了逃避被驱赶到内战战场上厮杀，躲藏到我家来的。他和彭大娘住在草屋里，他很少出屋，更很少开口说话。但是还是有住在附近的海关人士发现了他，于是父母决定干脆让他大方露面。那时候我已经上了小学，原来读的是不远处的海关子弟学校，父母特意将我转到离家颇远的一所私立小学去读，父亲告诉海关同事，彭大哥是特意雇来接送我上学的。这当然说得通。于是，有一段时间，彭大哥就每天带我去远处上学。

1949 年入秋，重庆城开始呈现真空状态，国民党政府和军队撤离了，共产党的解放军却还没有开过来。于是发生了“九二大火灾”，我曾有专门的文章描述过，从南岸我家望去，重庆城的大火景象非常恐怖，炙热的火气随风扑向南岸，为了防止意外，彭大哥就拿大盆往我家阳台那边的墙壁上泼水。“造孽啊!”彭娘不让我往江那边多看，将我抱到她住的那间草屋里，搂着我说：“刘幺莫怕！有彭娘就烧不到你们家，伤不到你!”

那段日子，有若干恐怖记忆。除了目击对岸的旷世大火，还有国民党溃军的散兵游勇，时不时乱放枪。有一天彭娘去外面找难买的菜肉去了，家里只有我和母亲，一个穿道士装的人走进我家院子，母亲站在木桥上应付他，他反复指着母亲身后的我说：“太太，你快把那娃儿舍给我吧，兵荒马乱的，你留下是个累赘啊，舍了吧，舍了吧……”我听懂了他的意思，害怕到极点，一只手紧紧地攥住母亲的衣角，只听母亲镇定地说：“师傅你快去吧，莫再说了，那是不可能的，请你马上离开。”那道士后来终于转身离开了。彭娘回来，母亲说起这事，彭娘把我揽到怀里，大声“撒村”，骂那道士，我这才哇的一声大哭起来。长大了读《红楼梦》，读到甄士隐抱着女儿在街上看过会的热闹，忽然有道士和尚过来，那癞头和尚指着他女儿说：“施主，你把这有命无运、累及爹娘之物抱在怀内作甚？……舍我吧，舍我吧……”我就总不免忆起自己童年时的那段遭际，真乃“阳光之下无罕事”，在惊叹之余，又不免因后怕而脊背发凉。

1949 年 10 月 1 日那天，北京宣布“中央人民政府成立了”，我家那时父母小哥阿姐头靠头挤在一台电子管收音机前，听声音不甚清晰的广播。我毕竟还小，不知道就在那一刻，我已被定位为“随时准备着，为实现共产主义而奋斗”的“革命接班人”，必须“好好学习，天天向上”，努力使自己能尽早戴上红领巾、尽早佩戴上共青团的徽章……

但是直到那一年的10月底，四川才算解放，再过些时候，新政权才接管了重庆海关。父亲被新政权的海关总署留用，调往北京，重庆海关则被撤销。

我完全没有意识到，那是我离别彭娘的时刻。而就在那些天以前，我刚跟彭娘闹过别扭。因为她竟把包括嘟嘟在内的鹅们都宰杀了。我大哭，不肯吃她烧出的鹅肉。彭娘试图用讲童话的方式化解我的愤懑，让我想象嘟嘟它们其实是变成了云朵飘在了天上，但那时我已经八岁上到了小学三年级，她骗不了我。

全家都兴奋地准备迁往北京。狗儿小花由邻居收养，猫儿大黑由姑妈家收养。我们先要渡江离开南岸，到重庆城里，在姑爹姑妈家里暂住几天，然后会坐上大轮船，抵达武汉后，再乘火车去往北京。我不记得是怎么在大雾弥漫中离开南岸的，也记不清在姑爹姑妈家都经历了些什么，只记得终于跟大人们上了轮船后，我问母亲：“彭娘呢？我要彭娘！”母亲告诉我：“彭娘和彭大哥都回安岳去了。你这个没良心的，现在才想起彭娘！那天我们离开南岸，彭娘望着你哭得好造孽，你竟连头也没回，径自蹦蹦跳跳地随小哥阿姐他们往渡轮上去了！”我这才意识到，彭娘的体温，再传递不到我小小的身躯了！望着滔滔江水，我号啕大哭起来。

我被劝回船舱，阿姐走过来，递给我一样东西，跟我说：“彭娘留给你的，你的嘟嘟！”我用迷离的泪眼一看，是一把鹅毛扇。接过那扇子，在南岸那个空间里跟彭娘度过的那些日子，倏地重叠着回落到我的心头，我哭得更凶了。

什么叫生离，什么叫惜别，我是很久以后，才懂得的。可是对于我和彭娘来说，一切都难以补救了。

在北京，上到初中，学校里举行作文比赛，题目是“难忘的人”，彭娘当然难忘，我准备写她。可是，恰巧我构思作文时，小哥和他的戏迷朋友，在我家高谈阔论。他们谈起拍摄京剧艺术影片的事情，说拍完梅兰芳，要拍程砚秋，程砚秋自己最愿意拍摄的，是《锁麟囊》，这戏演的是富家女将自己装有许多金银珠宝的锁麟囊赠给了贫家女子，后来遭遇水灾破了家，沦落异地，无奈中到一富人家当保姆，结果那富家女主人，竟恰巧是当年的那贫家女，而之所以致富，正是那锁麟囊里的金银珠宝起了奠基作用，二人说破后，结为金兰姊妹。这出戏故事曲折动人，场面变化有趣，特别是唱腔十分优美，其中的水袖功夫也出神入化。但是，没想到当时指导戏曲演出的领导人物却认为，这出戏宣扬了阶级调和，有问题。结果就没拍《锁麟囊》，给程砚秋拍了部场面素淡冷清得多的《荒山泪》。后来程砚秋在舞台上演出，被迫把这戏改得逻辑混乱，演成富家女赠贫家女锁麟囊后，贫家女只收了那囊袋，将囊中的金银珠宝当即奉还给赠囊人了。听了小哥他们的议论，我对写不写彭娘就犹豫起来。后来我请教小哥，他叹口气说，现在一切方面都要强调阶级，彭娘虽然在咱们家就是一个家庭成员，她自己也这么认为，可是，搁在现在的阶级论里衡量，咱们父母是雇主，她是帮佣，属于劳资关系，是两个阶级范畴里的人。你最好别写这样的文章，让人家知道你曾有保姆服侍。再说，就是咱们不怕人家说闲话，听说彭大哥回乡以后，土改里是积极分子，当了乡里第一任党支部的书记，人家恐怕也忌讳提起跟我们家有过的那段亲密相处的关系。于是，我不仅那时候没有写过彭娘，以后也只把对南岸空间里关于彭娘的回忆，用浓雾深锁在心里。

直到改革开放以后，我才打听彭娘的消息，据说她在临终前的日子里，念叨着她的一个个亲人，其中有一个是“我的刘幺”。

南岸的那个空间啊，你一定大变样了！不变的是彭娘胸怀传递给我的那股生命暖流，我终于写出了这些文字，愿彭娘的在天之灵能够原宥我的罪孽——在多变的世道里我没能保留下那把她用嘟嘟羽毛缝成的扇子，但可以告慰她的是，我心灵的循环液里，始终流动着她给予我的滋养。

2012 年 1 月 26 日　温榆斋中

祥云飞渡

——北京劲松

每到午后，那居室的窗户透光度增强，我跟石大妈对坐聊天，就觉得格外惬意。我们的话题，常常集中到一本书上。那是薄薄的一本书，1961 年我曾拥有过，在否定一切“旧文化”的狂暴中，又失去了它，但到 1981 年，我不但重新拥有了它，而且，还买了一册那年新版的送给了石大妈。

我跟石大妈说起，1979 年初，还没搬到我们住的这栋楼来的时候，曾见到一位法国来的汉学家，他给自己取的汉名叫于儒伯，交谈中，谈到了这本书，我说可惜现在自己没有了这本书，也买不到这本书，他就笑道，可以送我一本，不过，那可是法文的，如果我想利用书里的资料，提出来，他可以把相关片段从法文回译成中文，送给我。他当然是说着玩儿。试想，以下这些文字中译法后，再法译中，会发生怎样的变异：

> 自十三以至十七均谓之灯节……各色灯彩多以纱绢玻璃及明角等为之，并绘画古今故事，以资玩赏。市人之巧者，又复结冰为器，裁麦苗为人物，华而不侈，朴而不俗，殊可观也。花炮棚子制各色烟火，竞巧争奇，

有盒子、花盆、焰火杆子、线穿牡丹、水浇莲、金盘落月、葡萄架、旗火、二踢脚、飞天十响、五鬼闹判儿、八角子、炮打襄阳城、闸炮、天地灯等名目。富室豪门，争相购买，银花火树，光彩照人，市马喧阗，笙歌聒耳，自白昼以迄二鼓，烟尘渐稀，而人影在地，明月当天，士女儿童，始相率喧笑而散。市卖食物，干鲜具备，而以元宵为大宗，亦所以点缀节景耳。又有卖金鱼者，以玻璃瓶盛之，转侧其影，大小俄忽，实为他处所无也。

这本书，就是《燕京岁时记》。作者是清末的富察敦崇。是一部文字简约而精美的，按季节嬗递记载北京民俗的随笔集。它于清光绪二十三年（1906 年）付梓，很快被译成法文在法国出版，日本也翻译出版过。我读了这本书，就有一种憬悟，那就是，社会生活除了政治层面，还有与芸芸众生更加密切相关的，包括诸多琐屑俗世乐趣在内的生活层面，帝王将相，大政治家，职业革命家……有的对这些俗世生态嗤之以鼻，若觉妨碍他们的伟大事业，禁绝、扫荡起来是决不留余地的，但是，毕竟这世界上还是渺小、卑微的芸芸众生居多，他们那种无论在什么情况下，都要顽强地寻求小乐趣的“劣根性”，却是万难斩尽杀绝，是一定会“野火烧不尽，春风吹又生”的。1966 年夏天至 1976 年冬日的大风暴不可谓不猛烈，但到 1981 年我和石大妈对坐闲聊时，那十年里被批判、扫荡、禁毁、藏匿的一些文化与习俗，却又迅速地复苏、重生，舞台上又有传统剧目上演，电影院里以正面评价重映被批判过的影片，被打倒过的作家的作品结集为《重放的鲜花》一时洛阳纸贵，《燕京岁时记》这类的古旧“闲书”也重新出版，而我和石大妈聊起其中的内容，比如“五月下旬则甜瓜已熟，沿街吆卖。有旱金坠、青皮翠、羊角蜜、哈密酥、倭瓜瓤、老头儿乐各种”，也再没有“脱离政治低级趣味”的心理压力。石大妈能把以上六种甜瓜的形态及口味非常精准地给我细细道来。

石大妈，因为嫁给了石大爷，所以我管她叫石大妈，她自己姓傅，满族人，满族入关定鼎中原以后，逐渐汉化，比如富察氏，有的后来就将自己的姓氏简化为富或傅。石大妈的祖父，正是《燕京岁时记》的作者富察敦崇。尽管隶属正黄旗的富察氏传到敦崇时早已成为地道的北京人，但敦崇在书前还是这样署名：“长白　富察敦崇　礼臣氏编”。

我能跟石大妈结识，那是因为，在那个历史时段，我们出于同一个前提，在同一栋楼里分到了居室，那栋楼所在的地区，被定名为劲松。

什么前提呢？叫作“落实政策”。从1973年以后，就有落实政策一说，有的在大风暴中入狱的，被放出；关“牛棚”的，让回家；受管制的，“敌我矛盾按人民内部矛盾处理”，松口气……但是，由于“四人帮”的阻挠，落实政策的步履十分蹒跚，大打折扣，留有“尾巴”，直到1976年10月以后，“四人帮”垮了台，又经过大约两年的时间，确定了改革开放的大方向，进入了新格局，这才加快了落实政策的步伐。记得1979年初在北京工人体育馆开了诗歌朗诵会，其中有句“诗”是：“政策必须落实！”啊呀，台下掌声经久不息，有的观众竟至于流出了热泪！如今长大成人的“80后”、“90后”见到我这样的回忆文字，或许会发愣：真有那么回事吗？作为过来人，我保证有那么回事。那几年里，“落实政策”绝对是热词、要事。

首先，是为被打击过的老革命、老干部恢复名誉。然后，为被打成“牛鬼蛇神”的“反动学术权威”们和包括名演员、名作家在内的文艺界知名人士平反。后来，更提出并实施“落实知识分子政策”。有的被落实政策的对象，已经去世，就开追悼会，重新安置骨灰。活着的，因为风暴中被扫地出门，给其落实政策的一项重要措施，就是安排住房。于是从 1975 年起，北京就开始建造几批“落实政策房”，简称“政策房”。我见识过的，规格最高的，在南沙沟，那个楼区隔条马路就是钓鱼台国宾馆，风水自然很好，里面有独栋小洋楼，有连体小洋楼，也有比较高的公寓楼，能被安置到那个区域去住的，多半是副部级以上的老干部，或者是钱锺书那样被当局看重的文化人。再一片在木樨地，是临街的大板楼，外观平常，但里面每套单元的面积，都相当可观。那时候因为住房尚未商品化，还是由组织上分配，因此人们说起楼里的单元，一般不问是多大的面积，而是问：“几室几厅呀?”我那时眼皮浅，觉得三室一厅就很了不起了，有回见到冯牧，他那时还屈居在胡同杂院狭隘的东房里，他那时已经是重新恢复活动的中国作家协会的领导成员之一，我觉得官位已经不小，但落实政策，等分房，他也得排队候着，最后是迁往木樨地的楼里，我想象着他即将迁入的大单元，问：“三室一厅的吧?”他纠正我：“四室一厅。”可见我是个“土老帽”。那时冯牧已经是正局级。后来我懂得了分房的“游戏规则”：局级四室一厅，处级三室一厅，科级两室一厅……部级么，那就起码是五室二厅。又想起曾见到韦君宜（当时是人民文学出版社负责人之一，晚年著有《思痛录》），给她落实政策，要考虑她那在风暴中牺牲的夫君杨述（曾任北京市委宣传部长），她可能只是正局级，但杨述级别更高，因此，当我问她即将迁往的新居是否四室一厅时，她回答我：“有七间屋子。”令我“耳界大开”。后来我到木樨地冯牧新居拜访过，也去过旁边一栋楼里的陈荒煤家，他们所分到的，均非楼里最大的户型，冯牧说他那套是最小的一种，但我置身其中，却觉得已经相当地宽敞堂皇。胡风、丁玲落实政策后，也都入住在木樨地的楼里。

另一大片“政策楼”，则在“前三门”，即崇文门、正阳门、宣武门一线，原来是北京内外城分界的城墙所在，城墙拆了，崇文、宣武两个城门也拆了，盖起了一大排公寓楼，其中绝大多数，也是用来安置恢复名誉、重新安排职务的党内外人士。王蒙从新疆回来，改正了1957年对他的错划，很快被任命为中国作协和北京市作协的领导成员，头一套住房，就分的是“前三门”某楼里的一套，那格局完全不能跟南沙沟的比，跟木樨地的差距也大，但王蒙那时很高兴，我去过，觉得挺好。

还有一片在朝阳门外数里远，叫团结湖。1981年，中国作协派出以杜宣（剧作家）为团长的作家代表团一行三人赴日本访问，我是团员，我们乘汽车往天竺机场时，路过了团结湖楼区，杜宣告诉我，他头一天刚去那边的“政策楼”里看望过老朋友罗烽、白朗夫妇，罗、白伉俪曾是著名作家，但后来也被打成“反党分子”，历经二十多年的坎坷，才得迁入团结湖某楼，过上正常的生活，但他们也就写不出什么作品来了。我则告诉杜宣，从维熙现在也住在团结湖。那时从的《大墙下的红玉兰》影响很大，获得“大墙文学之父”的称谓。杜宣问我住在哪里？我告诉他在劲松，他虽没有去过，却是知道的，感慨系之地说：“是呀，是呀，木樨地，前三门，团结湖，劲松……都有‘政策楼’啊，欠账太多，有的人现在还在等候哩！”他从上海来，说上海就落实住房政策而言，还很滞后，比不上北京。

村友盼我去分享他家树上的新果：闹市名利场霉心，乡野清新地涤灵。

劲松的“政策楼”，盖得稍晚，但规模似乎最大。安置到里面的，似乎级别、身份要稍逊。那时落实政策，最后一项叫作“落实知识分子政策”，十年风暴中知识分子被贬损为“臭老九”——我又忍不住要加注，因为我希望有“80后”、“90后”乃至更后的人士能读到这样的文章——为什么称“老九”，因为前面有八种更糟糕的：地（主）、富（农）、反（革命）、坏（分子）、右（资产阶级右派分子）、现行（反革命）、走资（本主义道路的当权）派、反动（学术）权威，都属于敌我矛盾，知识分子排第九位，实际上等于“人民内部矛盾按敌我矛盾对待”了，等于说，知识分子随时随地会滋生出以上八种“牛鬼蛇神”，因此臭不可闻，需控制使用，而他们的住房，则长期得不到妥善解决。记得大约1980年左右，《光明日报》刊登了一篇小说，题目是《盼》，真实地描写了一群从事科技工作的中年知识分子居住条件的恶劣状态，以及他们盼望得以改善的强烈情绪，引出巨大反响。因为那篇小说篇幅比较长，一次刊登不完，而报社又没有在第一天刊出后及时在第二天续登，引出许多科研单位知识分子往报社打电话询问，有的认为一定是小说的内容又遭到某些部门和官员的否定，实行了“腰斩”，情绪十分激动，其实，报社只不过是因为刊发小说的副刊并非天天必有，才隔了几日续刊完。同时期又有谌容的中篇小说《人到中年》在《收获》杂志刊发出来，并很快改编拍摄成彩色电影广泛放映，算是以文艺形式为知识分子强有力地“正名”，将“臭老九”变成了实施“科学技术是第一生产力”的“香饽饽”。这就是那时候社会上发生的巨大变化之一。而劲松的“政策楼”，也就成为安置各界形形色色知识分子的重要空间。

我1979年迁入的劲松一区的那栋楼，是分配给北京市文艺界人士的，其中演员居多，演员，包括戏曲演员，大体上也属于知识分子范畴吧。我有幸进入到入住“政策楼”的名单，端赖 1977 年 11 月在《人民文学》杂志发表了短篇小说《班主任》，这篇东西刊发后反响强烈，1979 年初中国作家协会第一次举办全国优秀短篇小说评奖活动，它获头名，而我也就顺利地成为中国作家协会会员，又被安排为理事，所以我不是作为遭受过打击而恢复名誉、安排新居的那种落实政策对象，而是作为在改革开放的进程中有杰出贡献而奖励性分配楼房单元的，因此，我当然算是中国 1978 年实行改革开放新政的一个既得利益者。

我们那栋楼，一共五层，每层三个单元，1 号是大的二居室，2 号是小的二居室，3 号则是三居室，有地下室，也分成跟上面一样的三个单元，因此一共可容纳十八户。我在分配前，被召唤到市委宣传部见部长，他在十年风暴中也被打倒，上面给他落实了政策，他那时忙活的，是给他下属各系统各单位的人士落实政策。我去的时候，见到了李万春，那是京剧界的著名武生，中年以前不但武功好，还有好嗓子能唱，我小时候，父母带我看过他的戏，但是他从 1957 年以后就倒霉了，到 1979 年我跟他相继被召唤到市委宣传部部长跟前的时候，我觉得他不仅满脸沧桑，浑身似乎也都刻下了劫波冲击后留下的痕迹，后来政策是给他落实了（他那天是去要求发还他当年自购的胡同小院），但他最好的艺术年华已然随劫而去，无可挽回。跟李万春谈完，宣传部长跟我谈，大意是你没受过什么苦，又还年轻，所以给你分的房子，是顶层最小的那种，这已经是组织对你的最大奖励了，希望你不要辜负党和人民在新时期对你的厚望，写出更多更好的作品来。我诚恳地表示，非常知足，非常感激，一定不辜负党和人民的期望，努力写出对得起时代的好作品来。我后来写出长篇小说《钟鼓楼》，获得了茅盾文学奖，北京市委市政府又给予了我表彰嘉奖。

我分到的那个顶层的小二居，进门有个大约 4 平方米的小空间，大居室约 15 平方米，小居室约 8 平方米，但有厨房和卫生间，且所有窗户都朝南，比起原来所住的胡同杂院的小东屋，不啻“鸟枪换炮”。虽然没有电梯，需要爬楼梯到五楼，但那时满心欢喜，人又年轻，往往是一步两阶，吹着口哨欢蹦而上。渐渐地，跟同一个门道的邻居有了些来往。四楼三居住的是河北梆子剧团的花脸演员李士贵，他非常敬业，一次把我请去，告诉我他刚从京剧移植了《张飞审瓜》，跟我探讨：张飞跟李逵虽然是不同朝代的人物，但在戏曲舞台上，有的演员演起这两个人物来，形象雷同，他希望我出点主意，能让他塑造这两个人物时，能有明显的区别。他还把戏中片段，在他那间大屋子里演示了一番。他那个三居，比我的单元大许多，但少有朝南的窗户。这是那个历史阶段公寓楼设计上，具有计划经济特色的一例。其设计理念是：您的单元既然间数多面积大，享受到这样的好处，那就别什么好处都占尽；人家的单元既然小许多，那就让人家窗户朝南，多享受点阳光吧！那时盖楼，还经常设计成“三叉式”，从空中看，顶部正仿佛是个“大裤衩”，所以北京的建筑，早有被俗众称为“大裤衩”的，不是库哈斯为中央电视台设计出那座怪楼后，才有“大裤衩”一词；那种“三叉式”的楼，设计理念是：让每一个单元都能有大体朝南的窗户，“阳光共享”。但到二十世纪九十年代中期后，结束了单位的“福利分房”，推行商品房，那么，设计理念也就随之变化，越是富人买得起的大户型，朝南的窗户可能就越多，那种顶部成“大裤衩”形状的“三叉式”公寓楼，也就绝迹，因为开发商认为那样设计会浪费掉许多的可谋利空间，再说了，一分钱一分货，想享受更多阳光，请付更多的钱!

对劲松当年“政策楼”的这些勾勒，是为了提供一些可追寻北京当代建筑发展史的线索。下面我就要说到，我当年入住的那栋楼的地下室单元。现在一定不会再有那样的设计了，公寓楼即使设计出地下室，一般也不切割为跟上面类似的单元，或作为仓储空间，或由物业管理公司临时使用，或者就是地下停车场。当年各处的“政策楼”，多有地下一层也按上面那样，切割为居住单元的。我 1979 年入住的那栋楼，地下一层的三居室，就是石大妈石大爷的住所。那套房子，应该是分配给北京京剧院一对骨干演员夫妻的，他们就是石宏图和叶红珠。他们因为另外还有住处，所以让石大爷石大妈住，而他们正是石宏图的父母，石宏图擅演“猴戏”(饰孙悟空)，后来一度出任北京京剧院的院长。叶红珠是京剧世家的传人，清咸丰年间高祖叶庭柯用扁担筐从安徽太湖县，把两个儿子挑到了北京，后来其中的叶中兴生下叶春善，与牛子厚办起了京剧科班喜连成社，后来又易名富连成，培养出包括马连良、谭富英、叶盛兰、裘盛戎、袁世海在内的众多京剧艺术家，当年梅兰芳、周信芳都曾在富连成搭班唱戏，叶家为中国京剧的发展做出了不可磨灭的贡献。叶红珠的父亲叶盛长就是重要的京剧教育家，叶红珠打小就进入戏曲学校攻武旦，成为著名的武旦演员，我早就看过她演出的《虹桥赠珠》，里面有火爆的武打，她那“打出手”的功夫令人惊叹，她曾以这个剧目随团出访，在日本欧美等处征服了无数外国观众。我跟石宏图叶红珠大体上算是同代人，很谈得来，不过他们只有休假日才到劲松来，因此我和石大爷石大妈交往得更多，而两位老人中，又以和石大妈一起愉快地忆旧，更为经常。我说要是石大妈能保存着她祖父《燕京岁时记》的手稿，或其他未刊的著述，那该多好啊！石大妈叹气说，原来也还存有一箱子旧东西，“破四旧”大风暴席卷，没等来抄，自己就全毁了，片纸无存！叹息归叹息，对于世道好转，我们还是一致欣悦的。有回我跟石大妈聊天时，外面下起了小雨，地下室的窗户外面的透光坑虽然有泄水孔，倘雨势变大积水过多，那还是有渗进他们居室的危险。我就想起富察敦崇在《燕京岁时记》里有这样的文字：

> 六月乃大雨时行之际。凡遇连阴不止者，则闺中儿女剪纸为人，悬于门左，谓之扫晴娘。

就认真地跟石大妈建议：“咱们剪个扫晴娘吧！”石大妈脸上那些细琐的皱纹，就抖成了一朵舒畅的花儿。

那时候吴祖光先生的公子吴欢，也曾以要求为父母落实政策的名义，在劲松要到一个单元。吴先生和新（凤霞）先生邀我去他们那朝阳门外的居所做过客，我也邀吴先生来过我那五楼的小单元，我对吴先生说：“真不好意思，让您爬这么高；我这单元太小，也无足观。”吴先生却说：“知足常乐。”其实他住的那栋楼，也无电梯，他住四层，也得爬上爬下；虽然是两套打通并在一起，间数不少，却也并没有宽敞的厅堂，方位也差，不是南北向的而是东西向的，不少人为他抱不平，他原来拥有的，可是王府井东安市场后身的一所宽敞舒适的四合院啊，就用这么两套单元房置换给他，算是落实政策了，毋乃太吃亏！吴欢气不平，因此瞒着他，又在劲松要了个小单元，吴先生知道后，很不以为然，但是我就跟吴先生说：“吴欢不为过，况且您家是双名人。”（吴是著名剧作家、电影导演、散文家、书法家；新是评剧泰斗，并有多本散文著作问世，又是拜师齐白石的国画家。）吴先生站到我家的小阳台上，眺望着一排排新楼，以及楼后露出的“大老叼”，脸上的表情，正与他后来一再书写的条幅“生正逢时”相合。在跟吴先生，还有杨宪益（著名翻译家、诗人、散文家）等老先生交往的过程中，我感觉大家那时候形成了一种共识，就是一个党能知错改错，很了不起，所谓落实政策，其实就是认错纠错，努力补救，实事求是，踏上新途。结束了“以阶级斗争为纲”，转到搞经济建设上来，好。我觉得像吴先生、杨先生，包括我自己，都是关心政治而并不懂得政治的人，更无搞政治的志向兴致。但在那个历史阶段，各自在党内朋友的鼓励下，都提出了入党申请，并被接纳，以为这样可以为国家的进步，多出些力。这也是那个历史阶段许许多多知识分子有过的选择。这份情怀，后来被某些人误读。如今的一些年轻人，也可能从另一角度加以鄙夷。但这就是吴先生和杨先生晚年故事的“戏眼”。如今他们都已仙去，而我还抱持着关注政治而不搞政治的态度，在人生的余程上漫步。

我在劲松住了九年。人生能有几个九年？储留的记忆，自然很多。常有人跟我提起“劲松三刘”，就是曾有人以这四个字，写过一篇报告文学，影响似乎不算小，但不少人对“三刘”究竟指谁，理解有误，其中有刘再复和我，另一位，应是诗人刘湛秋，而非别的什么刘姓人。如今“三刘”都迁出了劲松，我以外的二位都定居海外了。“天之涯，地之角，知交半零落”。在新的纷争中，谁还能理解我们？

劲松这个地方，原来因为有座王爷坟，坟旁有棵巨松，不往高长，而是朝旁边伸展出许多的大枝杈，因此使用了许多铁制支架来架住它，故被称为架松，后来改名劲松，不消说是依据革命领袖的诗句："暮色苍茫看劲松，乱云飞渡仍从容。"乱云飞渡，非我等俗众所消受得了，总还是期盼飞渡的是和平发展和平改进的祥云。但脆弱的个体生命，如何能控制世道的大势？一种对自己，以及跟自己一样的芸芸众生的大悲悯，如管风琴演奏般訇响在胸臆中。

2012 年 2 月 23 日　温榆斋中

初识曼哈顿

——纽约曼哈顿

一位年轻人翻看我的旧相册，其中有三册是 1987 年秋天我访问美国时拍摄的，翻看中他忽然惊呼：“咦呀，这不是陈逸飞和谭盾么？双名人呀！”那张照片上有三个人，当中是四十五岁的我。年轻人紧跟着用抱歉的口气跟我说：“不对不对，是仨名人啊！”我笑了：“你的第一反应是对的。跟他们比，我哪有那样的世界影响。”

抽出那张照片细看，当年的我，一身牛仔装，花格子衬衫，还带着个青花陶瓷挂件，头发丰茂，朝气蓬勃，不禁慨叹：“流光惯会把人抛，红了樱桃，绿了芭蕉——我如今是掉了头发，纹上眉梢！”但是，照片上，我右边的陈逸飞、左边的谭盾，更以青春豪气把我笼住，真个是神采飞扬、风流倜傥！

当然还记得，那照片，是在纽约曼哈顿一个家庭派对上拍摄的。

那是我第一次访问美国。《华侨日报》在哥伦比亚大学为我安排了题为《十年辛苦不寻常》的演讲。“十年”指的是 1977 年秋天至 1987 年秋天。1977 年我在《人民文学》杂志发表了短篇小说《班主任》，我从那里讲起，但不光是讲我个人的写作经历，我也介绍了我所知道的中国大陆文化界，以及社会生活，在推行改革开放后的种种变化。讲座受到欢迎。当晚，《华侨日报》总编辑谭华焕先生在他的私人住宅里，开了一个派对，邀请了众多当时在纽约的来自中国大陆、台湾、香港的文化艺术界人士，派对上大家聊天之余，也变化排列组合地拍了不少照片以资留念，因为我是主客，因此在镜头里我往往居中。

谭总编的住宅，地点极佳，在纽约曼哈顿下城，百老汇街上，不过那一段百老汇街的剧场不多，倒是离华尔街很近。他那住宅，是在一栋高楼里，第几层记不清了，总之不是很高层，从窗户望出去，视线里的纽约楼林既不是俯视感也不是仰视感，平视的效果很舒服。他那楼门外没几步远就有地铁口，交通非常便利。他那天邀请的客人好几十位，可见他那住宅的空间相当宽敞。

我1979年第一次随团出国访问，去的是罗马尼亚。在那里，受到的第一个刺激，是贴在墙上的一张世界地图，在中国，我看惯了把中国印在当中，东边是太平洋，西边是大西洋，那样的一种构图，可是，那天映入我眼帘的世界地图，却是把欧洲印在当中，中国被推到了最东边，怎么看怎么别扭。现在的年轻人会讥笑当时的我吗？可那就是当时的我。还不仅是我一个。我那一代人里，当然不是全部，但有很不老少的，城里的，学历不低的，由于长时期的封闭，连地图可以换个法子印这样的事情，也没想到过，及至突然入眼，会一激灵。那时候罗马尼亚还在齐奥塞斯库治下，但它是欧洲国家，印世界地图，也就跟法国、德国一样地构图，并不会因为跟中国交好，就按中国的方式来印。罗马尼亚的古典建筑与西欧基本上一个情调。那一年也看到它那里有不少苏联式建筑，以及新造的具有现代风格的公寓建筑。接待方虽然对我们十分热情、照顾周到，但没有安排我们进入家庭做客，因此，不清楚一般罗马尼亚民众那时候的居住状态究竟如何。

1981 年我又随团访问了日本。有机会到日本著名作家松本清张家做客。印象里，他居住的地点离东京市中心不是特别远，却占地极宽。他那栋大房子一半是欧式的，一半是和式（即日式）的，附属的庭院开放的一半是中西合璧式，比如有中式太湖石、金鱼池和西洋喷泉、圆雕，另一半则是有樱花、小叶枫伴随的日本古典“枯山水”的内庭。他的居所里有宽阔的客厅、起居室、餐室自不消说，楼上还有与若干间书房、文物收藏室连环相通的写作室。若在他家室内开派对，接待一百来人绝无问题，若将派对空间扩展至庭院，则二三百人也容纳得下。但松本清张是个极其孤僻的人，据说他极少邀请人到他私宅做客，接待我们，属于罕见的例外。那次有幸进入到松本家，真是大开眼界，心生羡慕，胡思乱想：几时中国作家也能靠版税、稿费享受上这样的居住空间啊？后来在东京等地转悠，就懂得松本的居住状况在日本属于特例，绝不可类推，其实日本一般民众，住宅面积都很有限，尤其在寸土寸金的东京。那次给我们当翻译的林美由子小姐就跟我说，她把我们送回新大谷饭店以后，自己坐出租车回住处，司机一听地名就知道，那是居住条件差的地段，她没说她的住宅是买的还是租的，也没说具体有多大，只是笑笑说：“你们好好休息吧，我要回自己的鸽子笼了。”

1983 年我去了法国，1984 年去了德国（当时的西德），进入过那边一般知识分子在城里的住宅，或古色古香，或简约实用，也到过城外住单栋小楼（中国人往往管那种住宅叫别墅，其实严格意义上的别墅，是指经常性居住的空间以外的，在假日才去使用的休闲空间），那种带附属草坪、花园或泳池的单栋住宅，后来知道，美国更加普遍，当然感觉不错，但是，相比而言，于我都没有纽约曼哈顿谭宅那样具有震撼力。

谭宅的特点，是进门以后，通过玄关，一眼可见极大的通透空间。那当中无墙柱的大空间，朝东朝北全是落地大玻璃窗，自南往北，则顺序是几个功能区：厨房、餐厅、客厅、起居室、书房、琴房。这几个功能区之间，只以矮柜、电视及音响、装饰性矮栅隔开。厨房当然属于敞开式，种种设施齐备，这样的厨房不适宜中国式的烹炒，那天主人准备的都是些仅需用平底锅在电灶上略加煎炙的半成品，以及在微波炉中加热即可食用的荤素小点心，其余的生菜色拉、各色面包、奶酪、干鲜果品根本不用动火，还有些如比萨饼、唐人街粤式饮茶的小点，都是叫的外卖，因此客人进来后，不会有油烟味袭鼻。厨房部分的操作台也兼主人平时的自用餐台，可以坐上高脚凳自便。那厨房部分比屋中其余部分略高，是在一个大平台上。一排矮柜将厨房与紧接着的餐厅区隔开，餐厅区里有可以坐十个人的长餐桌，摆着枝形烛台的餐桌和西洋古典式高背餐椅都显得很气派。餐厅区东墙上有大落地窗，西墙则挂一幅极大的油画，画的是梅兰芳在《贵妃醉酒》里的卧鱼身段。再往北，是客厅区域，用正面朝北的连体大电视及高级音响设备及附属矮栅与餐厅划分开，放一套可容十人的现代派风格的组合沙发，配以巨大而造型波俏的大茶几，又在东、西向设几把希腊式单人椅，而西墙凹进处，是家庭酒吧，吧台前有不锈钢的极高脚的吧台椅，吧台上方倒挂两排高脚玻璃酒杯，侧方是斜置的红酒瓶架，下面酒柜里储满洋酒、啤酒及软饮料。再往北，是起居室功能区，沙发、摇椅、茶座……客厅的沙发与起居室沙发背靠背，形成自然的分野。再往北，西边一个通道通向两间门墙掩住的卧室，一间是儿童间，对面是个客人可用的卫生间，另一间是主卧，里面自然有附带的私密卫生间；不进通道，前方西墙是几排书架，以及与书架连体的书桌、电脑桌……最北边，偏东放一架三角大钢琴，钢琴两侧（东边与北边）全是高大的落地玻璃窗。窗外是纽约曼哈顿的万丈红尘。那通透的大空间，少说也有二百来平方米。

那年进入到谭宅，我的第一反应是："啊，这就是美国生活方式呀！"后来在美国各地转悠一番，就知道应该把那句话改为："啊，这就是纽约生活方式呀！"因为美国大多数地区的民众的居住方式，并非谭宅那样，还是以住在低层连体公寓，或单栋住宅（平房或两三层）的为常态。纽约真是个奇怪的地方。有的人说："纽约不是美国。"它的喧嚣与俗艳，它的楼林与窄街，它的夸张与荒谬，它的放浪与霸气，它的脏乱差，与美国大部分地区的田原牧歌、整洁清爽景象大相径庭。但有的人却一唱三叹："纽约才是美国。"它真个是不夜城，24小时随时在喷发创意，也在滋生罪孽，它的多元混杂、善恶交织恰恰更充分地体现着美国精神。那晚举办完派对，谭先生就留我住下了，他将我安排在儿童间住，那些天他们那刚上小学的儿子暂时到他们的大卧室里去住，我一住就有一周多，观察体验当然更加丰富深入。后来我就进一步修订我的感叹："啊，这才是曼哈顿的生活方式呀！"因为在纽约，也不是人们都像谭家那样居住，比如在布鲁克林区或皇后区，似乎就很少有那样的住宅。谭宅东面、北面的大落地玻璃窗所形成的"画框"，特别是入夜以后，那大都会剪影真可谓奇境魔阵、光怪陆离，繁华热闹到不堪的地步。那样的景象也只能是曼哈顿才有。

有天谭先生谭太太各自去上班，孩子也去上学，我在纽约的别的朋友也没约我一起活动，我睡足了觉，就自己下楼瞎逛。没拐几下就是华尔街，那在图片上已经看熟的证券交易所，赫然凸现在眼前。原以为华尔街是条很长很气派的街，谁知它很短，而且给我一种生了锈的感觉。但是我明白，不能轻视它，所谓资本主义，其运作动力，大半是从这里产生的。后来读到一本两名《华尔街时报》记者合写的关于资本运作的书《大收购》，没太看明白，但是留下的印象，就是资本主义发展到顶点，似乎就只剩资本游戏，变着法儿“空手套白狼”，把寅吃卯粮、透支透取当作家常便饭，那些举足轻重的金融机构，令我觉得就是大型的“老鼠会”，这样推衍下去，岂不是总会有一天，积累的债务再也无法偿还，捞到大头的拍屁股脚底抹油一溜了之，而许多的下家则只能是纷纷亏蚀，以至破产，如此这般，想来心寒。二十年后，美国果然爆发了金融危机，导致百分之九十九的穷人，愤怒地向百分之一的富豪发出怒吼，出现了“占领华尔街”的场面。那天我穿过华尔街，不知不觉，眼前出现了世界贸易中心的双塔方楼。前些天有朋友带我去参观过，那塔楼最高层四面皆是透明的落地玻璃墙，我恐高，不敢靠近朝下望，朋友就带我到楼心的咖啡座喝咖啡，我发觉顶棚上布满非常大非常粗的雪白弹簧，持续地发出嗡嗡的响声，朋友告诉我，这是因为楼身上部在风中摇摆，摆幅在十五米左右，那弹簧便是制衡系统的设施之一，我有些害怕，咖啡没喝完，就说想回到地面，直到终于站在街上，才觉得获得了安全。那天我又从稍远处望它，心平气和，能理解设计者的苦心，他是想用这种高耸的长方体的造型，来强调楼体的非自然属性，等于谱一曲成熟的工业化社会的颂歌，炫示在宏大资本的运作下，人类可以在自然界营造出何等惊心动魄的非自然景观。那天我没有再走近双塔，而是一直顺路走到了海边另外的比它稍低的大楼前，后来才转身循原路返回。我 1998 年再去纽约，和妻子又登了一次双塔。但是 2001 年，众所周知，发生了“9・11”恐怖袭击。2006 年我又到纽约哥伦比亚大学演讲，讲《红楼梦》，讲完在街上散步，想买些新印的明信片回国送人，发现又把 1931 年落成的帝国大厦作为纽约第一高楼来表现了。1987 年当然也登了帝国大厦，去了林肯中心，利用过中央车站，看了百老汇的歌舞剧，参观了大都会博物馆，在“纽约之肺”的中央公园里散了步，逛过俗不可耐的 42 街，当然，少不了到时代广场去看那些大大小小的滚动式霓虹灯广告……曼哈顿，这个销金窟、歌舞场、百衲衣、蜂蝶阵，总算领教了。

改革开放好，使得越来越多的中国人，见识到国门外的景象。更重要的，是给予了国人更开阔的发展空间。1978 年以前，台湾、香港地区已经有不少年轻人到美国留学，但是他们在到达美国前对大陆知之不多，尤其是台湾的青年，那边的当政者那些年对大陆的信息是封锁的，不要说 1949 年以后的大陆作家的作品他们读不到，就是鲁迅的著作，也是禁书。在 1970 年，日本宣称钓鱼岛是他们的领地，台湾当局对此反应迟钝、态度软弱乃至暧昧，这伤透了许多从台湾、香港赴美的中国留学生的心，他们发现，中华人民共和国政府的观点十分鲜明，就是钓鱼岛无可争议是中国固有的领土，对日本态度十分强硬，代表着他们的心声，于是，以纽约为主，在美国若干大城市都兴起了持续几年的以中国留学生为主体的“保钓运动”，这场运动形成了台湾、香港留学生向大陆认同的热潮，谭华焕夫妇那时候刚二十郎当岁，谭来自香港，他后来的夫人来自台湾，为了体现对大陆的认同，他们参与了钢琴伴唱《红灯记》和芭蕾舞《红色娘子军》选段的排练和演出，我 1987 年住到他们曼哈顿宅子里的时候，在他们的书架上，就发现有当时他们设法弄到的普及“革命样板戏”的一些大陆出版物，比如京剧《红灯记》、芭蕾舞剧《红色娘子军》的完整剧本，那书里还附有关于排演的种种指导，有人物造型、服装、道具、布景的详尽示意图。那些出版物都被翻弄得脱了装订线，页面上留下汗渍与指纹，见证着他们青春期的向往与激情。当然后来他们又知道了许多那场运动的阴暗面，产生过疑惑、困扰、失落、惶恐，但是到粉碎“四人帮”以后，中共通过十一届三中全会确定了改革开放的方针，他们觉得有如走出阴霾、沐浴新晨之光，十分欢悦。中美建交之后，在纽约设立了总领事馆，每到十月一日，他们夫妇都会高高兴兴地到领事馆出席国庆招待会。

改革开放的推行不是一帆风顺的。1983 年至 1987 年的几年里，风波不断，谭先生他们有种切盼排除阻力，让改革开放的步伐更坚定的热望。1987 年夏天，谭先生曾应邀到北京访问，受到高层领导人的单独接见，进行了亲切的交谈，新华社、中新社发了消息，《人民日报》还在刊发消息时配发了照片。他回到纽约，就给我签发了邀请函。我在 1987 年年初，因所任职的杂志刊发了一篇惹出“事件”的小说，作为主编承担责任，被停职半年多，到夏天刚刚宣布复职，我到美国后谭华焕告诉我，他是这样想的：如果能允许我应他们报社之邀到美国访问，则说明改革开放还在继续，因为我 1977 年发表的《班主任》是个标志性的作品，我这人也算得是个标志性人物，不整我，不因为我惹出的“事件”而引发出新的针对文学艺术家乃至整个文化界和知识分子群体的政治运动，是中国的大幸，他希望通过我在美国的活动，能增强人们对中国踏上改革开放途程不回头的信心。我虽然不敢自认是什么标志性人物，但既然那么多人盯着我，我到了美国，也就到处现身说法，以自己的心路历程为证，倾诉改革开放的必要性与紧迫性，但是，我也坦率地告诉听我讲述的人士：究竟中国能否将改革开放持续进行下去，以及这场社会变革会发展成什么状况，非我这样一个渺小的人物能够把握，更无预测之智。在与谭华焕的交往中，我们的共识越来越多，情绪也愈加乐观。1987 年的国庆节到了，谭华焕夫妇盛装打扮，跟我一起到领事馆去参加招待酒会。也就在那一年，台湾的蒋经国宣布结束长达几十年的“戡乱戒严令”，开放党禁与报禁。

那一年，在曼哈顿谭宅，那个于我而言是非常别致的空间里，我深切地体会到中国多么需要改革开放，多么需要坚持改革开放。

回过头来说文章开篇提到的那张照片。那晚谭宅的派对，其实就是中国实行改革开放后生机勃勃的一个缩影。而陈逸飞和谭盾二人，更是获改革开放之益，而将聪明才智发挥出来，成为具有世界性影响的艺术家的鲜活例子。

陈逸飞那年刚过四十岁。他的绘画才能，在二十几岁时露过头角，他画过一幅表现上山下乡运动中，跳下洪灾中的河流，抢救公有木头，最后不幸牺牲的模范人物金训华的画儿，曾被当时的报刊广泛采用，但是，倘若他始终处在封闭的限制极多的人文环境中，他艺术才能的发挥必定会受到扼制，发展前景势必极其有限。实行改革开放了，中国打开了门窗，他先是在国内呼吸到来自窗外的空气，然后，他有机会走出国门，来到美国，来到纽约，来到曼哈顿，开阔了眼界，展拓了画风，渐渐地，将养育自己的本土传统文化，与他经过选择吸收的西方文化，有机地融合，潇洒地发挥，创作出了一幅幅别开生面的作品。当然，他的艺术才能的被大肯定、大重视，应该以 1991 年他的一幅油画《浔阳遗韵》在香港加德士拍卖行的拍卖中，拍出了 137 万港币为标志，这个价位在那时候堪称天价。1987 年在曼哈顿谭宅见到他时，他还没有那么红，但也已经在纽约有名的画廊办过两回画展。记得那天见面，我们谈到过卖画的问题，他表达了这样的意思：艺术家画画不应该以卖钱为目的，但如果你的画进不了画廊，没有人买，卖不出价，那就会很惨，凡·高伟大，凡·高很惨，要学凡·高对创作的痴迷，不要重复他那疯掉的命运；他说他把卖画当作架桥，架什么桥？就是通过卖画积累了资金，然后拿来圆自己的梦，桥那边，会是他拍出的“油画电影”。当时听了他的话也没太在意。多年以后，从报道中看到，他回到上海，果然是不惜个人投资，拍起了富于诗情画意的试验性电影，拍了《人约黄昏》，又拍《理发师》。可惜他创作激情过于喷溢，忽略了“留得青山在，不怕没柴烧”的古训，竟因拍电影过分拼命，而突发胃出血溘然仙去。斯人虽逝，其作品嵌在了美术史、电影史上。

1987 年谭宅见到的谭盾，大约刚满 30 岁，印象里是个毛头小伙。记得交谈里他乐呵呵地说，他喜欢纽约，喜欢曼哈顿，喜欢这里的嘈杂。我知道他早在 1981 年就以《离骚》一曲获得了中国首届交响乐作品大赛的“创新鼓励奖”，又在 1983 年以《风·雅·颂》获得德国韦伯国际作曲比赛大奖第二名。回想起他那天的只言片语，我懂得，他所谓“喜欢嘈杂”，当然不是反对悦耳的古典旋律，但是他要立志展拓人们对“乐音”的理解与接受范畴。如果中国没有实行改革开放的国策，谭盾也不可能走出国门，以整个世界为实践自己音乐理想的大舞台，纵横恣肆、生猛泼辣地去创作出那么多富有挑战性的个性化作品。后来我虽然再没有跟他谋过面，但他那些音乐实践，以及获取的国际性荣誉，是知道的，他以水声为乐，以陶器为演奏工具……虽然他的作品在西方看来也是新锐的，但他万变不离中国传统文化之根，他为李安的电影《卧虎藏龙》的配乐，2002 年获得了第 44 届格莱美最佳电影原创音乐奖，就是再一次的证明。

收起 25 年前的旧照片，意识到自己已是 70 岁的老人。但我一颗切盼改革开放不能停滞更不能后退应该更加勇往直前的心，仍像当年一样具有青春激情。

2012 年 2 月 10 日　温榆斋中

小中河的月亮

——北京顺义小中河

2002 年春天，中央电视台纪录片摄制组策划了一套《一个人和一座城市》，其中北京城，他们请我来充当那“一个人”，那是一次愉快的合作，录制完成的片子里，最后的一组镜头，是我在田野画水彩写生，取的景，是小中河畔的铁道堤及两旁的田野。

小中河，是条没有名气的小河。它西边不太远处，有温榆河，东边远处，有潮白河，都有相当知名度，也都比它宽阔，也许正是因为它处于那两条河的中间，故此被称作小中河吧？

我是 1999 年，在那河西村子里，辟了一个书房，取名温榆斋的。我常去那里，一住十天半月，写作之余，最喜欢的事情，就是到村东小中河一带散步、画水彩写生。我的家人有时候也会去小住。

温榆斋所在的村子，离城不算很远，难能可贵的是，虽然也搞了房地产开发，耕地面积大减，但毕竟还保留着一些农田，直到前两年，也还有湿地，而小中河流经的区域，有长长的柳堤，柳堤尽头，则是与其大体垂直的更高的堤坡，有台阶可拾级而上，那上面，就是一条铁道，朝西北的方向，通往天竺机场的航油储罐区，因为是运航油的专用铁道，别的火车不会使用，而航油的运输，间隔期颇长，因此，铁道疏于使用，道石间每逢春夏就蹿满野草野花，堤旁的酸枣树、野桑树也都恣意地生长，树上的酸枣、桑葚成熟过度无人采摘，会成片地自坠地上，形成红紫的斑点。

站在铁道堤坡上南望，有大片荒芜的田野，其间有放羊人踩出的小道，多种不知其名的野生草本植物在夏天构成五彩斑斓的植被，是我水彩写生取之不尽的素材。远处，白杨树构成绿色屏障，那后边，应该是沿温榆河蜿蜒的公路。

站在铁道堤坡上北望，小中河历历在目。尽管有从附近楼盘泄出的污水损其容颜，毕竟它是活水，仍有勉强自澄的能力，故此苇丛也还茂密，蒲草也还结出蜡烛似的蒲棒，也还有野鸭在游弋，夏天蜻蜓很多，并且非止一种，饶有诗情画意。

村友三儿，常陪伴我到柳堤上散步，一起欣赏小中河的景色。三儿告诉我，他小的时候，他们村子，堪称是个水乡。北京郊区平原一般都种小麦，他们村却有广阔的稻田。那时小中河要宽许多，水流也丰沛得多，他们村里的男孩子，个个会游泳，到小中河里嬉戏，在河边捞小虾小鱼，扎猛子到河心捉鳖，是他们童年生活的常态。

有次三儿又陪我去柳堤散步，他照例大嗓门跟我说笑，若是在城里餐厅，我会提醒他让我听见就成，别干扰别的食客，那长长的柳堤，似只有我二人，何妨容他喉咙痛快。谁知行至一半，忽然有人高声叱他：“你个小兔崽子！把刚要叼食的鱼给吓跑了！”定睛一看，原来堤坡下、苇丛旁，有个人在钓鱼。三儿看见他，吐吐舌，唤声：“康叔！”那康叔就继续笑骂，三儿也就回敬，俩人逗了阵贫嘴，我从旁听来，康叔的威严里不失亲切，三儿的科诨里含有尊重。后来康叔继续钓鱼，我和三儿走到柳堤尽头，登上铁道，三儿就摘酸枣给我吃，说：“一点没污染，城里哪儿有?”我品尝，果然酸甜宜人。

我和三儿越过铁道，顺羊路往田野里走去，三儿就把康叔的事讲给我听。

三儿说，他小时候，头一回对康叔留下深刻印象，是康叔带队，引着村里的青壮年，排队步行，去往几十里路远的水库，参加扩库工程。康叔人高体奘，背着干粮袋，举着一面红旗，走在最前面，真是雄赳赳、气昂昂。他说，康叔那时候是村里的头儿，准确的称呼，应该是生产队大队长。每年夏收、秋收，康叔带头在田间、场院干活，常常是光着膀子，一身结实的腱子肉，按说总在骄阳下，会晒得红紫油黑吧，别的男子也确实多被晒成那样，康叔呢，却总是至多晒得泛红而已，收工跳进河里一游一涮，回到岸上肌肉皮肤还是蜂蜜色，看去十分顺眼。

后来村领导不叫大队长了，叫什么村民委员会主任，三儿说满村的人都不适应这个官名，管你法律是怎么规定的，就叫成村长。康叔在很多年里，都担任党支部书记兼村长，但是村里人只有在对他有意见，跟他争辩的时候，才管他叫书记或村长，一般情况下，年纪比他大的管他叫康哥儿，同辈的叫他康哥尾音不儿化，三儿那样比他小的，则管他叫康叔。

康叔带着这个村的人们，经历了最巨大的一次社会变革。生产队没宣布解散实际上解散了，村民们一度各自为政，承包田地后，有的自耕，有的找人代耕，有的跑起小买卖，有的进城找工作……光靠种田富不快，康叔和他的副手们带领大家白手起家，办起了小企业，生产各种能销出去的东西，村里一千多户，三四千口，康叔心里有本明细账。三儿初中毕业，不上高中，没等去找，康叔串门来了，跟三儿父母说：“农机队缺人，让三儿跟老戚学开大农机吧；你们隔壁王家的二丫头也毕业了，去鸭绒厂合适。”村民们心气都高，几年里差不多都富裕了，手里有了钱，头一桩事就是翻盖宅院，康叔召集会议，又通过大喇叭广播，要求村民们按统一规划翻盖宅院，最重要的就是屋脊要一般齐，谁也别盖楼，不能你家盖起楼来，把隔壁家平房院里的事情看个底儿透……我到他们村后，发现整个村子的宅院布局仿佛棋盘，南北数条直街，东西一条宽路，然后是东西向的无数小巷，基本上全是平房套院，这与附近的村子景观很不相同，那些村子富起来的农民都盖起了小楼，与暂时还不富的村民的旧平房犬牙交错。

但是，和其他各处农村遭遇的情况一样，村办企业很快就在市场经济的进化中被陆续淘汰。三儿以下的那些男男女女，本村就无法安排他们就业了，于是八仙过海，各显其能，或父母督促，或自己努力，有的相继找到了营生，包括开黑车、无照摆摊设店，灰色生存，但也有越来越多的初中毕业生或辍学的后生，在家里靠父母吃饭，出了家门就到处闲逛荡，以至赌博斗殴……

村里风气大变，康叔也就卸任了。新班子有了新财路，就是转让土地，搞房地产开发。眼见着村里的旱地先变成了名称新潮的商品楼小区，跟着湿地也在萎缩。村子整体拆迁的消息越传越烈，于是，为了争取在拆迁时多拿补偿款，村民们几乎家家忙着增加宅基地上的房屋面积，村里大街小巷总呈现着施工景象，这里码着待用的红砖，那里堆着高高的沙堆，土趵狼烟，一派狼藉。康叔离任后最后一回干政，是跟新班子的人拍着桌子强调：你们用合作建房的名义，卖地给开发商建商品楼小区，必须做到两条——一是收益村里户户有份，二是一定要让买房的人最后能拿到正经的房产证。他先拍自己胸脯，再指点在座各位的胸脯，问：“良心还在不？”

商品楼盖起来了。最后确实不是“小产权房”，能办下正经房产证，但是，村民们没有分到一分钱，村干部却坐上了奥迪车。有村民找到康叔，表示气愤，要他出头，康叔叹口气说：“我过时了。”他就总是一个人跑到小中河钓鱼。

三儿对康叔的描述，使我对这个前村干部产生出兴趣，就求他把我介绍给康叔，跟康叔有叙谈的机会。三儿先打预防针：“你有那个心，康叔未必有那个意。他倔着啦。”搁不住我一再央求，有一天下午，三儿又陪我去小中河柳堤散步，又遇上康叔跟那儿钓鱼，三儿就把我介绍给康叔：“这是个作家。”康叔扫了我几眼，笑笑说：“那怎么不跟家里坐着，到这儿戳着？”许是见我听了有些尴尬，就又笑说：“管你是坐家里的站家里的，你这人面善，愿意跟我聊聊？想聊什么？”我和三儿就跟他在身旁杂草覆盖的土墩上坐下，康叔把渔竿斜插进软土里，比姜太公还自在，跟我有一搭没一搭聊了起来。我说我想听本地故事。康叔指指河对岸，那边有片向日葵，有个秫秸搭的窝棚，水边有一大片茭白，我问：“窝棚里有人吗？是在看守什么呢？”三儿代答：“看茭白呢。转日莲东边还种了好些。是南方来的农民，租借了这些湿地，种藕，种茭白，种芋头……以前俺们村没种过这些玩意儿。以前西边高地上种瓜，生产队搭的窝棚，住里头的是看瓜的。”康叔就说：“正想讲个窝棚看瓜的故事。”他讲了起来：

三儿你知道咱村老秦家，你叫秦六叔的，虽说他们全家迁外地了，你该还记得，他那闺女，跟你差不多大，二十几年前，聘出去了，办喜事的时候，你们家也去随过份子的，你小子那时候就爱喝一口，那天怕是喝得不老少。

秦六叔聘闺女之前，来家里找我，我老伴招呼他喝茶抽烟，他哼哼叽叽的，我老伴就知道，他是有话想单独跟我说。老伴端过茶避出去了，我问他："你怎么回子事？谁踩了你脖子？"他说："康哥，我这闺女的对象，怕不合适，你要给做主，让他们断了！"我说："《刘巧儿》演多少年啦？你也能唱上几句。都改革开放了，还兴干涉子女自由恋爱？你自己老顽固不算，还拉上我，我可是戏里那个马专员，能干破坏自由恋爱的事儿？你闺女那对象，我也照过几面，挺好的嘛，长得跟你倒有几分相似……"没等我说完，他脸刷地红了，脖子筋颤，舌头打绊，更让我奇怪，只听他嘴里咕噜一阵，一个劲地问我："果然长得像我？像我？"我就感觉到，他肚子里有戏。

秦六还是个小伙子的时候，夏天队里派他到窝棚里看瓜田。每天就那么平平淡淡地过去，没什么人去偷瓜，獾猪也没去拱过。可是有那么一天晚上，他刚睡下，就听见门帘外头有响动，他还没来得及爬起来查看，就见一个人弯腰进了窝棚，他忙用手电筒照，那人站直了，只把手护着脸。秦六蹦起来，大声吼："你偷瓜偷进窝棚来了！想是还想抢我？没门儿！"那人把手放下，他才看清，是个女的，估计比他大不了许多，文文静静的，不像个坏人。那女的就跟他说，是外村迷了路的，实在没办法，才来找他帮助。就问她是哪个村的？含含混混，不想说个明白。这时候听见雨点打在窝棚顶上的声音，那女的就央求，能不能让她在里头避避雨，等雨停了天亮了，再离开。秦六心软，就答应了。窝棚里很小，秦六就抱着被子坐到一角，这时候才发觉自己只穿了个小裤衩，忙把褂子抻过来披上。那女的就在进口边坐下，双臂交叉护着自己肩膀。外头雨渐渐大了，寒气进来，那女的直哆嗦，秦六就把被子扔给她，自己赶紧穿上裤子。那女的接过被子捂着自己上身，眼睛总盯着秦六看。后来秦六眯眯瞪瞪坐着睡过去了，一阵鸡叫把他惊醒，睁开眼，那女的已经走了。

后来有好多天，秦六又在寡淡的日子里过，一是觉着那晚的事未必真有，二是就开始想那女人。他说自那天才知道，有的女人离近了，有股特别的肉香。就在他快把这事认准是场梦的时候，有天晚上，天上悬着大月亮，他刚打开铺盖，也没先有什么声响，一扭头，那女人又来了。他又惊又喜又怕，问："你是真的？"那女人笑："怎么不是真的？我给你送好吃的来了。"打开一个白布小包袱，里头是六个白面蒸的红糖馅三角，在那个年月，是太难得的美味啦！秦六一连吃了三个，留下三个以后再吃。那女的看着他吃，只是笑。秦六问："你究竟哪村的？"女的说："兴许以后你能知道。"女的走了，他也没追出去。

那时候还在搞运动。我也还不是队长。队长是老陈，他前些年过世了。秦六很老实，他白天见着老陈，就跟他汇报了，说晚上窝棚来了个女的，也没怎么样，怕是个鬼吧。老陈说："有这样的事？"琢磨一阵说："你就先回来种大田吧，我去窝棚待几天。鬼是没有的，别是阶级敌人的鬼把戏。"老陈就去那窝棚待了五个晚上，一点特别的动静没有。就又让秦六去窝棚。

一个月牙斜挂的晚上，那女的忽然又来了。这回，一定是那个女的不放过秦六，秦六自己说，是他再不能放过那女的。他们就发生关系了。

后来就拔秧收瓜，窝棚就闲着了。一年以后，有天有人招呼秦六，说大队部有你的信。那时候邮递员送信来不管谁的，都搁大队部，得消息自己去取。秦六从没得到过别人寄来的信。好在也没人细究细问，秦六取了那封信，到这小中河边僻静的地方，拆开看了。是那女人写来的。那女人说是从窝棚里他的记事本上知道他姓名的。感谢他让她怀了孕。她会记恩一辈子。生了一个胖小子。这样丈夫公婆就都对她好了。她会把那儿子好好带大。

她在信封右下角只留了个县名和公社名，没有具体到大队更不知是哪个村。那时候写这样的信，得是个大胆的人。留下这样的信，就更得胆大了。秦六记住了那大地名，把那信连同信封都撕得碎碎的，扔进了小中河里。

听完秦六的这个段子，我就知道，他担心的是什么了。他那长大成人的闺女，交的那男朋友，正是当年那个借种的女子所在县的人。那个县在河北，跟北京挨着。听到我说跟他闺女对象照过面，觉着那小伙子长得像他，他慌得不行。

刘作家听到这些，怕会不以为然，这不是人家秦六叔的隐私吗？怎么拿来说事儿？接下来我要告诉你，秦六去年跟我联系上了。他的故事有圆满的结局，他说不在乎讲出去了。

当年秦六没有阻拦住闺女的亲事。也没有道理阻拦。后来跟亲家们见面了嘛，那个亲家母怎么看怎么不是当年来窝棚的那个女子，言谈话语里也没可疑之处。但是秦六好几年心里窝着疑惑，也不敢轻易对人说，只跟我私下叨唠过：女婿那出生年月，怎么掐算怎么像是自己播的种；外孙子都两岁半了，怎么还不能利落地说话？亲家母为什么爱蒸糖三角吃？

社会变化大。农民离了土。咱们村出去的还不算多。秦六女婿是他们那县里考上清华的理科状元，后来更到美国留学，成了个博士，还在那边的一个研究所混到事由，媳妇接去了不说，还让双方父母轮流去美国团聚，秦六叔也开了洋荤，见识过美国了。可惜秦六婶得癌去世，没能享到这福。在那边，许是受到影响，什么都能说开，就把他的担忧，跟女儿女婿说了，女儿女婿不觉得人家借种有多荒唐，反而觉得很浪漫，说是可以拍电影。但是他们的大儿子确实显得缺心眼儿，就是智力发育落后，这是不是由于兄妹通婚造成的啊？于是，女婿就跟秦六一起，去做了那个

DNA 检测，结果证明，他们完全不可能是父子关系。秦六那大外孙的智力发育落后，经过人家那边医生来回检查，认为不是什么问题，有的人就是开窍得晚嘛！前年美国经济不景气了，秦六女婿愿当“海龟”，在上海一家公司找到新饭碗，全家游回中国，又把秦六接到上海一起住。

只是不知道，秦六那个婚外的儿子，跟他的父母，现在活得怎么样。也许哪一天，忽然找到咱们村，说是想见秦六，跟他一起做个 DNA 检测，那就不知道现在的头儿的，当不当回事儿？我反正是不在其位，不谋其政了。

康叔讲的窝棚奇缘，很值得玩味。我还想听更多的故事，天却暗了，西边现出一个好大的月亮。康叔收起渔具，推着自行车，跟我们一起往柳堤外头走。小中河泛出阵阵腥味儿，团团蜉蝣在柳树下飞，有时撞到人脸上，怪痒痒的。我从旁细观，康叔确实超级魁梧，但是背却微驼了，他头发已然花白，面容大气，眉间脸颊几条刀雕般的深皱纹，令人觉得非常刚毅。

三儿替我说出心里的想法，就是我还想再听他讲更多的故事。康叔道：“你以为我真不知道作家怎么回事儿？就希望多掏澄些素材，写些个启发人的文章。可如今文章好写吗？”我说：“要写严肃的，难。如今知识分子分好些派，主要是左、右两派。两派都要下笔的跟他们一个调。”康叔问：“那你怎么写呢？”我说：“只能不管左右牵制，对现实，好处说好，坏处说坏。”康叔说：“凭良心，这就对了。”我说：“有时候，管文章的人又出来说，这个不对，那个不对。”康叔笑：“跟我退休前的情况一个样，做实事的，说实话的，上下左右总有人说你不对。”三儿替我央求：“这回村的路上，您就随便再讲一段吧。”康叔说：“想起这么一段，

你们听了别嘬牙花子!”他讲的是:

三儿该还记得,村里的老地主,过去都直呼他名,如今他过九十了,大家都管他叫汤老爷子,如今住在村里敬老院,咱村敬老院还是我当权那时候建起来的,经我手送终的老人有十八个呢。那天我拿些大桃儿去敬老院,汤老爷子把我叫过去,又大声说谢我。他总记得那时候开斗争会,我不许揪他的人对他发狠,我的道理是你把他的胳膊撅坏了腰弄坏了,他怎么下地干活儿?对他劳动改造不利,对生产不利嘛!又说感谢我给他摘帽子,我不得不一再跟他说:“是邓小平、胡耀邦,是改革开放新政策,给全国所有地富都摘了帽,我不过是召集村民大会宣布一下罢了!”不再讲究什么出身背景以后,汤老爷子家的儿女许是以前被压抑得太久,得机会冲出去,那股子猛劲儿,三儿你们这样的贫下中农子弟,大多赶不上了,几乎全发了财,他们不愿意再在这个村里住,个个在城里,要么外地,置了大房子,有的跟秦六的女婿一样,富到外国去了,个个也都孝顺,都要把汤老爷子接去享晚福,偏这汤老爷子一脖子犟筋,说汤家在这村传到我是第五代了,你们六代七代走我不拦,我是要老死在这儿,埋在这村义地的,我不走,何况现在大家伙对我都好,当年斗我的那些事儿早忘了。就这么个老头,还挺硬朗,说话利落,他跟我说:“怎么耳朵里总灌进气不忿的话,说空气呀河水呀全污染了,又特别是腐败,简直是不像话到了快炸锅的地步儿!”我跟他说:“服侍你们的胖嫂子二嘎子们,难免脱离工作叨叨叨,就当听喇喇蛄叫呗,你们的任务,就是在这儿颐养天年,看看电视,打打小牌,要么闭眼晒晒太阳,哼段《空城计》《花为媒》什么的,那些个问题,且不用你们操心!”你们猜汤老爷子怎么说?他说:“以前国家出了事儿，把我揪出来批斗，好像就解决问题了。彭、罗、陆、杨成黑帮了，斗我，说我是他们的社会基础；后来打倒刘少奇，斗我更凶了，我是他复辟资本主义的社会基础，批来斗去的，我心里都服了；可冷不丁又批林彪，批林批孔嘛，我又成了林彪、孔老二的社会基础；又忽然说邓小平搞右倾翻案，我咋又成了他的社会基础呢？……所以前两天听他们又说到腐败，我就想，要不，你们再把我揪出去批斗一顿，'阶级斗争，一抓就灵'么！我不能总这么在敬老院吃闲饭啊，好歹我当过那么多年的靶子，再为社会当靶子做回子贡献，我自愿啊！……"

听到这里，我哭笑不得。康叔的脸色却严肃起来，他停住脚步，朝我偏过头，两眼盯住我，问："你今儿别回答我，回去想透了，下次三儿再陪你来见我，把你的思考告诉我：如今的腐败，根子在哪里？什么是腐败的社会基础？"我心里咯噔一下，茫然中，却对康叔由衷地肃然起敬。

没等我缓过神，康叔蹁腿上了车，只听得一声："你们慢慢溜达吧。"他已经骑车往堤头而去。我望着他那远去的模糊的雄壮的背影，心里泛出复杂的滋味。

再望西天，月亮升高了。

非常遗憾的是，我下一次从城里来到温榆斋的时候，三儿告诉我，康叔竟在十多天以前，突发心肌梗塞，溘然去世了！

和三儿又一次来到小中河边，回想起那一天跟康叔的交谈，他最后提出的那个意味深长的问题，我竟还没有想透。但心里仿佛揣了个明亮的圆月，有种乐观的期待，正可望接近澄明。

2012 年 4 月 18 日　温榆斋

你在东四第几条？

——北京东四头条至十二条

北京东城的东四北大街和朝阳门内北小街之间，有许多条东西向的胡同，其中与我少年时代关系最密切的，是东四头条胡同以及往北依次编号的二条直至十二条胡同。你如果查阅现在的北京地图，会发现还有东四十三条和东四十四条，那是1965年北京市政府重新命名街巷时，将十二条北面历史上另有名称的胡同合并改称的。

一直想有机会，乘坐直升机，从南往北，鸟瞰那十几条胡同。那是北京古城残留的机理，半是绿荫半是灰瓦，还会有鸽群飞翔、鸽哨悠然鸣响吗？还会有孩童自制的“屁股帘”风筝，拖曳着飘带浮现吗？那胡同的槐荫下，可还有抖空竹的嗡嗡声？那些四合院里的地栽花，可还是那么姹紫嫣红？……

我是八岁时随父母来到北京的，在北京长大成人。我家虽然不住在那些以编号某条命名的胡同里，但是我的小学、初中同学，多有住在那里面的，放学后，回家前，我会跟随同学，去那些“条”里玩耍，古人有“十二栏杆拍遍”之说，套用一下，我是“十二胡同踏遍”。

北京胡同的人居状况，久远的不去说了，以我所知，大概在1938年，有过一次空间再分配，一些国民党官僚、富人、知识分子，南迁了，空出的院落，有的就被日本人和汉奸强占。到1946年，又有一次变化，日本人跑了，汉奸的房产被没收了，国民党的接收大员又霸占了不少院落，当然，也有不少抗战时南迁的家庭又回到这里，重新收拾旧家园。到1950年，胡同人居空间再一次大改组。一些国民党官僚、富人、知识分子跑到台湾去了，若干空下来的上好的院落，还不是一般的四合院，有的有两三进，有的还附带具备亭台楼阁和太湖石、金鱼池的花园，被分配给新政权的高级干部居住；也还有很多精致的四合院、三合院，居住着一般北京老居民；许多人怕想象不到，那时候最早衰落的胡同大院，是某些清朝遗老的，里面居住的主人，走在胡同里，会是灰头土脸、旧衣蔽衫的模样，我上小学时就见有群同学跟在一个满脸蛛网般的细琐皱纹，所剩不多的花白头发在脑后扎着辫子的老太婆，起哄地喊叫："大格格！格格大！"那格格的生命穿越过几次社会巨变，还顽强地存在，但是她那前门在这"条"后门在那"条"的格格府，里面的软件凡值点钱的全变卖光了，硬件陆续出租给别人，但到后来完全没有钱维修，租户要么搬离，要么绝不再付房租，于是，格格便将整个院落交给了新政权的房管所，自己只保留三间北房，享受永远免房租的待遇，房管所将大院近百间房屋加以不同程度的修整，按方位优劣面积大小以不同价位出租给住户，这就解决了不少一般城市居民特别是城市贫民的住房问题。但是那时候就有只交纳得起最低廉租金的底层人士，选择了原格格府大门的门洞居住。于是在同一条胡同里，也就呈现了从地位最高生活最富裕，到中产小康，到比较清寒，直至相当贫困的人士并存的社会生态。

1954年，我正上中学，放学后，就背着书包，跑着跳着，随同学去那些“条”里玩耍。那些同学有的并不是同班的，只因一块儿玩得好，有的就会把我带进他家住的院里，记得一位同学是某首长的小儿子，他家客厅里摆着一圈苏联式样的沙发，大得吓人，全罩着灰黄色卡其布的套子，坐上去并不怎么柔软，但是能让我产生特殊的快感，就是那样的沙发以前只在苏联电影里看到，记得斯大林坐的就是那样式的沙发。他会拿些父亲从苏联带回来的包着花花绿绿糖纸的大块硬糖请我们吃。他家有从苏联弄来的幻灯机，能放映一些那时候中国未必译制过的根据电影制成的幻灯片，记得有一部是《雾海孤帆》，幻灯片上有俄文字幕，他请了好几个同学去看，虽然学校里教俄文，大家只会些简单的俄语，看不懂，就瞎猜，这过程里有的就抬上了杠，最后主人赌气停止了放映，大家不欢而散。还去过另一“条”里另一家，是个小四合院，砖雕影壁边栽了棵三季都挂满红叶的鸡爪枫，留下的印象至今如在眼前。他家的客厅里的沙发，跟后来看到的话剧《雷雨》布景里的很相似，与那种苏联式沙发的情调完全不同，那同学的母亲那时候穿着暗绿的旗袍，头发上又箍一根颜色一样的缎带，端出一碟北京的小点心——酥八件招待我，同学就拿出一个有中英文对照的漂亮画册给我看，上面画的说的是耶稣诞生在马槽等等，他们全家都是基督教徒，我听过他妈妈弹钢琴，他和他姐姐合唱圣诗。

但是，后来跟我玩得更好的，是另一个外班同学，他虽然跟我同届，却比我足足大了四岁。

我跟他交往是由于一个偶然事件。我那时背着书包跑动，总发出一阵咣啷咣啷的脆响，那是因为，我中午带饭，用的是一个美制饭盒，1947年前后，国民党统治区有不少所谓“美军剩余物资”流入市场，一些中国市民也就购买来使用，那种军用不锈钢饭盒就是其中一种，扁圆形，当中有个凹槽，一个长手柄用完后正好翻过来将盖子扣住，因为吃完午饭以后里面有把不锈钢勺子，所以搁在书包里一颠动，就咣啷咣啷发响。那天我跟几个同学在某“条”某宅门外的上马石上拍“洋画”，玩完了我背起书包要回家，又咣啷咣啷响起来，这时忽然就有一个比我高一头的家伙从旁揪住了我，我虽然没跟他来往过，却知道他绰号“鼻毛”，他鼻子很大，鼻孔特别宽，里面确实长满黑毛，他那时已经不上学，整天在胡同里鬼混，他把我揪得一趔趄，跟我吼：“把你那咣啷咣啷给我!”我试图挣脱他，跟他说：“那是我带饭的饭盒，不能给你。”显然他注意我那饭盒已经很久了，因为有的时候我会在比如说拍洋画的间隙，取出饭盒吃剩下的东西。他就把我的书包硬抢过去，把里头的东西全倒在地下，那饭盒也就咣啷咣啷落到地上。他命令我：“把饭盒捡起来给我!”那一刻，我是遇到了生命中此前没遭遇过的严重危机。

正在这时候，救我的人来了。我知道他绰号“大乔锛儿”，那天他光着膀子，一身结实的腱子肉，他也不说什么，走到“鼻毛”跟前，伸手就一拳头，把“鼻毛”打翻在地，“鼻毛”跳起来，乱骂，冲过去跟他拼命，他从容应战，显然，“鼻毛”只有横劲，并没什么真功夫，而“大乔锛儿”显然跟什么师傅学过，赶过来围观的一群孩子形成一个直径忽长忽短的圆圈，喊什么的都有，只觉得眼花缭乱，忽然“大乔锛儿”已经将“鼻毛”点穴擒住，“鼻毛”叫疼求饶，“大乔锛儿”就命令他把我的书包重新装好，“鼻毛”满口答应，可是“大乔锛儿”一松手，“鼻毛”就冲出围观圈，一溜烟地跑了，我自己早把书包装好，“大乔锛儿”拍着我的肩膀说：“以后还来这块儿玩，有我，谁也不能欺负你!”

“大乔锛儿”一家，就住在那个原格格府的门洞改造成的屋子里。他父亲原是拉排子车（一种人力运货的大板车）的，后来成为蹬平板三轮的，给人运货挣点“脚钱”，他母亲眉眼有些像那时候风靡一时的电影《祖国的花朵》里的那个老师，也就是电影演员张圆，但是头发总蓬乱着，常听见她在屋门外的大槐树下扯着嗓门喊“大乔锛儿”的弟弟们回家吃饭，那嗓音却绝不像电影里的张圆，非常粗犷而且沙哑，还常口吐脏话，虽然听多了能够明白，那是她对家人示爱的一种方式。“大乔锛儿”除了三个弟弟，还有一个比弟弟们大的妹妹。跟“大乔锛儿”交往后，他从未请我进过他们那个门洞，我曾琢磨过，就算格格府的门洞比较大，他家七口人，可怎么住得下呢？

“大乔锛儿”这绰号究竟什么意思、怎么来的，我始终没问过，那时候同学间取绰号，有的能说出由头，有的实在无厘头，不必深究。但我很快就发现，不仅胡同里的孩子们，就是部分大人，一提起“大乔锛儿”，总有种敬畏感，据说更有人背地里称他是“镇十二条”，当然不是指他只能镇住东四十二条这一条胡同，表达的意思是从东四头条一直到东四十二条，青少年打架，没人能打得过他。当然，从学校里的某些老师，到派出所的民警，都对他非常警惕，他有流氓嫌疑。但是，后来被派出所薅进去的，是“鼻毛”，“大乔锛儿”除了有时打架，并没有“鼻毛”那些偷盗抢劫、猥亵妇女的行径，而他每次打架，细究根源，都有抱打不平的因素，虽然也被民警训诫过，倒没有什么非得把他拘起来的事由。

“大乔锛儿”爱到什刹海去游泳，那地方离他住的门洞，以及我住的钱粮胡同，说近不是太近，说远也没远到哪里去，有时候，我会陪他去什刹海，我不敢下水，他跳进去游，我给他看衣服。头一回，他在水里游着，忽然龇牙咧嘴，叫喊：“水草绊脚啦!”扑腾一阵，把我吓个半死，结果他又忽然往上一蹿，哈哈大笑，原来是故意逗我，后来他再来这一套，我就双脚蹦着喊：“沉吧沉吧沉吧!”

入秋，“大乔锛儿”在星期天，常会拉着一个小轱辘车，去东直门外农民砍过的白菜地里，给家里拾地里剩下的白菜帮子，有时还挖出菜根来，都装到小车里，拉回他们那个门洞。我陪他去过几次。很惊异于那样的东西他们家也煮来吃。熟了，我就不叫他“大乔锛儿”了，就叫他乔哥。我那时候就喜欢读小说，到1956年初中毕业前，我已经读了许多西方名著的中译本。乔哥知道我读得多，就让我讲些给他听。常常是，在东直门外的菜地旁、护城河边的树荫下，我把新看完的小说讲给他听。记得我讲过英国作家托马斯·哈代的《卡斯特桥市长》，那部小说充满悬念，情节发展常出人意料，我讲得也很有技巧，该简化的简化，记不清的地方就瞎连缀，他听得津津有味，一次讲不完，分几次讲，他后来承认，其实他们家存的菜帮子已经不少，本来不用再去捡了，只是为了听《市长》，他积极得让他妈妈惊奇，连连拉着小轱辘车往城外去。我讲了那个市长当年落魄时喝醉了酒，把自己老婆和女儿卖给了一位海员，多年过去，母亲带着女儿找回来了，原来海员的船一去不返，市长发现自己的老婆女儿找回来了，市民们没发现，就装出爱上了外地女子，向原来老婆求婚，这样一家三口又获得了幸福，但是好景不长，老婆得病死了，临死留下一封信，嘱咐他一定要等到女儿结婚那天，再拆开来看，谁知市长是个急脾气，丧事一办完立刻拆看了，呀，信上说的是，那女儿并非跟他生的，当年的那个早得病死了，这个是跟海员生的!看过信以后，他对那女儿态度大变，那女儿觉得奇怪，偏那女儿爱上了市长的竞争对手，他痛心疾首，当他在悔恨心情中打算跟女儿和好时，忽然那女儿的亲生父亲出现了，原来那海员虽遇难却并未死……乔哥听完整个故事，这样说："好听！不过，全是瞎编，人世间哪有那么多巧事？你就学着瞎编吧！"

我跟乔哥的密切交往随着初中毕业而结束。我考上的高中在另一方向，难得再去那十几个"条"里转悠。乔哥没有再上学，他到东郊一座国营大工厂当了工人。

后来是"大跃进"时期，胡同里也垒起土高炉，家家户户捐锅搜铁，炼起了钢，说是要赶上英国超过美国。再后来物资匮乏，凭票证购买东西。我和许多人一样，变得奇瘦，偶尔想起乔哥，他那么个大食量的人，还能保持住饱满的胸肌吗？怕也成了麻秆儿了。再后来供应稍有好转，我在什刹海边看到有人野泳，乍看以为是乔哥，细观不是。于是到了 1966 年的夏天。我偶尔路过东四某"条"，发现胡同里撂着抄家扔出来的东西，分明是苏联式的沙发，已经被暴雨淋得惨不忍睹，不由想到那家人的幻灯机和《雾海孤帆》等幻灯片，大概都被砸了烧了吧？至于人呢，我已经看到街上贴出的打倒某某的大标语，他那小儿子，我当年的同学，该怎么跟他划清界限呢？又经过某"条"，有个当地"红卫兵"举办的"破四旧"展览，展出的罪物里，有暗绿色的旗袍、砸裂盖子的钢琴，和我曾经翻看过的中英文对照的画册……

大约是 1967 年夏天，我路过久违的有门洞屋的那一"条"，正想着，会不会有乔哥走出来呢？却惊讶地发现，出来的是一个憔悴的老头，他家本是住在那胡同里的一个规整的四合院里的，因为是资本家，所以把他家轰进了那个门洞屋。

我走出那条胡同，不曾想那边来了个骑自行车的人，离好几米就叫着我的名字，定睛一看，竟是乔哥，还是非常健壮，他那自行车后座上，横坐着一位妇女，怀里抱着个孩子。这次邂逅，乔哥非常兴奋，跳下车给我介绍他的媳妇，问我：“你呢？孩子几岁了？”我没答言，他猜出答案，又问：“有对象吗？哥给你介绍个毛泽东思想宣传队的！”我高兴不起来，讪讪的，想寒暄完就离开。乔哥却不放过我，把我带到他家。原来1966年下半年，胡同的居住生态又有一次大变化。若干原来由一家人居住的四合院，全住进了别的人家。政治身份不好的，有的干脆被轰回了老家，有的就像那个资本家，给轰到了门洞屋里，街道居委会的造反派，将胡同里的居住空间进行了再分配，分配的原则完全依照阶级成分，乔哥一家属于城市贫民成分最好，因此搬进了某“条”里的一个四合院，而且住上了三间北房。其实乔哥自打到东郊工厂当工人，就一直住在厂里宿舍，先住集体宿舍，娶妻生子以后，筒子楼里有间小屋，只是偶尔回家看看，现在家里住房条件大改善，心情非常怡悦，家里也有了可以住下的空间，就频繁地回家来团聚。乔大妈一见我，就拍下巴掌，大声叫出我的名字，她刚蒸好一条“懒龙”，就是用面裹上东西，盘在蒸锅里好几圈，蒸好了切成一段段的分食，那天她蒸的“懒龙”里没有肉，只有猪油拌过的茴香，递一块让我趁热吃，我在两只手里倒腾几次，不那么烫了，再吃，觉得非常可口。乔大妈又端着盘子，给东、西、南几家送去自己的“懒龙”请品尝。乔哥对我说：“这院原是东屋那家的，两口子都是什么研究所的。说是自己攒钱买的。你想，劳动人民攒得起那么多钱吗？臭知识分子，三四口人住这么个院子，也好意思！”他刚说到这儿，大妈拿着空盘子回来了，数落他：“人家并不是反革命，在他们那个什么所，也算不上反动学术权威，这院子确实是人家用历年工资攒下来买的，咱们住进来，人家也没哼一声儿，干什么还糟改人家?”我说有事，告别，乔哥把我送到院门外，我悄声跟他说：“我现在是中学教师，属于‘旧学校培养的学生’，也属于‘臭’的范畴，还执行过修正主义的教育路线……”他好像没有想到过，有些吃惊，拍拍我的肩膀，亲切地说：“那你就好好地改造思想吧!”正说着，他父亲蹬着三轮过来了，车上是两个新的大板箱。他提醒他爸我是当年同学，他爸毫无印象，对我了无兴趣，只跟他商量如何再给他妹妹和大弟弟准备到农村插队的东西。

1968年，我所在的学校进驻了“毛泽东思想工人宣传队”，简称“工宣队”。所派驻的人员，正来自东郊的国营大厂。后来跟“工宣队”的某几位比较熟了，就道出乔哥的大名，说中学时同届不同班，问他们认不认识?他们就说，那能不知道?是比他们那个厂还要大的厂的“革命委员会”成员，他们都听过他“活学活用毛泽东思想”的“讲用报告”，口才可好哩!我就暗中掂掇：倘若乔哥率队来我们学校，他会格外关照我吗?又忽然想起，“鼻毛”现在怎么样呢?在流逝的岁月里，我们这些胡同里玩大的孩子们，又将经历些什么世道变化、荣辱浮沉?

1976年唐山大地震，当晚北京也塌了些房。人们搭起“防震棚”，作为临时居所。我去东四某“条”看望一位同事，与乔大妈邂逅，他们住在同一片“防震棚里”。乔大妈那么多年以后还是一见就能叫出我的名字。她告诉我，乔哥的二弟三弟也“上山下乡”，不过不是到农村生产队“插队”，而是去了黑龙江生产建设兵团，“屯垦戍边”去了。而乔大爷，她老伴，前几年得肺气肿过世了。跟她住在“防震棚”里的那七八岁的孩子，是乔哥的儿子，她的孙子。她说乔哥媳妇后来又生了个闺女，跟他们在厂里住，厂里也搭“防震棚”，但是乔哥他们不去住，就还在那筒子楼里照睡不误，“我们‘大乔锛儿’命硬，他什么都不怕！可惜你来晚一步，他下午给我送菜来了，刚骑车走人。我今儿个还是蒸的‘懒龙’，你吃了再走！”我感谢她的热心肠，告别后，我想，“大乔锛儿”，听来生疏了，他会偶尔想起我来么？

1979年起，到1982年，是不是可以称为“落实政策的岁月”？又在那些“条”里走动，那个曾放映过《雾海孤帆》幻灯片的院落，曾又住进过“四人帮”的某“干将”，他被赶出去了，又成了新时期某领导干部的住宅，不知道这位干部家有没有上中学的孩子，是否也好客，会邀请同学进入那神秘的空间？那个被赶到门洞居住的资本家，又搬回了他原来的院子；乔哥家搬进的那个院子，也终于物归原主，当年由居委会造反派安排，强行入住的各家，房管所分别作了安置，乔大妈和她的儿孙，被安置到“条”外建造的一种简易楼里居住，面积比当年的门洞大许多，没有厅，但是有两间屋子，有自己的厨房和厕所，厕所是“死闷子”，关上门必须开灯，上头有个达于屋顶的通气孔，里面是“亚洲式蹲坑”，但能冲水，蹲坑对面勉强能放下个洗衣机，至于洗澡，那就只能去澡堂子，要么在家里用大澡盆凑合。他家当年住的那个门洞，连同左右的空间，都被腾空，准备着恢复当年格格府的面貌，里面原来开设的街道工厂，也都迁出，格格已经去世，被落实政策的不是人而是府第，据说要成为一处文物保护单位。那个信基督教的同学，他家的院子也归还了，后来全家移民到了澳大利亚。胡同里的生存空间又一次进行了洗牌。不可能照顾到方方面面，于是，胡同里的大多数院落，还是成了杂居院。那些从胡同里出发，去“上山下乡”的“知识青年”，陆续回到胡同，许多这种“知青”的家庭，立刻面临着现实的困境，就是房子不够住。即如乔哥家，一家伙妹妹和三个弟弟全回来了，顿时感到拥挤度不比门洞轻松。比较起来，他家还算好的，有的杂居院里，开始叫作搭建“小厨房”，后来其实盖出的空间并非行使厨房的功能，而是居住，乃至婚房的功能，那几年以后，许多胡同院落进入大门后，只剩下通向院里最后一层住房的通道，仅能容下两个推自行车的人谨慎交错而过。在胡同私搭小屋的空间扩展过程里，许多原来和睦的邻居因一尺半尺的延伸而引发出纠纷，反目还是小事，有的竟闹出人命。我亲爱的北京胡同啊，如东四头条至东四六条，在元代就基本形成了，胡同里的那些国槐，有的已经需要两人才能合抱，入夏浓荫蔽日，蝉声如歌，多少生命在这些空间里歌哭闪灭，我童年、少年、青年时代熟悉的那些人士，你们还将演出些什么人生戏剧？

最诡谲的戏剧果然上演了。那是 1986 年，忽然，有个台湾来的男子，由某机构的人士陪着，找到东四某“条”的居委会，居委会的干部乍见他，口中不由呐出：“这不是‘大乔锛儿’吗？！”他当然不是“大乔锛儿”，他也不姓乔，但是，他却实实在在是“大乔锛儿”的亲哥哥！

原来，他的父亲，是居住在东四某“条”大宅院的少爷，跟丫头偷食了“禁果”，先生下他，又生下“大乔锛儿”，兄弟两个，只差两岁，他生在 1936 年，“大乔锛儿”生在 1938 年。1937 年卢沟桥事变后，他父亲随他爷爷奶奶一大家子南下，后来辗转到了重庆，离京时，抱走了他，却将他生母和弟弟，赶出了家门。这是不是很像曹禺的《雷雨》里所写的周朴园和鲁侍萍的情形？但是后来“大乔锛儿”他妈嫁给了拉排子车的憨厚人，而不是

《雷雨》里鲁贵那样的烂人。“大乔锛儿”和他哥哥的生父后来在重庆当了一个小官，正式娶了一个太太，生育了一女二子。他们的祖父母相继亡故。1945 年抗战胜利，他们的父亲从科长升为了处长，迁到南京。1949 年，“大乔锛儿”的哥哥和弟妹随父亲到了台湾。父亲后来的仕途并不腾达，辞官经商，也并不怎么成功。在台湾，父亲娶的头一个妻子得病死了，后来又娶了第二个妻子，是个说闽南话的妇女，又生育了一子二女。但是第二任妻子是结过婚丧偶的，嫁他们父亲时，带来了一女一子。“大乔锛儿”的哥哥原以为自己乃父亲第一个妻子所生，但是，万没想到父亲病重弥留时告诉他，他另有生母，姓甚名谁，而且，更还有一个比他小两岁的亲弟弟。于是，处理完父亲的丧事后，他就转道日本，来至北京，到达他落生的那个空间，寻觅他的生母和胞弟。居委会的干部很快就将他带到了乔大妈眼前，他喊了声“亲妈”，就跪在生母面前，抱膝痛哭。乔大妈倒还镇定，只默默地落泪，那一年，这个哥哥已经满五十岁，而“大乔锛儿”逼近四十八岁。

那一年，我到杂志社任职，在我一个人的小办公室里，忽然“大乔锛儿”找上门来，我们已经很多年没有见过面，而且，坦率地说，我已经将他淡忘。他坐在我对面，立刻把他家发生的这出活剧讲给我听，我不禁感叹：“世上竟有如此的事情！”他淡淡一笑：“记得吗？你跟我讲过，那个英国的什么市长的故事，那时候总觉得故事都是瞎编出来的，现在才知道，瞎编，有时候也编不出来呀，真的事情，比小说里写的，还更让人一个劲地发愣！”他知道我那时候已经因为写小说出了名，就建议我拿他们家的事情编小说。我问：“你见到你哥，激动吗？”他不回答，只问我：“能在你这儿抽烟吗？”我点头，他点燃一支烟，默默吸了好儿分钟，这才说：“头回跟他见，只想着他可是打台湾来的，咱们言语行为不能出错。要说激动，那是回我工厂那边自己家以后，老婆孩子睡瓷实了，一个人到窗户边抽烟，胡思乱想的时候。原来我那些‘知青’弟妹，跟我是同母异父，真是同父同母的，就这么一个亲哥哥啊！我们打扮、做派那么不同，可是，别说外人见了觉得模样雷同，就是我们面对面，也总有照镜子的感觉。又想，若是我小时候人们就知道有这么回事儿，那我就属于有海外关系，而且是跟打跑到台湾的国民党反动派有关系，那我还进得到国营带保密性质的大工厂吗？后来还能以‘红五类’自豪吗？我们家还能搬进人家研究员的私家小院，住进那院的北房吗？我妈是不是就得挨斗呢？她挨斗，我保护得了她吗？我是不是也得去斗她，或者跟她一起被斗呢？我能进入工厂的‘革委会’，风光一时吗？……”我说：“过去的已经过去了。现在人们哪会再有那样的偏见？而且，据我所知，现在有的人，还特羡慕有海外关系，包括有港、台关系的人呢。”他叹口气说：“是呀，都以为外边回来的，比咱们有钱，我们大哥给妈妈家，嫁出去的妹妹家，娶了媳妇另过的大弟弟家，当然还有我们家，都给买了电视机，可是两个还跟妈妈住的弟弟就不满意，说为什么不也给他们买？可以不买，那也该把电视机的钱给他们各一份。大弟弟的媳妇后来又跟妈妈抱怨，说怎么给买的是黑白电视？不买彩色的？又怀疑单给我们家买了彩色的尺寸大的，说大哥偏心……”

后来的很多年里，虽然我时不时会经过东四的那十二个“条”，特别是早已经拓展为大马路的“东四十条”，却再没有遇到过“大乔锛儿”，我们没有保持联系，各自继续着平行线式的人生跋涉。

2005年，忽然“大乔锛儿”通过曲里拐弯的法子，联络上了我，却同时告诉我一个噩耗，就是他的母亲，我唤乔大妈的，前几天病逝，将在东四某“条”的一个宅院里，举行悼念活动，邀请我参加。我如约前往，按地址找到，是一个半旧的三合院，原来，“大乔锛儿”他哥哥经过考证，认为那就是当年他们父亲住过的空间，系他们爷爷家大宅院的一个侧院，便买下了那个院子。逝去的毕竟是他们父亲的第一位夫人，尽管当时没有名分，但毋庸置疑，当时的两个年轻人有着炽烈的爱情，而如父的长兄，毕竟就是这位女子生下来，因此，尊她为“大妈”，理所当然。本着这样的共识，“大乔锛儿”他大哥带来了在台湾以及移居到美国、加拿大的弟妹们，齐聚北京，为这个有着戏剧性经历，而一生并不想演戏的女性，来举行集体的哀思。“大乔锛儿”和他的弟妹们当然也都到场。不算这些人的配偶和后代，光是兄弟姐妹，就有十四个之多，其中有同父同母的，有同父异母的，有同母异父的，有既不同父也不同母但从伦理上来说应是兄弟姐妹关系的，但就“大乔锛儿”和他哥哥而言，那十二个弟妹似乎都跟他们隔了一层，他们长时间并肩拉手，又紧紧含泪拥抱，毕竟他们是同父同母的嫡亲手足啊！那回追思活动他们请来的其他非亲朋友不多，我置身其中，耳边听到既有北京土话、内地普通话，也有台湾普通话、闽南语，甚至英语，感慨万千。

“大乔锛儿”他们工厂早就解体。他“买断工龄”后，跟几个“哥儿们”一起到各处商品楼盘售卖安装分户取暖的设备。有次他们到一处新楼盘的大户型去给人家安装，那一身名牌的主人腆着个肚子，要不看鼻子真认不出来了，可是人家先叫了声“大乔锛儿”，“大乔锛儿”定睛一看，呀，“鼻毛”！也不知这家伙怎么发的！“鼻毛”似乎完全忘记了那年“大乔锛儿”对他的狠揍，对“大乔锛儿”极表友好，收工后，还送给“大乔锛儿”一瓶特供酒。

前两年“大乔锛儿”忽然给我手机发来短信，表示愿意跟我联系。他是怎么打听到我手机号码的呢？疑惑未消，我就给他回拨电话。他告诉我已是“古来稀”的年纪了，但总还不愿意闲着，现在揽了个“瓷器活儿”，就是跟他哥哥合作，向台湾及其他地方的海外人士，推销东四头条至十四条的四合院，当然也包括三合院及不足一院的零散平房。后来我到网络上查阅，那些“条”里的平房，平均价位已经达到一平方米六万多，有的规模比较大的新规整出来的两进带垂花门的四合院，报价是一亿人民币。我估计，“大乔锛儿”和他的哥哥未必自己注册了中介公司，应该是帮正规的中介公司“猎头”，即利用他们的人脉，网猎到有愿望也有财力购买“条”中四合院的海外买主，而从中获取佣金。“大乔锛儿”自己，也在某“条”里，租住了一所小院。

如今的“大乔锛儿”，活动的空间，又跟童年、少年时代一样，集中到那十二“条”胡同里了。当我敲着这篇文章时，常常停下来悬想：依然腰板硬朗胸肌鼓胀的乔哥啊，你此刻在东四第几条？

2012 年 5 月 15 日　绿叶居

杉板桥无故事

——成都杉板桥

提起成都，我首先想起的是杉板桥。一般说普通话的会把“杉”发音为“山”，但是在成都这个地名要读成“沙板桥”。顾名思义，那里应该曾有座用杉木板搭成的桥。

有人可能会发问了：你在不止一篇文章里说，你出生在成都的育婴堂街，育婴堂就是养生堂，这甚至是你从秦可卿入手，揭秘《红楼梦》的一个私密的心理契机，按说一提起成都，应该首先想起育婴堂街才对哇？那我就要告诉你，母亲在那育婴堂街生下我不久，就把我和兄姊带回安岳县老家躲日本飞机轰炸去了，从此再没到育婴堂街居住过，因此，关于育婴堂街，在我的生命记忆库里，并没有什么实际的影像，那只不过是个神秘的概念罢了。2006 年我 64 岁时才找到育婴堂街，街名依旧，却完全没有半个世纪前的任何遗痕，怀旧的思绪，也就无可依托。

成都有杜甫草堂，有武侯祠、望江楼、青羊宫……那些空间风景美丽，生发出无数的故事，杉板桥是否风光旖旎、有美丽的传说呢？我四十年前第一次去那里，到前三年去那里，那个空间变化很大，从狭窄的小马路，开拓成了六车道的宽马路，但是，从来不是成都的观光区，我甚至去跟当地的老居民打听过，有没有什么著名的历史事件发生在那里？有没有什么比如说追求自由恋爱婚姻的凄美悲剧，或者月夜书生遇到白发长髯的仙人传授秘籍，又或者狐仙狼魅千奇百怪的喜剧、闹剧以杉板桥为背景被世代口头传授过？他们都摇头。

成都东郊的杉板桥，是个没有故事的地方。

然而于我，杉板桥是个亲切的空间。我的二哥二嫂一家，在那里居住逾半个世纪。二哥，在我们家族天伦里，是个枢纽性人物。

我1993年出版的长篇小说《四牌楼》，其写作过程，与钻研《红楼梦》而且开始发表研红文字，是同步进行的。向曹雪芹“偷艺”，我的《四牌楼》，也采取了“真事隐，假语存”的手法，书里的蒋氏家族，出场的诸多人物，大体与我们刘氏家族对应，之所以化刘为蒋，是因为我祖母一系姓蒋，这样地“隐真托假”，心理上觉得不算“离谱”。读过《四牌楼》的一些朋友，乃至我不认识，只是从网上见到反应的读者，多有对其中一些人物留有印象，发出议论的，如定居美国的李黎，她本身也是小说家，前些时还跟我说，从她家书架上取下《四牌楼》，重读其中那段情节：书里的蒋家父母“文革”被抄家，其女儿保存在父母家中的青春期日记，也被抄走，那有着许多青春爱情隐私的文字，竟被抄家的“造反派”逐句检索，看其中是否有“反动言论”，后来“文革”结束，落实政策，将那日记发还，那日记主人，被书中“我”称为“阿姐”的，发出凄厉的惨笑……这让李黎感到极为震撼。书中“阿姐”有惊心动魄的故事，“小哥”也有，他那大学时一起登台唱京剧的好友，“文革”中不堪凌辱，最后在武汉长江大桥跳江，“小哥”悲痛欲绝……有网友称读了那一段“心潮难平”。书中“我”和那“蓝夜叉”的故事，被法国汉学家戴鹤白选出译成了法文出了单行本，也是很富故事性的。但书里所写的“二哥”，艺术形象相比较却是苍白的，无故事，太平淡，而这个书里角色的原型，就是我家实际存在的二哥。

二哥无故事。

难道，文字，只是用来铺陈故事的吗？难道，阅读，只是为了获得跌宕起伏的情节快感吗？在《你在东四第几条？》那篇里，我讲述了一个人一个家族的带有传奇性的经历，那么，在这篇里，我要写的不是悬念，不是奇突，而是那些至今温暖着我的生命的普通与平淡，那一种琐屑而重复着的生存常态，那是最值得珍惜，最应该延续的啊！

我马上忍不住要写出水豆豉的气息。许多人熟悉那种黑色的完全固态的豆豉，而不知道什么是水豆豉。那是成都人喜欢的一种食品，它是金黄色的，以黄豆为原料煮透发酵制成，成品的水豆豉大都已裂分为单瓣，在滑润的浆液里，伴随着比豆豉瓣小许多的辣椒片、蒜渣，发散出一种特殊的味道。热带水果里不是有榴莲吗？有人形容它闻起来是臭的，吃起来却香甜无比；那么我要说，水豆豉的气息有人会觉得不雅，但若喂一勺到他嘴里，多半在咀嚼吞咽后，要求再多吃几勺。水豆豉在我的童年时代，母亲制作出一大罐，我们会当作类似果酱一样的零食吃，当然，用水豆豉拌米饭、佐面条，也很合适，有时候就不必再准备别的菜来下饭了。

1971 年暑假，我和怀孕的妻子，很艰难地从北京来到成都，为的是再从成都，去往安岳县看望被遣散到那里的父母。二哥家是我们在成都的唯一落脚点。二哥二嫂在 1968 年结婚，二嫂所在的抗菌素工业研究所早在 1965 年就从上海迁到了成都，选址就在杉板桥。二哥原在北京轻工业设计院，为了避免两地分居，就调到成都进入二嫂他们那个所工作，开始连独立的宿舍都没有，后来终于分到了简易楼里一个小小的单元，他们就在那里生儿育女。记得那宿舍虽然属于杉板桥地区，却还有一个更小的地名，是麻石桥，印象里 1971 年的时候，那里确乎有条小河，河上确实有用麻石，即粗糙的石料，铺砌的一个简易的桥梁，也问过，更没有故事，那河下的水，蜿蜒地流淌，再往东，就是杉板桥，再往下游，可能就是跳蹬河，最后是否流进了锦江？锦江就有故事了，至少锦江饭店有故事，但那就跟我要回忆的空间没有关系了。

1971 年暑假的成都行，说实在的，在二哥二嫂他们那个小小的空间以外，感受到的只是混乱、惊恐、闷热、不便，但是，当我们从破旧阴暗的火车站，转乘几趟拥挤不堪的公共汽车，终于找到杉板桥街口的麻石桥，进入他们居住的宿舍区时，心里不那么发紧了，记得当时街边栽种着梧桐树，路边有泛着腐臭气息的小水沟，沿着沟边匍匐着妻子不认得，而我能在昏暗的光线下辨认出的藤藤菜（现在多称空心菜），那应该是当地农民种的；我们按着楼号门牌，找到了二哥家，二哥把我们迎进屋，立即就有水豆豉的气息袭来，对我来说，无比亲切，对我妻子来说，后来她跟我坦白，颇感刺鼻。那时供电不足，电压不稳定，有时还会停电，二哥他们屋里光线很晦暗，但是跟着就响起二嫂亲热的招呼声，她从厨房捧出一大钵水豆豉，说是专为我们制作的，自家还没有吃，先让我们尝新。那时他们的女儿才三岁，儿子则刚满百日不久，还在襁褓里不时啼哭。他们当时那个红砖砌的简易楼，显得单薄、粗糙，但是分给他们的毕竟有两个居室，有自己的厨房和厕所，我们在那里安顿下来，觉得不啻是一种享受。也确实是享受，伴随着水豆豉刺激起的食欲，我连吃两碗饭，妻子也很快接受了那闻起来怪怪的成都食品。而水豆豉里所包含的，是浓酽的亲情。正是这种亲情，支撑着我们这个家族的成员，穿越了那些充满狂热、躁动、仇恨、暴力的岁月。

二哥是维系家族亲情的关键人物。

父亲所在的张家口解放军外语学院，经过惨烈的武斗以后，近乎解体，教职员工后来一律用闷罐子车运到湖北襄樊的“五七干校”，又在那里进行了梳篦刮头似的“清理阶级队伍”，父亲被批斗，最后也实在给他戴不上什么敌我矛盾的帽子，就保留他的工资待遇（那倒不低，他是行政 12 级，据说 13 级以上就都算“高干”呢），将他遣返回原籍安岳，还不是在县城里面，是在一个僻远的镇子上，递解他的人员，带着父亲和母亲到了成都，允许二哥跟他们见面，二哥就提出来跟着他们到那个镇子去，帮助年过花甲的父母安家，到了安岳县城，二哥就跟递解人员说，母亲当年，在安岳温家巷购有一个小院，如今里面住的几家非亲即友，应该可以腾出两间屋子给他们使用，这样比安插到交通更其不便的镇子上，生活总归方便一点，经过二哥的努力，递解人员和安岳县方面也就同意我们父母就留在温家巷居住。二哥重亲情，孝顺父母，善待弟妹，他特别继承了母亲的那份温和、沉静的性格，他出面办事，因为总是绝不冲动，能够以柔克刚，也就往往能将事情按尽量好的方面去发展、落实。

父母在安岳温家巷住下后，倍感寂寞，尤其父亲，对现实不理解，又无处无人可以一起讨论，镇日郁郁不乐，母亲毕竟还要张罗每日三餐，倒显得生活还算充实。因此，1974 年，我又从北京经由成都去往安岳看望二老，那时除了妻子，还有两岁多的儿子随行。记得那年从成都开往安岳的长途汽车，还是带“大鼻子”的那种，现在某些表现旧时代的影视里，会出现那种老式的木窗框汽车。那时候多数人都有营养不良的问题，瘦子多胖子少，但掌握“听诊器、方向盘”的人士还是比较吃香的，那天开车往安岳的司机就比一车人都胖，上车的纷纷给他送些东西，我坐在他旁边，也送了他两个北京带来的苹果，他接过去也不说“谢谢”；那时候汽车上的窗玻璃差不多都砸碎了，方向盘上头吊着个木牌，上头写着“禁止吸烟”，但那司机开车前的第一件事就是把烟斗衔在嘴里，点燃，车子上路后，不断地吞云吐雾；我想到自己一家三口都在车上，不免有些担忧，特别是车子开上盘山道时，整个车体嘎啦嘎啦响，我逮个机会问司机：“师傅，这路好险，不会出问题吧？”他漫不经心地回答我：“啷个不出问题？前天还翻下一车人去！”他用烟斗一指，哇，右边悬崖下，那翻下解体的车身还在那里被骄阳晒着……探望完父母，又到二哥家小住几日，把种种见闻讲给他，也包括那司机的表现，二哥说：“倒是个很好的素材，如果拍电影，这个细节可以用上。”我又告诉他，在安岳县城，我去理发馆理发，那里有怎样的一种风扇呢？就是用许多把葵扇，缝合成一面墙那么大的一个扇体，然后以滑轮、绳索，连到理发椅背后的椅子腿旁，理发师傅一边给人理发，一边可以用脚踩动机关，使那一面墙的大扇子扇出凉风……二哥就说：“怎么没有电影导演运用这个场景呢？太有味道了啊！”

二哥自己无故事，但是他知道许多故事，特别是电影故事。他这一辈子有个始终未能实现的梦想，就是当一个电影导演。他的童年时期，父亲在广西梧州海关当职员，每个周末，必带大哥和他去电影院看电影，大哥淘气，另有爱好，往往还借故不去，二哥是忠实的小观众，管是什么电影，都看得津津有味。他记得那时期看到过许多卓别林、基顿演的美国无声片，还有最早一版的《金刚》。国产片里，父亲喜欢胡蝶，凡她演的电影必带二哥去看，胡蝶在《姊妹花》里一人分饰贫富迥异的姐妹二人，那时二哥虽小，也过目不忘。梧州时期的电影，全是无声片，后来父亲调任重庆海关，全家随往，先是住在城里，周末就带子女看电影，那时有声片取代了无声片，而且美国电影很多，没有配音译制，是在银幕一侧，竖立一道窄幕，用幻灯打出竖写的自右往左换行的中文对话，据说请来翻译的，是些大学里的教授，译得一般都比较准确，但有时不免失之于文绉绉，如“君试思之，此举毋乃孟浪乎？”美国好莱坞那一时期拍出的电影，凡运到重庆放映的，二哥几乎全都看过，如今还能一一道出片名、情节及那些当年的明星名字。再后来，就进入抗战时期，头两年，全家还在重庆，电影看得少了，那时候会去看一个长江歌舞团的演出，那个歌舞团是模仿上海的明月歌舞团的，团员多为小女孩，穿短裙、长筒袜，留“妹妹头”，再扎个大蝴蝶结，一群出来，右手搭别人左肩，左腿一齐朝右踢出去，咿咿呀呀地唱什么“我听得人家说，说什么？桃花江是美人窝，桃花千万朵，比不上美人多……”但也会唱“我的家在松花江上”或“万里长城万里长，长城内外是家乡”，更有《义勇军进行曲》和“我们在太行山上”，那时候国共合作，一般庶民不觉得国共的词曲作者有多大区别，反正唱抗日的歌曲就都很兴奋，二哥曾有一册歌本叫《叱咤风云录》，每首都是抗战主题，他首首都唱过。再后来，进入抗战最艰难的相持阶段，父亲坚守重庆，母亲带着孩子们先到成都再到安岳乡下躲避日机轰炸，自然也就无电影演出可看了。抗战胜利后，母亲带着子女回到重庆与父亲团聚，这时家从城里搬到了南岸狮子山，也就是我在《雾锁南岸》里写的那处空间。那时虽然大哥、二哥、小哥、阿姐因学业及其他原因不常在南岸家中住，但一旦放假聚齐，一家人还是有许多的文娱活动，如全家进城去看上海迁渝的厉家班的京剧演出，去看电影，如战后好评如潮的国产电影《一江春水向东流》《八千里路云和月》等；也有时候就在南岸家里，父亲、二哥轮流操琴，小哥唱梅派青衣《生死恨》的唱段，阿姐则仿孟小冬唱“八月十五月光明呀呃哦……”我那时会在大人们膝下胡乱比画。

是的，我家属于小资产阶级，家里充溢着如此这般的小资情调。这一阶级的文艺家和作品，以我的见识，早的，如苏曼殊、李叔同，稍晚的，如王鲁彦、丰子恺，瞎子阿炳就经济状况应该算无产阶级吧，但他那曲《二泉映月》，跟李叔同填词的《送别》“长亭外，古道边，芳草碧连天；晚风拂柳笛声残，夕阳山外山……”跟丰子恺的漫画《人散后，一钩新月天如水》，那情调，都是相通的，就是虽然拒恶，但“不以暴力抗恶”，而只是痴痴地坚守良知、良心、良能、良善。其实早在二十世纪三十年代初就有过电影《天伦》，有过《天伦歌》，弘扬中国传统文化中“老吾老，以及人之老；幼吾幼，以及人之幼”的伦理道德境界，用现代白话来说，就是“把对个人的爱推及于人类”。那《天伦歌》以柔曼的曲调唱出：“白云悠悠，江水东流……浩浩江水，霭霭白云，庄严宇宙亘古存，大同博爱，共享天伦！”

小资产阶级，他们的生活，他们的情调，是脆弱的，特别是在社会大动荡、大变革、大转型的时期，常为主流挤压排斥、强行改造，自身也容易因外界诱因而父子反目、兄弟阋墙，或因政治而决裂，或因财产而分崩。我家作为小资产阶级中的一个社会细胞，却能穿越百年的社会震荡，难得地维系着温情，未见癌变，确属不易。而二哥，是坚守传统孝悌之道的典范。阿姐早年在哈尔滨东北农学院上学，读完本科又读研究生，二哥当时在吉林开山屯造纸厂，先是技术员，后来是车间主任、工程师，薪水并不高，却坚持月月给阿姐汇去生活费。1976 年 10 月“四人帮”被捕，社会开始转型，我在 1977 年因发表了短篇小说《班主任》而出了名，进入 1978 年，就在这全家都能好起来的情势下，大哥先在广州因癌症不治逝世，父亲不久又突发脑溢血在安岳溘然撒手人寰，大悲痛袭来，我却未能赶回安岳治丧，小哥和阿姐也未能去，只有二哥，从成都匆匆赶往安岳，操办父亲后事，将母亲接到成都赡养。后来他又只身将父亲骨灰带回刘家可追溯的最早祖居地，龙台场高石梯，起坟安葬。后来小哥又从湖南设法调到成都一所大学任教，与二哥汇齐在成都。母亲辗转在北京我家、阿姐家和成都小哥家居住过，最后还是回到二哥家。母亲去世，二哥依然是操办后事的主力。父母留下的现金，以及尊母嘱将安岳老房卖掉后所获，加在一起，二哥跟小哥、阿姐、我均分，我们弟妹全表示二哥二嫂应多分一些，最后二哥也就略多分了点。没了父母，没了大哥，二哥也就是长兄了，所谓“长兄如父”，一点不假。2008 年，小哥在医院动一个大手术，出了医疗事故，本来不该就走的，却在术后出现心力衰竭，他在临终前一直念叨：“我要见哥哥，我二哥……”他老伴非常理解，见二哥就等于见父母，跟家族告别，二哥赶到他床前，握住他手，他含笑仙去。2011 年二哥二嫂来北京跟我和阿姐欢聚，我的一个表姐和她的两个女儿也来了，大家议论中都不尽感叹：现在的“80 后”、“90 后”，还懂得手足情么？电视上报纸上，那些一家人为争房产、争拆迁款，甚至只是争公租房的承租权，而撕破脸、斩亲情的报道，看下来真不禁要感叹人伦浇漓，还有多少人记得并看重“天伦笃睦”的古训呢？我家二哥无故事，然而如此这般无故事，而只是默默、殷殷地维系着天伦心线的二哥，对于当下的社会来说，不是越多越好吗？

二哥的一生，应该说还是顺遂的。他英语自学成材，而且以造纸专业为核心，辐射出去的相关化工医药类学科知识，都能很快融通把握，因此，在“文革”后期，那时候四川已经进口美国的化肥生产设备，既能听说英语又能把握相关技术知识的人才实在难找，相关部门发现了他，就借去与美国来的工程师合作，既当翻译，也参与专业讨论。改革开放以后，所里多次派他出国参加抗菌素的国际研讨会，退休后，他被多家药厂聘为顾问，在向美国出口药坯等项外贸交易中，如何通过美国的 FDA 申请、检查，获得批准，二哥成了这方面的一个专家。他多次去往美国、意大利、法国，最羡慕他的，是还去过南美，他在巴西里约热内卢基督山，以那著名的伸臂构成十字的耶稣雕像为背景拍的照片，一直陈列在我的书橱里，看见时我总为他高兴。尽管他有自己的专业，退而不休，但他心底里对电影的爱好，仍是那么强烈。“文革”前他就精读了乔治·萨杜尔的《电影艺术史》，也曾购买过最早一版的《中国电影发展史》，改革开放后，更购买阅读了乔治·萨杜尔的《世界电影史》和更多的电影历史、理论书籍。

二哥 1950 年至 1960 年一直在偏远的开山屯造纸厂，厂区有个电影院，他当时还担任工会的文娱干事，电影院归工会管，他学会了放映，那十年里所有在那个电影院里放映过的电影，国产片，苏联片，东欧及其他社会主义国家的片子，以及其他国家的片子，他一部不漏全看过。1960 年他调到北京，到 1966 年上半年，我们兄弟二人每逢周末总要一起活动，或逛公园，或看电影和剧场演出。聊电影，成了我们体现兄弟情深的一大方式，其乐无穷。即使在“文革”文化专制最严厉的岁月，在我探亲来到成都杉板桥时，在他家那小小的空间里，吃完水豆豉，我们还是要聊电影。我们不管“五一六通知”里怎么下的断语，对国产电影，觉得好的依然叫好，比如《青春之歌》的段落节奏，《小兵张嘎》的黑白画面的唯美追求，《聂耳》里黄宗英演一女配角的功力……对于译制片我们也有共同的评价，比如《牛虻》里上官云珠为琼玛的配音，《白痴》里张瑞芳为娜斯塔霞的配音，都堪称绝。我们会议论到意大利新现实主义电影的早期代表作《偷自行车的人》和晚期绝响《她在黑暗中》，会议论到印度电影《流浪者》、东德电影《马门教授》、保加利亚电影《当我们年轻的时候》、法国电影《没有留下地址》、英国电影《哈姆雷特》（劳伦斯·奥利维主演，孙道临配音）……听到我们兄弟二人在那边津津乐道，二嫂和我妻子一旁不免侧目，担心我们犯政治错误，其实我们兄弟二人绝非政治动物，我们对电影的评价全在自己的艺术直觉，全凭良知良能，比如那时候《北国江南》被批判，有的人是“凡被批判的一定要暗中叫好”，我们却直到改革开放此片被平反以后，仍觉得是部失败之作，苏联解体后，我们并不以为以前所看到的表现苏联现实生活的影片都该弃之如敝屣，像《生活的一课》《没有说完的故事》《雁南飞》《莫斯科不相信眼泪》等，还应该算是上乘之作。回顾这些杉板桥小空间里的“电影龙门阵”，我就越发感觉，我那成名作《班主任》的诞生，二哥也有一份功劳，《班主任》通过青少年阅读的心态勾勒，对“文革”斩断了当下一代与之前的四种文学（《牛虻》所代表的外国文学、《辛稼轩词选》所代表的中国古典文学、《茅盾文集》所代表的中国现代文学、《青春之歌》所代表的1949年以后至1965年的当代文学）的联系，深表痛心，发出了“救救孩子”的呐喊，这创作心理的积淀，也包括我与二哥在那昏暗岁月昏暗空间里，对外国电影、中国早期电影、中国 1949 年以后电影的不能全盘舍弃的情愫。

改革开放以后，先是录像带，后来是光盘，大大丰富了人们的观影视野。二哥因药品出口到美国出差，他不仅胜任专业英语，更能用英语与美方人士聊电影，他对好莱坞从早期到二战后影片、导演、影星的熟悉，令美方人士大为惊叹：“你比我们一般美国人知道得还多!”十年前，在中国还买不到格里菲斯的《一个国家的诞生》《党同伐异》的光盘，在美国，那样的无声片光盘也绝非到处可得，他却踏破铁鞋地寻觅，后来终于得到，回到杉板桥家中，放映来看，觉得是人生之大乐。二十世纪八十年代，所里新盖出宿舍，二哥家从马路这边，迁到马路那边，仍是杉板桥，楼区大多了，也有了绿地、彩亭，分到的单元也大了，到九十年代，所里又盖出高资楼，二哥二嫂均为所里资深专家，分到了更好的单元，又迁居一次，这次的单元有两个卫生间，起居室连餐厅有四十平方米，二哥先是置备了最大尺寸的背投式彩电，最近又置换成最大尺寸的液晶彩电，主要不是用来看电视节目，而是用来放映电影光盘。2012 年美国奥斯卡的获奖片里，《艺术家》是向无声片致敬的，《雨果》实际上是法国电影艺术开拓者梅里爱的传记片，二哥看完跟我煲电话粥，聊卢米埃尔兄弟发明电影后最早的《火车进站》《园丁浇水》，到梅里爱固定机位拍摄的《月界旅行》，到爱森斯坦娴熟运用蒙太奇的《战舰波将金号》，到杜甫仁科的诗化电影《海之歌》……一直讨论到科波拉如何从“暴力美学”转型到《雨果》的“童心叙事”。我告诉他手头有《早安，巴比伦》的光碟，是从侧面表现格里菲斯拍摄《党同伐异》的艺术片，成都恐怕难找到，会给他寄去，他高兴地期待着。

成都杉板桥啊，那里有二哥一家，有维系我们家族天伦之乐的关键所在。我珍惜杉板桥。于是乎，仿佛又有一种特殊的气息袭来，啊，那是二哥二嫂在联袂为到达的亲人制作臊子面！小哥在世时，去他们那散心，留饭时做过，我去探望，他们做过，阿姐去，他们做过，表妹们去，也做过……那臊子的制作，用成都话说，十分“婆烦”，买来上好的猪肉馅，要不惮烦地再用刀来回地剁，剁得碎碎的，剁好了，再用植物油炒，需掌握好火候，千万不能糊锅，然后适时地将已剁得极碎的笋尖丁、木耳、香菇、虾米、大头菜、葱花、火腿丁等，拌好了，倒进去，略加翻炒，果断起锅。这样制作出的臊子，拌在面里，可以想象，会形成怎样的美味！手足情，天伦乐，尽在杉板桥二哥家的臊子面的香气中，教我如何不想他！

2012 年 5 月 13 日　北京绿叶居

听得见冰吼的小屋

——北京什刹海后海

1961年8月20日《中国青年报》上刊登出了一篇题为《从独木成林说起》的文章，内容如下：

“独木不成林”，这句俗话道出了一条普遍真理。是呀，一棵树怎么能形成一座森林呢？

但是，世界上却居然存在着一种大树，它就能“独木成林”！这种树生长在印度的山地，被称为印度榕树。它的阴影面积竟可以达到一公顷。原来，这种树有一最大的奇特之处，就是树枝成长到一定阶段就会自行长根深入地下，逐渐长成一棵新的树干。这样，除了主干以外，一棵印度榕树还拥有几十棵、几百棵树干，形成一座茂密的森林。

这就说明了世界的复杂，许多事物除了它们之间相同的共性即普遍性之外，还有各不相同的个性即特殊性。

我们都知道，许多动物是吃草的，这是常识。但是你可知道，有许多种草却是吃动物的。比如在我国广东一带有种叫“落地金钱”的植物（学名叫茅膏菜），它长在原野湿地上，高尺余，上面开着的花和小菊花相似，它就能吃蚂蚁、苍蝇之类的小动物。这些动物落到了它那紫红色的、有毛和黏液的叶子上，马上就会被包起来，不到一两小时就会被消化掉。在东非海岸，甚至还生长着一种会吃人的树。粗大的叶子上满生着尖刺。不论人或野兽，一碰到它的树叶，立刻会被紧紧裹住，越是挣扎，它越缠得紧，直到人或野兽血肉模糊死去为止。

我们知道，一般动物是雌性带子，但是海马却是雄性带子的；一般鸟是会飞的，但是鸵鸟却是不会飞的；赤道是地球上最炎热的地带，但是那里有一些山却是终年白雪皑皑。这样的例子是说不完的。

其实，世界上一切事物都是千变万化、各不相同的。西欧一个古代哲学家曾以“一个人不能第二次进入同一条河流”这句话来形容事物的变化和复杂。这种情形，不但在自然界中存在着，在社会现象和思想现象中也是同样地存在着。每一种社会形式和思想形式，都有它的特殊的矛盾和特殊的本质。甚至可以说社会现象和思想现象往往是更为复杂的。世界既然是如此复杂，这就要求我们的头脑也必须复杂化，也就是必须对具体事物进行具体分析。教条主义者是思想懒汉，他们总是想用固定的公式去硬套一切事物，其结果只有碰壁而已。

必须认识事物的特殊性与复杂性，但是又不要迷失在特殊性与复杂性中，看不到它们的共性和普遍性，就好像只见树木不见森林。这样就将成为鼠目寸光的爬行主义者和否认事物客观规律的不可知论者。因为每一个事物内部不但包括了矛盾的特殊性，而且也包括了矛盾的普遍性，普遍性即存在于特殊性之中。中国古代哲学家所说的“毕同毕异”和“相反相成”正是这个意思，科学家并没有因为海马外形不像鱼而把它排斥在鱼类之外，也没有因为文昌鱼外形像鱼而就把它当作鱼，就是因为科学家能在事物的特殊性中认识事物的普遍性。

通过具体地分析具体事物，辨别事物的特殊性，从而去发现和运用事物的共同规律，这是我们的目的。

写出这篇文章时，我才刚满二十岁。1959 年至 1961 年，被称作“三年自然灾害时期”，或“困难时期”，是 1958 年“大跃进”以后的一个时期，1958 年我正在上高中，参加过学校和街道上的“大炼钢铁”——以期在钢产量上“超英赶美”，也到农村参加过农田深翻——以期达到亩产万斤乃至十万斤。从当时报纸上的报道看，“大跃进”的目标统统达到，甚至还远远超过了，但是商店里的货物匮乏，不仅粮油定量供应，日用品几乎全要凭票购买，我每月的粮票有 32 斤，每天平均一斤多，不能算少，但因为副食差，无油水，因此，那时候我瘦得腮凹腰细，夜里最美的梦，就是面前出现一碗热腾腾的红烧肉。我从师专毕业，分配到北京十三中任教，那时住的宿舍，不在本校，在其分部，地名叫西煤厂，那个院子的最深处，有一排平房，好几年里，我和另一位同姓物理教师，合住在最尽头的那间小屋里，小屋门朝南，后墙高处有扇朝北的小窗，那小窗后面不远，就是北京西北部有名的水域什刹海的后海。学校为我们各提供一架单人床、一个简陋的储物柜、一张书桌一把椅子，这些东西摆下以后，剩下的转身空间就很有限了。我从少年时代就喜爱写作，向往自己写出的东西能印出来，发表后能获得名声，1958 年我投出的一篇书评被《读书》杂志采用，后来又在《北京晚报》《人民日报》《大公报》（当时北京有这家报纸，现在则只在香港有）副刊发表过一些“豆腐块”。给《中国青年报》以前也投过“太平稿”并被采用过，但《从独木成林说起》能被刊出，我内心的惊喜，是莫可名状的。

我那时候在那间狭窄的宿舍里，伏案备课写好教案后，要么读书，要么就开始散文随笔杂文的写作，写完就投寄给报纸副刊。我那时的写作，主要是两类，一类是参照别人刊出的文章，琢磨什么样的文章能够被采用，就顺潮而动，也那么样地去写；一类是完全从自己的良知出发，“童言无忌”。投稿的经验，是第一类文章被采纳的几率高，而第二类则几乎都属于“骆驼穿针眼”，退稿无数，一旦居然刊出，不啻奇迹出现。《从独木成林说起》一文，是在“三年困难时期”里，我读了恩格斯的《自然辩证法》，对教条主义、主观主义从腹诽到外化的一次尝试，写作时毫无顾忌，一吐为快，反正投出去不被刊登罢了，还能把我怎么样呢？我大概是1961年8月初把稿子寄出去的，不抱希望，可是，8月20日那天，我在街上散步，见到报栏，本能地走过去看报，正好有当天的《中国青年报》，我的文章竟赫然印在了上面。当时就想，编辑是谁呢？审查稿件的总编辑或副总编辑是谁呢？他们能把我这样的文章痛快地印上版面，我对于他们，不仅是感谢，更是钦佩。有了这样一次成功的经验，我来劲了，后来几个月里，又写了几篇直抒胸臆的，投给好几处地方，结果是，要么石沉大海，要么被退稿，唯独投给《中国青年报》的一篇《水仙成灾之类》，还是被采纳，而且，安排到1962年元旦那天的副刊头条上，这篇对“三年困难时期”“好心办成坏事”的反思，更“露骨”了：

水仙是一种很可爱的花，古代诗词中描写到水仙花时，总喜欢用“冰肌玉骨”、“淡扫蛾眉”之类的词句，形容它的纤弱、娇嫩。西洋也有水仙，译名叫水风信子，叶片攒簇，花从中央诞生，一朵朵如倒挂的钩子，和我国的水仙颇有差异，传到我国来后，曾被人冠以佳名，如紫色的被称作紫云囊，白色的被称作白萼仙……可见也是相当秀丽、娇嫩的。

但是，信不信由你，就是这么娇嫩、纤弱的一种花，却曾给人们带来了极大的灾害。事情是这样的：一些旅行者从巴西带回了一些美丽的水风信子种子，把它们播种在刚果的花园里，谁知不到一年的时间，它便盖满了刚果绝大部分的河流、湖泊、沼地、港湾、水塘，甚至于顽强地侵占农田，严重地影响了农业生产和交通运输，酿成了奇特的“水仙灾”。结果，刚果人民不得不花费大量劳动力去打捞，政府也只好派出大量船只，动用大批机械去和这些水仙花作战。结果单是这些就耗费了三十亿左右的美元。你看，水仙花就有这么厉害。

这样的事情并非是史无前例的，在上一世纪，一些澳洲人曾从南美洲移植了一些高大的仙人掌到澳大利亚去，为的是组成天然篱笆，以防野兽闯入住宅和畜群，用意也是好的。但是，没想到这些仙人掌也疯狂地繁殖起来，几个月内，便侵占了澳大利亚三分之二的可耕地和牧场。政府为此绞尽了脑汁，想了各种各样的办法，都不奏效，最后，还是有人发现了一个秘密，那就是南美有一种大蝴蝶的幼虫是专门吃这种仙人掌的，于是，政府便专门派人到南美去取得这种幼虫来，加以培养、繁殖，然后放到田野中去，经过一个时期，成灾的仙人掌才逐渐绝迹。

初看起来，这两件事似乎只是极其偶然的“海外奇谈”，其实是有规律可循的。

生物学家达尔文在《物种起源》一书中证明了生物之间的相互斗争、相互依存、相互制约的辩证关系。他指出，各种生物都在不断地以几何级数繁殖，按说世界上的生物总量也应该不断以几何级数向上增加，但是实际情况并不这样，这还不是因为每种生物都有本身的死亡，最主要的是由于生物相互之间、生物与其他自然因素之间是在不断相互影响、作用的。例如有的生物以别的生物为食，如动物食动物、动物食植物，甚至于植物食植物、植物食动物；有的生物却相互依存、你活我活、你死我死，或者有的依别种而活。而所有的生物则又必然与所处的环境发生关系，温度、水分、土壤、气候、气压、阳光、地形……这一切发生变化时，必然要引起不同生物的或大或小、或明或暗的变化。这样，水仙和仙人掌成灾的原因，用蝴蝶幼虫灭仙人掌的妙用，就容易理解了。

可见，水仙成灾这类事情是很值得我们深思的。事实上，世界万物之间也都有着千丝万缕的相互斗争、相互依存、相互制约的关系。当然，在考虑某一事物与其他事物的关系时，必须首先抓住顶重要的、顶关键的几条线，但绝不能不管事物之间的相互关系、不从整体上去看问题，“攻其一点，不及其余”，那样势必在世界客观存在的规律面前碰得头破血流。

《独木》一篇抨击“教条主义者是思想懒汉”，《水仙》一篇更说“不从整体上去看问题……势必在世界客观存在的规律面前碰得头破血流”。事隔半个世纪，读来自己觉得笔锋还是满犀利的，真是“初生牛犊不怕虎”，敢想敢写。如果客观环境和主观条件都朝好的方面发展，那样一路写下来，我又会写出些什么样的文字？

但是，1962年的外在平静下，凭我一个普通的写作者投稿者的敏感，就觉得有些晦气氤氲，怎么我写出的类似《独木》《水仙》的文章不仅别的地方一律不登，《中国青年报》也“留中不发”了？而且，到了下半年，甚至连讽刺人民内部一般性缺点的稿子，也被退回，所能发出的，只有某些歌颂性的散文，当然，如果写的“阶级教育”之类的内容，就更容易见天日些，所需做出的努力，就是尽量使自己的文笔比那些粗糙的东西“优美”，那阶段有名的歌词“月亮在白莲花般的云朵里穿行，晚风吹来阵阵快乐的歌声，我们坐在高高的谷堆下面，听妈妈讲那过去的事情……”成为我的楷模，就是要把对青少年的“阶级教育”（包括“新旧社会对比”）优美化、诗化。于是，在1962年年底，我的一篇《银锭观山》在《北京晚报》“五色土”副刊发表出来：

我住在什刹海畔的银锭桥旁，说来值得骄傲，据老人讲，“银锭观山”的景色是与“玉泉清液”、“琼岛春荫”并列的“燕京十六景”之一，我没有查过典籍，无从知道是否有根据，不过我倒的确时常去领略“银锭观山”的情趣。

只要天晴，站在桥上朝西望去，那西山的景色是使

海涛摇荡：人不仅需要接地气，也需要接海气。

人迷醉的。如果现在趁着日落之前来到桥上，将会看到湖上结着一层晶亮的薄冰，反射着珍珠色的天光；两岸簇簇垂柳尽作鹅黄色，或深或浅，参差交错；如眉的柳叶袅袅飘落，在冰上跳起芭蕾舞。抬眼向前望去，远远的湖岸边是一线蓊翳的黄绿色树丛，其后是鳞次栉比的屋顶与楼房，再往后，就是如鱼脊似的西山了。那黛色的山影，那山头上的杏色霞云，那从霞云后射出的银色日光，的确令人神往、引人遐想。

银锭桥的东头接着烟斗般的烟袋斜街。斜街的“烟嘴”通向鼓楼大街，“烟锅”就正落在桥东。从桥西朝桥东望去，错综复杂的屋脊檐角之后，就是一红一灰、一胖一瘦的鼓楼和钟楼。这一带的民房，是那么整齐，那么清爽，仿佛一切都刚用清水洗涤过。住在这里的劳动人民似乎都有爱花的癖好，你看，一年四季，桥畔的屋檐下窗台上，总种着、摆着各种花卉；春风刚把湖水染得透绿，这里的窗台上就摇摆着紫丁香，放出沁鼻的香气；金色的夏阳在湖心撒下一斛金珠时，绛红的美人蕉就像爽朗的少女，坦然地直立在家家门旁窗下；最逗人爱的还是秋天那吐着金丝的翠菊，仿佛是憋不住的一包笑，总显得那么喜气洋洋的。临桥的那家每逢春夏还搭起瓜棚，绿色的藤蔓不到几周就爬满了棚架，肥硕的绿叶在风中轻轻摇摆，撒下一片惬意的清凉。夏秋的傍晚，这里总聚集着一伙人，白髯的老人在下棋，大妈大婶一边呵呵谈笑，一边甩着蒲扇，孩子们或则唧唧哝哝地围作一伙讲故事，或则吱吱喳喳地东躲西藏地捉迷藏。

可是，旧社会里银锭桥畔的生活犹如一潭死水。我听到过许许多多的传说，据说离桥不远就是《红楼梦》里描写到的大观园遗址。这附近确实曾有几所大王府，而且临桥的几座大院，据说曾是王府奴婢住的地方，在那时，经常有受了污辱的年轻婢女到桥上对月空泣，最后把年轻的生命埋葬在湖水中；在苦难的年月里，不知有多少绝望了的人像她们一样，越过了这矮矮的桥栏，使第二天过桥的人们发出新的叹息。……

今天，我又到桥上去，和往日不同的是，桥头人家的屋前院里都挂满了一串一串晾干的大白菜。我悠然地倚在桥栏向西望去，西山隐隐地从云雾中露出，紫蒙蒙的，爽人心目。我望着西山，心里却翻腾着关于银锭桥畔人们生活变化的冥想，是呀，银锭桥下的湖水，你就像一面镜子，如今你映照着多少欢乐和幸福！

1962年元旦，我以充满锐气的《水仙》一文登场，1962年12月12日，我以“优美地歌颂”的文字谢幕。在那个时候，我是一个最卑微的写作者，不会有人特意对我进行从头到尾的观察，但时隔半个世纪，我将这些事情讲述出来，也许，可以见微知著，使现在的写作者，知道那时的写作者，以及那时公开刊印出的文字，是如何被笼罩在他们头上的巨大的力量所控制、左右。人的命运，文的命运，何时才能真正地挣脱那控制、左右呢？祈盼能还人以自我，还文以自主！

我在报刊上发表的文字，一般绝不示之同事，他们如果自己从报刊上发现，问到我，我则淡淡地说：“见笑！”为了尽量不引起同事们注意，有的稿子，就使用笔名，用得最多的，是刘浏。同室的刘老师，比我大很多，虽然他知道我常趴在他身侧的书桌上写稿，却从来不过问，但是《银锭观山》一文出来以后，他恰巧那天买了一张《北京晚报》，看了，有所评论：“你主要写冬景，冬景最难写。”那么，我知难而进，效果如何呢？他不再置评。他寡言，对任何人都客客气气。那年代重视人的阶级成分，他是富农出身，后来知道，1962年夏天领袖有“千万不要忘记阶级斗争”的严重告诫，我心里明白了批评性文字再难刊登的根源，他也就更加谨言慎行。但是，在那么小的一个空间里共同度过那么多的时间，我们总不免还是会聊聊闲天，闲聊当中，互相取得信任感，出语也就渐渐少了顾忌。记得有一回我跟他说，自己一直生长在城市，对农村实在不了解，对农村的认识，基本上都来自小说，我们聊那个话题的时候，浩然还没有出道，《艳阳天》还没有写出，我提到的，有丁玲的《太阳照在桑干河上》、周立波的《暴风骤雨》（如今年轻的读者万不要以为我打错了名字，或以为现在的同名脱口秀明星曾写过这题目的长篇小说，那个年代有位湖南籍作家周立波，名气非常大），我说那些斗地主的场面可真够厉害的！老刘就忍不住跟我说：“我们村斗的时候，有人拿剪子去剪地主的肉……”这应该是他小时候亲眼看到的，肯定在他心灵深处刻下过深深的印记，也许，他还是第一次把那恐怖记忆说出口，至今我还记得他说出那句话时的表情与声调：他脸上的肌肉微微颤抖，声音暗哑却又字字分明。就他这一句话，将他童年时代内心的震惊，沉重地传递到了我青年时代的心灵深处，所引发的震惊，应该不亚于他当年目睹所达到的程度。但老刘很快意识到他是舌尖“出轨”了，我也立即懂得这样的交谈万不可继续，于是说：“都困了，睡吧。”但是那个双十二的冬夜，我们都久久失眠。后来，就听见从后窗外，由远而近，有种非常怪异的声音传来。我判定那是我的幻听。将棉被捂住头，我努力地消化那斗争会上用剪刀剪人肉的信息，我想，革命是好的吧，但为什么要这样地革呢？我期盼一种去除了诸如此类暴力的革命，来为人类造福。这种念头，在那个时候，当然给我带来深深的罪感，第二天我是带着黑眼圈去上课的，吃完晚饭，也没马上回宿舍，而是在教研室里批改学生作文，直到该睡觉的时候，才回到宿舍，发现老刘已经备完课，还坐在床上发呆，我进去就跟他说，今晚食堂的那道红焖胡萝卜丁真不错，支撑我一气改了 20 本作文。他听了似乎就放心了，我肯定没有找党支部的人汇报他“丑化土改”。其实我们那时候还是都很单纯，谁也没有想到四年半以后就有比周立波笔下更凶猛的“暴风骤雨”来临，学校操场上活活打死了人，而那个周立波，在湖南被斗得死去活来。二十年后，我写出的中篇小说《如意》拍成了电影，淋漓尽致地表达了我那“要把人当人”的人道诉求。1983 年我开始写长篇小说《钟鼓楼》，我把书里故事发生的那一天，设定在 1982 年的 12 月 12 日，正是那篇散文《银锭观山》发表，和老刘跟我说出那个回忆的整二十年后。

1992 年，距《水仙成灾之类》刊发三十年后，在温州楠溪江边，一位老人孙轶青见到我，微笑着说：“1977 年我一读到《班主任》，心里就明白，这个作者刘心武，一定就是当年写《水仙成灾之类》的那个刘心武！”原来，他就是当年签发那篇文章的《中国青年报》的负责人，签发时他是副总编辑，过了几个月，他就提升为社长兼总编辑。《中国青年报》是共青团的机关报，而当时共青团的第一书记，是胡耀邦。孙老离休后成为公认的著名书法家，于 2009 年仙去。1992 年见到他，我很高兴，也很惭愧。高兴的原因不消说了，惭愧，是他不知道，我在 1966 年上半年以前，发表过不少紧跟形势的文字，《独木》《水仙》那样的篇什，实在是凤毛麟角，在 1975 年从学校调到出版社当编辑前后，发表出《班主任》以前，我发表过努力向“革命样板戏”“三突出”创作原则学习，表现“大院”里的“红小兵”如何跟阶级敌人斗争的小说《睁大你的眼睛》（出了单行本），写过主题为“教育革命好”、“上山下乡好”乃至“从小要懂得与走资派斗争”的“儿童文学”。我的生命，我的写作，镶嵌在特定的时空里，我一度成了它的人质。

1962 年，我才二十岁，1992 年，我五十岁了。有时就会回忆起当年所住的那间宿舍小屋，想起同室的老刘来。老刘在那场狂飙中，被打成“坏分子”，开除公职，遣返回老家，监督改造。改革开放以后，他获得平反，离开伤心地，另到一所中学任教，没有人再歧视他的出身成分，他积极投入新的生活，入了党，并一度被评为市级的优秀教师。虽然我们后来始终没有再谋面，但我永怀对他的好感，他现在应该退休多年了，祝愿他晚景璀璨。1992 年我写成《冰吼》一文：

“日有所思，夜有所梦”。这话未必能解释一些梦的出现。比如昨日我的的确确毫无所思的一幕，午夜便活灵活现于我的梦中。惊醒后残梦余韵不散，令我在自家楼窗泻入的月光中倚枕玩味良久。

我的梦境总非工笔画一流，有时听妻讲起她的梦境，不仅人物眉发宛然，背景上的一花一叶也纤毫毕现，总是非常的羡慕；我的梦境一概是大写意，而且似泼墨般既淋漓酣畅又跳荡迷蒙。

昨夜的梦境是在一个湖畔。黑乎乎的树影，灰蒙蒙的冰面，不消说是一种严冬的景象，然而却看见我自己只穿着背心裤衩，足踏夹指塑料拖鞋，十分写意地在湖畔踽踽独行；有比树影更其墨黑的一些等高线条，在湖畔显现，使我意会到那正是湖岸边的铁栅，啊，不消说，那正是我非常熟悉的地方——北京城西边的什刹海，一大片不为许多外地人和旅游者知晓注重的水域……

什刹海的景致，倒也有不少的文章介绍过，我自己写的长篇小说《钟鼓楼》，里面也写到什刹海，且追溯到半个多世纪前的景观。一般介绍什刹海，总以夏日的风光为重点。的确，夏日环湖的垂柳或白杨一派翠绿，湖波粼粼。前海东侧总有大片的莲叶荷花，站在前海和后海相接的水域最狭处的名曰“银锭”的小桥上，朝西望去，在一片渐次开阔深远的湖面尽头，可以看到黛色的西山剪影。前人曾将此录入所谓“燕京十六景”之一，称“银锭观山”；前海当中有一小岛，本来只有一丛垂柳，一片芳草，甚有野趣，现在上面设了个游乐场，我亦认为是一大败笔——但不管怎么说，什刹海毕竟是北京城里难得的一处富于天然情趣的景观。又岂止是夏日有着艳丽的面貌，春日的柳笼绿烟，秋日的枫叶曳红，以及晨光中的水雾空蒙，夕照中的波漾碎金，兼以附近胡同民居的古朴景象，放飞鸽群发出的哨音，遛鸟的老人们悠然的步态……总能引出哪怕是偶一涉足者的悠悠情思，尤其会感到在波诡云谲的世态翻覆中，古老的北京城和世代的北京人总仿佛在令人惊异地维系着某种恒久的东西……

然而，上述的种种什刹海景观都未曾显现在我昨夜的梦中，梦中只有黑白灰三色的朦胧冬景既亲切又陌生，既朴实又神秘。我只见我近乎赤膊地缓步前行，不知从何而至，亦不知将欲何往。忽然，有一种绝对真实的声音，訇然响起，迷蒙的景色顿时抖动起来，而梦中的我顿时有一种大欢欣，通体产生出一种迸裂融化的极度快感。而转瞬之间，黑色化为了浓绿，灰色化为了翠绿，白色化为了嫩绿，墨色的栅栏化为了黛绿，在一片爽入灵魂深处的悸动中，梦中的我却又一身飘飘然的奶白绸衫，脚是赤足，踏跳在茸茸的绿草之中，身轻如电视中常见的慢镜头，悠然前行，亦不知为何如此，更不知欲飞何处……梦醒之后，那訇然的音韵仍萦绕于耳。对了，我恍然，那正是我熟悉的一种声音，非老什刹海畔的居民不能知的……

我在北京什刹海畔居住过十多年。一度我的居室后窗便朝着后海湖面。冬夜——不是那种北风怒号的冬夜，而是宁静到仿佛连空气都不再流动的最寂寞最冷清的冬夜，有时就突然从居室后窗传送进来一种短暂而惊心的訇响。头一冬乍听见时曾疑惑地自问：难道这城里边竟有饿狼？嗥声如此凄厉？西直门外动物园的大象的吼声也许如此，但纵有西风传送，那样遥远的距离，又是大象正该在象房中酣睡的时刻，何来吼声？……

有一回同一位忘年交的老者，冬夜里在银锭桥北头烟袋斜街的小酒馆里消磨到深夜，相互搀扶着，酩酊地在阒无一人的湖畔往住处走。忽然，一种熟悉然而更其清晰也更其沉重的音响忽然从湖上传来。老者遂对我说："听见了吗？这是冰吼，这声音是很难听到的——在一般的江湖河海，因为冰冻的部分膨胀时，总能朝尚未冻住的水域延伸，又因为周遭并不拢音，因而都没有这种声音，唯独我们什刹海，全湖都冻住了，进一步干冷，冰面不由得猛地膨胀，又胀不出去，因而发出这样一种苦闷而欲求解脱的吼声，偏这后海一带又极为拢音，所以听来这样惊心动魄！”

梦醒后，我久久地回味着那真实而动人的冰吼。我不信占梦术，亦不倾心于弗洛伊德的《梦的解析》，我不认为此梦与白日所思有关，不觉得其中蕴含着多少复杂而深刻的意味，我只是更由衷地判定自己尽管祖籍四川落生在成都，但定居北京四十余年的结果，是我已成为了一个地道的北京市民；而且尽管我迁离什刹海畔已有十多年之久，我的灵魂中却已渗入了什刹海的风土人情，乃至那鲜为人知的独特的冰吼。今年的冬夜，要不要寻一个风定人静的时刻，再在酒后到什刹海畔漫步，聆听一回别有韵味的冰吼呢？

我和老刘居住过的那间能从后窗传来冰吼的小屋，可能早已拆去了。那曾是我苦闷青春期的一个载体。屋子可以拆毁，记忆却应坚守，绝不能容忍一拆了之。

2012 年 6 月 25 日　温榆斋中

莫斯科河的雁影

——莫斯科河

那一年我十岁，在北京上小学五年级，当时那所小学在原来的一个尼姑庵里，校长是个尼姑。虽然是尼姑办的私立学校，教学内容完全是新时代所规定的。记得那时候学校举行讲故事比赛，不是要参赛者各讲一个互不相同的故事，而是要求大家讲同一个故事，所比赛的，不是故事的内容，而是讲那内容时的具体表现。那是一个什么故事呢？内容是：苏联远东有个母亲，孩子病了很着急，于是给伟大领袖斯大林写信，斯大林看到信，派飞机载去医生，将那孩子治好了。其实那个故事大家早就知道，我就看过相关的“小人书”（连环画册）。比赛的时候，全校师生坐在庵殿改造成的礼堂里，选手们挨个上场，大家重复地听同一个故事，未免乏味，于是就有不少同学交头接耳、小动作不断，主持比赛的老师不得不多次高声维持秩序。

偏那次讲故事比赛，我们班的班主任老师指定我代表全班出马比赛，我生性腼腆，属于“窝里横，窝外怂”一类，就是在亲友熟人面前能放开嬉笑，一到生人面前，尤其面对一大片生人，立马不知手脚该如何安放，舌头也就打起绊来。我在本班试讲时，虽然有后排的男生对我扮鬼脸，却并未“打磕绊”，一气把故事顺溜讲完，班主任老师带头鼓掌，那扮鬼脸的同学则在大家的掌声都停息后，又故意呱呱响出几声。到全校比赛宣布我上场，我站在一大片黑压压头发面前，不用任何人扮鬼脸，腿先软了，自己也闹不清怎么开口讲出去的，只在下台的时候，瞥见班主任老师铁青着一张脸。

那次讲故事比赛的冠军，是别班一位讲到斯大林派飞机的情节时流下眼泪的女生。我尽管名落孙山，对不起全班，尤其对不起予我以厚望的班主任老师，但受到的教育，还是很深刻的，那就是必须要热爱领袖。那时候看电影，苏联电影多是表现卫国战争的，苏联士兵冲锋，高喊："为了斯大林，冲啊!"那样的场面频频出现，于是我们男同学一起玩打仗的游戏，也就纷纷模仿，高喊："为了斯大林，冲啊!"而且最爱做出中弹倒地身亡的情状，那时候完全不懂得究竟何谓死亡，甚至觉得死掉是件非常美妙的事情。

但是很快我和大家就遇到了无可回避的死亡事件。1953 年 3 月初，我未满十一岁，忽然那一天电台和报纸宣告斯大林逝世。我觉得很惊诧，斯大林也会死去吗？他曾派飞机送医生去救治一个远方的小孩，那么，为什么没有一架飞机载着医生去克里姆林宫将他救过来呢？当然，很多年以后我知道，斯大林病逝的地方并非克里姆林宫，而是他在孔策沃的乡间别墅。大人世界为伟大领袖的去世忙着许多的事情，我们小学生毕竟还有许多的闲暇，那一年暑假后我就要上中学了，暑假里我和一群孩子仍然玩打仗的游戏，也仍然有孩子高喊："为了斯大林，冲啊!"但有一次我假装中弹牺牲，倒地时不免出现杂念：斯大林没有了，以后为谁冲呢？

也就在那一年，北京市所有私立的大、中、小学全部实现了国有化，我上过的那所小学也就不再有尼姑校长，我考进的原基督教会办的崇实中学，改称北京 21 中。在 21 中所受到的文化熏陶，基本上也都是苏联的。初一、初二还有少先队组织，学校设总辅导员，那辅导员就总穿着一件苏联式上装：长袖紧袖口，矮小的圆圈领，偏左侧一道十几厘米长两厘米宽的装饰性开裂，套头穿妥后以暗扣关合。那时的苏联电影里，男人多穿这样的上衣。也有同学效仿，让家长给缝制了这样的苏式套头衫。苏联风劲刮，由此可见一般。

我可以说是看着苏联电影长大的。当然，起初看的都是译制片。后来，上了高中，学校离南池子的中苏友协礼堂很近，发现那里每到周末会放映原版苏联电影，而且往往是苏联那边刚拍摄不久的，于是，就几乎每周都跑去看。高中学的是俄文，又发现王府井外文书店有个外文期刊部，那里面有许多俄文杂志，包括苏联的《银幕》杂志，凭借学到的那点俄文，再频查词典，居然也就能把杂志里介绍的苏联电影了解个大概其。1957 年，在那杂志上发现拉甫涅尼约夫的小说《第四十一》第二次被搬上了银幕(第一次是二十世纪三十年代拍过黑白片)，导演丘赫莱伊，男主角由我早已熟悉的斯特里席诺夫扮演（他主演的那时已译制过来的《牛虻》《墨西哥人》我都看过不止一次），于是，当发现中苏友协礼堂要放映这部新拍成的电影时，我去买了好多张票，不但自己要先睹为快，也愿与亲友们分享尝新的滋味。

原版《第四十一》观后，与有同好的同学讨论过，觉得很不错，也有几处没大看懂。那时候评论文艺作品，政治第一，艺术第二，政治上是“阶级论”，文艺上是“典型论”，于是就觉得，《第四十一》这个作品，政治上，从结尾看，还是正确的（与白匪军官一起流落在荒岛的红军女战士，虽然二人产生了爱情，但在白军船只驶向荒岛时，还是举枪瞄准跑向“自己人”的“白匪”，使其成为她击毙的第四十一个敌人)；但是，从艺术上论，“不典型”(与世隔绝的荒岛这个特定的故事背景所引发的爱情)。后来我就把这样的感想，以评论小说的形式，写成文章，投寄到《读书》杂志，他们居然刊登了出来。

1958年，有次见中苏友协礼堂预售苏联新片《雁南飞》的票，对这部电影没有像《第四十一》那么有所期待，特别是知道它并非彩色的而是黑白的以后，更觉得可能没劲。那时候彩色电影已经流行，宽银幕也出现了。苏联怎么还拍黑白电影呢？抱着“不看白不看”的无所谓心态，我去看了《雁南飞》。那一年我十六岁，正是从少年向青年过渡的时期，《雁南飞》令我震撼，于我来说，是一次启蒙。

虽然看的是原版片，事先也丝毫不知道影片究竟是表现什么的，但是，那影片的电影语言，达到超越地域、民族差异的纯艺术境界，任何一个有正常审美能力的人看到，都会明白银幕上在表达什么。

影片的第一个镜头，是莫斯科河畔，画面简洁极了，河边的石砌栏板呈现为一道优美的曲线，一边是闪烁着晨光的河水，一边是洁净的路面。女主人公从镜头后跃入画面，青春绽放，以活泼的姿态俯着河栏下望，双腿倒踢，又迅速离开；紧接着男主人公也从镜头后跃出，一对青春生命并肩以颠连步往前跑去，消失在远方……所配的音乐，开始是典型的苏联手风琴曲调，随后演变为柔情的管弦乐，镜头多次从不同角度拍摄这对恋人在莫斯科河边的嬉戏，几乎所有的画面都做到简洁别致，令观众顿感此时黑白胜彩色，整部影片的黑白摄影始终保持着美的张力，正是看了这部影片以后，我才真正理解了“黑白灰是世界上最美的三种颜色”的说法。两个恋人离开莫斯科河以后，经过著名的红场，红场的镜头在以往的苏联电影里见过太多，但这部影片却带领观众从另一种角度欣赏红场，特别是它将著名的克里姆林宫那顶着大红五角星的斯巴斯基塔，斜着展现在银幕上，化威严为慈蔼，而这个镜头也就恰好叠印出影片的名字，传出那钟塔上凌晨四点的断续钟声……《雁南飞》开篇就攫住了我的心灵。

以往看过的苏联表现卫国战争的影片，诸如《团的儿子》《她在保卫祖国》《斯大林格勒大血战》《丹娘》等等，特别是鲜艳十三彩，充满了大场面的《攻克柏林》，它们从政治上说，当然都十分正确，教导我们要反对法西斯侵略者，要“为了斯大林，冲啊!”从艺术上说，都是塑造典型，特别是英雄形象，以供观众，特别是我这一辈的“革命事业接班人”学习、仿效。但是把《雁南飞》看下来，就发现它几乎置那样的套路于不顾。它演的是苏联卫国战争背景下的故事，却不再以英雄人物为主人公，贯穿全片的女主角薇洛尼卡（恋人叫她“小松鼠”），即使不算落后人物，也是个十足的中间人物。战争爆发了，她竟迟迟进入不了战时状态，后来恋人出征，她送行迟到，以弱小的身躯，穿越轰隆隆开赴前线的坦克队阵，跑到人群拥挤的送别现场，被征入伍者的队伍已经开拔，她看到了队列中的恋人，高声呼唤，对方哪里听得到?她把为他买的整包饼干抛过去，散落一地，被前进者无情践踏，她的恋人，竟从此与她永诀!在苦等出征的恋人未获信息的情况下，恋人的堂兄弟，一位钢琴家乘虚而入，在大轰炸后精神恍惚的她，竟被那宵小占有，事后她无奈地嫁给了那个叫马尔克的男子，后来他们一起被转移到后方，她在军医院当护士，当她听到一位伤兵痛骂那抛弃了他的女友时，受到刺激，内疚中几乎卧轨自杀……后来她离开了马尔克，仍苦等恋人到来，直到战争结束，她仍满怀希望地捧着鲜花到火车站迎接恋人，但遇到与恋人一起参军的荣归者，告诉她她的恋人确实牺牲了，她痛哭失声，最后她将手中花枝分送给遇到的荣军或其家属，走出人群，仰望苍天，而这时，片头出现过的排成人字的雁群，又在飞翔……

《雁南飞》通过薇洛尼卡的形象，给予我关于个体生命价值的启蒙。于是我开始懂得，英雄固然具有极高的价值，革命领袖的伟大更达到无价可报的程度，但是，普通的人，芸芸众生，有弱点，有缺点，乃至犯过错的生命，只要不是法西斯，不是大坏蛋，也是值得关注，值得爱怜，至少是应多少给予其怜悯心的。人间的文学艺术，除歌颂领袖、赞美英雄（即表现“神佛”与“罗汉”），也还应该表现这些普通的生灵，以唤醒观众、读者“人”的意识。影片中有个贯穿始终的道具——玩具松鼠。薇洛尼卡的恋人鲍里斯因集合令急，不及与她告别，于是将这玩具松鼠交给奶奶，由奶奶转交到薇洛尼卡手中，那松鼠挽一小篮，里面塞满模拟的松果，薇洛尼卡后来一直将其带在身边，没想到转移到后方以后，她错嫁的丈夫马尔克为讨好一位贪官情妇，竟将这松鼠拿去献为生日礼物，结果那腐败的生日宴上，鲍里斯藏在松果底下的一封告别信，偶然被那群醉生梦死的客人中的几位发现，便在烛光下逐句念了起来，偏这时薇洛尼卡找了进去，一见那情景，撕心裂肺。后来我看了由上海电影译制片厂译制的《雁南飞》，对这段情节更加了然。这样表现卫国战争中存在于苏联社会的阴暗面，是以前的同类题材影片中绝对没有过的。玩具松鼠的细节，对于我的启蒙意义，更在于懂得了：普通人的琐屑隐私，也具有神圣性。普通人的价值绝不能低估，而这价值里包含着许多他或她独有的，也许对于其他人是毫无意义的，生存的细节。

看原版片时，对于入伍士兵在学校集合，形形色色的应召入伍者及其送别的亲人互动的那段长镜头，印象非常深刻，真实，自然，原生态，像是纪录片，却又异常优美。但其中有个细节是后来看译制片时才明白的，就是正当一群人在生离死别，忽然有个胖胖的中年人急匆匆走向移动镜头拍到的铁栅栏，朝可以想见是在铁栅栏另一边的某人高喊："花椰菜的发货单在哪儿？"这就提醒着观众，社会生活有其固有的无情一面，你们在那里难分难舍，形成那个空间里的主流事件与情绪，但是，因社会分工不同、具体处境不同，这个只露一次面、仅有一句台词的中年人形象，就标志着人各有其命，也各有其运。这类细节影片里还有不少，当然体现出编剧的高妙。这部影片的编剧是罗佐夫（1913—2004），他先写了一个《永生的人》的舞台剧，多次演出过，然后在1957年自己改写为电影剧本，由卡拉托卓夫（1903—1973）执导，拍成了《雁南飞》。

影片的男主人公，也就是薇洛尼卡的恋人鲍里斯，由那时风头正劲的巴塔洛夫扮演，他当时应该是刚接近而立之年，扮演比自己实际年龄小几岁的角色并不困难。鲍里斯的形象比薇洛尼卡明亮，他主动请缨，走上战场。但是令我，恐怕也不仅是我，包括看惯了高喊着"为了斯大林，冲啊！"的英雄士兵形象的苏联观众，也会大吃一惊的是，影片里他还来不及参与重大的关键性战斗，来不及高喊那句效忠领袖的口号，在部队突围的侦察行动中，竟被一粒流弹射中，因而倒在泥泞中。我看原版片时，本以为编导不会让他就那么窝囊地死去，想必影片最后会出现他的意外荣归，仍以团圆的戏剧性结尾安慰观众的心灵，没想到跟着影片里的薇洛尼卡一起苦盼那一幕出现，到头来却交代他竟就是在非战斗的侦察中，被那颗流弹打死了。这样的情节，令我走出放映厅后久久不能平静。我当然相信，在一场大战里，会有士兵是这样的遭遇，但这样的死法，也可以算是牺牲吧，难道也值得用一部影片来表现吗？真是骇人听闻。导演用了很长的慢镜头，来表现鲍里斯被流弹击中后倒下去，以他的视角，看到树林在越来越快也越来越远地旋转，而且这时有绝望的声音，似乎在喊：“不！不要死！不能死！不愿死！不该死！”又叠印出他的幻觉，他和薇洛尼卡结婚了，薇洛尼卡披着祖母辈当年用过的那种婚纱，白纱飘拂着，他穿着笔挺的大礼服，扎着白领结，和亲人们从单元里出来，一起朝楼下走去，他的父亲、姐姐，堂弟马尔克，全都举着斟满的酒杯，围绕着他欢呼，当然还有他的奶奶，在人群后面笑得合不拢嘴……那是普通人的最普通的向往，也是他生存的核心意义，但是，一颗流弹击中了他的要害，他的生命就要结束，这是为什么？我思忖的结论，是这才真正控诉了法西斯发动侵略战争的滔天罪恶，法西斯疯狂反对革命领袖及其所领导的革命事业固然罪不可赦，然而，法西斯对人类中最大多数的普通人那普通的幸福追求的破坏乃至摧毁，是更难饶恕的恶行。影片以鲍里斯僵硬地仰倒在泥泞中结束了这个角色的命运。

《雁南飞》使我跳出了对文艺作品从阶级性进行政治评价，以及从是否塑造了典型进行艺术评价的窠臼。原来艺术作品可以是这样的：它超越了狭隘的政治，超越了阶级分析的教条，去表现最普通的生命，最质朴的人生追求，而且，它不试图塑造可供人膜拜的角色，只把真实的生命呈现出来，它的职责不是为政治服务，而是创造出美。后来知道卡拉托卓夫追求的是“诗意电影”，之所以将《雁南飞》拍成黑白片，正是想通过黑、白、灰的简洁画面，和充满诗意的长镜头，营造出浓酽的人情味和视觉美感来。

看完电影，我赶紧去王府井外文书店寻找苏联《银幕》杂志，有新到的，但交款时营业员告诉我：“以后不进了。”那是我买到的最后一本。再过些时候，几乎所有的苏联杂志全买不到了，而且，那外文期刊部也撤销了。翻阅买到的最后几本《银幕》杂志，发现有一期报道了《雁南飞》获得法国戛纳电影节金棕榈大奖的消息，并刊有扮演女主角的演员萨莫依洛娃的整页靓照。这位女演员在好几年里都成为我的梦中情人。1961 年夏天我分配到一所中学任教，住入分配到的宿舍，毫不犹豫地将萨莫依洛娃的那张大照片从苏联《银幕》杂志上裁下，斜贴到我的床头。

那张萨莫依洛娃的大照片没贴几天，就取下了，因为有好心的同事提醒我，苏联不对头了。其实 1956 年《人民日报》就刊登出了《关于无产阶级专政的历史经验》《再论无产阶级专政的历史经验》的长文，已经是不点名地批判苏联搞修正主义了，但我那时才 14 岁，怎么看得懂那文章的玄机？到了 1963 年，《人民日报》陆续发表了九篇批判苏联修正主义的文章，第一篇的题目赫然是《苏共领导同我们分歧的由来和发展》，窗户纸捅破了，于是明白，怪不得《第四十一》《雁南飞》《伊万的童年》等苏联电影已经都译制好了，却不能公开放映。而且知道在 1956 年苏共领导赫鲁晓夫作过一个秘密报告，揭露了斯大林的错误，宣布要破除个人迷信，所以才引发了文艺上的解冻，各个领域都出现了另辟蹊径的作品，像电影，在《雁南飞》之后，更有《士兵之歌》，我买到的最后几本《银幕》杂志上，有许多剧照，黑白摄影更追求唯美的效果，影片里的士兵，比《雁南飞》里的鲍里斯更年轻，还不曾尝过爱情的滋味，就上了战场，他那时的人生最大愿望，就是能为母亲修理好自家村屋破损的屋顶，他因摧毁德寇坦克立功，部队给予他的奖励是回家探望母亲，以圆他补好自家屋顶的愿望，但他一路上有许多曲折遭遇，等他赶到家里时，已经完全没有时间停留，只能匆匆跟母亲告别，再上征途，影片以联翩的镜头表现母亲在麦田里眼巴巴看着他远去，然后响起旁白，说这个士兵后来战死在远方。《士兵之歌》偏离英雄主义的倾向更加严重，后来有关部门也专门出了素封面小册子，把相关资料汇聚一起，供批判使用。后来《文艺报》（那时它以杂志形式出刊）用一整本批判了苏联电影导演丘赫莱伊，说他的作品是修正主义文艺的典型毒草，而《第四十一》正是他的处女作。再后来就爆发了持续十年的政治大风暴。起草“九评”的吴冷西等人全数被指斥为修正主义分子被批斗，《文艺报》被指斥不抓大的修正主义典型肖洛霍夫而用丘赫莱伊充数，被迫停刊，其总编辑张光年也被赶入“牛棚”……种种令我目眩神昏的“否定之否定”不停地呈现，原来睡在伟大领袖身边的中国赫鲁晓夫就是刘少奇，林彪在揭露其真面目和维护伟大领袖上功劳大焉，因此成为无可争议的领袖接班人，我和许多普通中国人一样，那时候口中道出最多的两个祝福，一是祝伟大领袖万寿无疆，二是祝林副主席永远健康。却万万想不到，1971 年林彪竟乘飞机外逃摔死在异国他乡，乃是伟大领袖最凶恶的一个对手。到 1976 年伟大领袖去世，因为少年时代经历过斯大林逝世的事情，倒也不再有伟人怎么会离世的惊诧，只是内心惶恐，不知今后又会经历怎样的“否定之否定”？果然有“否定之否定”来临，“四人帮”被捕，被打倒的干部纷纷被落实政策，有的不仅是官复原职，更升到高位。1977 年张光年主持《人民文学》杂志，拍板刊发了我的短篇小说《班主任》，1988 年香港《大公报》报庆，我和吴冷西同为受邀嘉宾赴港。苏联电影也重新公映于中国银幕，如果说《攻克柏林》是苏联第一代卫国战争片的典范，《雁南飞》是第二代的典范，那么，拍摄于 1972 年的《这里的黎明静悄悄》则成为第三代的典范，它的特点，就是把第一代的英雄主义和第二代的普通人主义，有机地糅合在了一起，艺术上则兼容了第一代宏大叙事的华美，与第二代诗意盎然的灵秀，我看了它，感慨万端。

后来很容易买到《雁南飞》的光盘，原版的和译制的我都收集了。再后来从电脑网络上可以很方便地下载或在线观看。作为青春期文艺欣赏的难以磨灭的印记，我几乎每年都要重看一遍《雁南飞》，我还是会在一些镜头出现时热泪盈眶。于是就想，一定要去趟苏联，去莫斯科，去莫斯科河畔，寻觅那河中的雁影。

2007年我六十五岁时，终于飞到了莫斯科，莫斯科有太多可观光的地方，而我独有到河边寻觅《雁南飞》镜头的想法。莫斯科河是将原有的小河大大展拓开凿成的运河，1932年开工，1937年竣工，它与伏尔加河汇合在一起，可以行驶海轮，是一项了不起的福延后代的工程。我在河边漫步，很高兴地发现，它岸边的许多部位的石砌栏壁，还保持着《雁南飞》电影里的那种原貌，从某一角度望去，它会形成一道优美的曲线，一边是荡漾的河水，一边是洁净的路面。我相信，曾有许多个薇洛尼卡和鲍里斯那样的年轻恋人，一对对活泼泼地跑过河畔，普通的生命，他们的单纯的爱，过安稳小康生活的追求，生生不息……

乘游船在莫斯科河上遨游，瞭望着两岸风景。俄罗斯朋友告诉我，那边的宾河街公寓，曾有若干艺术家居住在里面，于是我倏地想起了钢琴家尤金娜（1899—1970），她是否曾居住在那栋楼里？我从几种过来人的回忆录里，知道有过这样的事情：斯大林某日偶然从电台广播里听到尤金娜演奏的莫扎特第23钢琴协奏曲，觉得非常入耳，就让文化部的官员第二天把唱片给他送去，可是尤金娜根本没灌过那个曲目的唱片，斯大林听到的是现场直播。但文化官员谁敢汇报说伟大领袖喜欢的乐曲竟未灌过唱片？于是赶忙召集钢琴家和乐队，连夜赶录唱片，尤金娜气定神闲，指挥却慌了神，一连换了三个指挥，才算把乐曲录制下来。第二天将唱片送到斯大林那里，斯大林哪里知道，那是仅有的一张为他录制的绝响。斯大林听了非常满意，立即派人给尤金娜送去两万卢布的犒赏，这在那个时候真是个天文数字！那一年尤金娜大约五十岁出头，她收到钱后立即给斯大林回了信。我在莫斯科河游轮甲板上，望望克里姆林宫的剪影，再望望滨河街公寓的那些窗户，不由得默诵着尤金娜那封信的全文："谢谢你的帮助，约瑟夫·维萨里昂诺维奇，我将日夜为你祈祷，求主原谅你在人民和国家面前犯下的大罪，主是仁慈的，他一定原谅你。我把钱给了我所参加的教会。"这封信送达后，几个部门的官员都等候着斯大林逮捕、处决尤金娜的命令下达，但斯大林却对此默不作声。几个月后，人们发现斯大林猝死在孔策沃别墅地板上，而屋子里的留声机，仍在播放尤金娜所演奏的莫扎特第23钢琴协奏曲。

我的理解是，尤金娜是个纯粹的艺术家，她的信没有丝毫政治挑衅的意味，她对斯大林搞个人崇拜造成的恶果非常清楚，人做天看，无可逭逃，她是真诚地怜悯斯大林，她在必要的时候，坦率地表达了她的认知，她的信仰，她的大悲悯的情怀。而斯大林，作为一个政治强人，他实际是孤独的，悲苦的，他从尤金娜的演奏中听见了天音，他的那些效忠他的下属全不懂，他懂，尤金娜确实是以大悲悯对待他犯下的种种罪孽——当然，他自己会认为那一切都是必要的。

苏联不复存在，莫斯科河上那天没有雁群飞过，但我俯身望着河面，却觉得分明有雁群南飞的倒影，构成一组组的"人"字……

2012年7月12日　温榆斋中

世纪初，在巴黎

——法国巴黎

最近在中国作家协会的“中国作家网”上，检索到这样一条信息：

高行健：

江苏泰州人。中共党员。1962 年毕业于北京外国语学院法语系。历任中国国际书店翻译，安徽省宁国县港口中学教员，外文局《中国建设》法文组负责人，中国作协外联部工作人员，北京人艺编剧。1979 年开始发表作品。1980 年加入中国作家协会。著有长篇小说《灵山》、《一个人的圣经》，论著《现代小说技巧初探》、《文学创作杂记》，散文集《法兰西印象》，剧本《绝对信号》、《车站》，译著剧本《秃头歌女》等。2000 年被瑞典文学院授予诺贝尔文学奖。

创建发布日期：2009-03-27 11：55：59

在我看来，这条信息并不准确。但它已经在这个官方网站上存在了三年半。于是，我又检索了自己 2000 年 5 月至 7 月的日记，呈现于下，也许有助于读者了解这位作家。

2000 年 5 月 25 日　星期四　小雨转晴

隔着地铁三线终点站 Gallieni 东出口的玻璃门，我看见了他的身影。穿一身黑色衣服。我们八年没见了。上一回，是在斯德哥尔摩。那是 1992 年，我应瑞典文学院马悦然院士邀请，由 SAS 航空公司赞助一套机票，到瑞典及挪威、丹麦访游期间。行健闻讯专程自费从巴黎飞过去会我。挚友间的聚谈是人生中最可珍贵的精神宴飨。暌别八年，最可珍贵的享受又将来临，心湖里涌动起一阵紧似一阵的波环。

没推开出口的玻璃门，行健已经在向我和妻子招手。出得门去，见他左手里攥着两把收拢的折叠伞。那天早晨巴黎飘着眼睛看不清的细雨，空翠湿人衣，石块镶嵌的老街被润得诗意盎然，但我们到达 Gallieni 时，霏霏细雨已经停了，空气里氤氲着树叶和青草的味道。去之前，没设想过见到他该怎样、会怎样运用肢体语言，握手？拍肩？却本能地——他那边也一样——拥抱在了一起。

他住的地方紧靠巴黎老城区东部边缘。那里触目全是些方盒形的现代建筑，与老城区景观很不相同。领我们乘了两三站公共汽车，到达一座小丘，一边是绿树蓊翳的公园，一边是体量很庞大的公寓楼。进公寓楼，乘电梯到达他的那个单元，进门过道比较狭窄，厨房、卫生间交错分列于过道两边；但往右拐进他的画室，顿觉豁然开朗；那画室约三十平方米，雪洞一般，不作画时画案折叠起来靠墙而立，中国墨、毛笔、笔洗等作画工具也都收藏一边，大卷的宣纸倚墙角竖立，一些画成的作品则卷在一起横放墙边，空阔的屋子倒有些像舞蹈家的练功房，不过，地面满铺灰色的吸水毛毡，那不利于舞蹈，却有利于把宣纸直接铺在地面创作大幅的水墨画。仔细观察，发现一角有体积不大、质量很高的音响设备，行健告诉我，他作画时照例要播放心爱的乐曲，我注意到，他购置的CD盘除了西洋古典音乐，大都是些中国古筝、箫、埙演奏的乐曲，有传统的，也有像瞿小松创作的那种很前卫的作品。画室朝西一面开着一排阔窗，西望巴黎，老城区一望无际，举凡铁塔、圣心大教堂、先贤祠、伤残军人荣誉院等高耸建筑物历历在目；彼时开阔天宇仿佛泼上几团淡墨的宣纸，灰色水气往下方作不规则浸润，空灵的神韵似正欲渗入熙攘的俗世，我和妻子眺望再三，叹为观止。行健为何卜居此处，不问自明。

作为客厅的空间，要穿过画室再往里面去，不大，也就十来平方米吧，对放着两具沙发，当中是朴素的茶几。客厅一角靠着个小画架，没有什么讲究的摆设，更没有故意炫耀“品位”的符码，略显凌乱，却很舒适。行健说，欢迎我们来住，这沙发一拉开就变成床，被褥什么的都为我们准备好了。我知道他很少在这新居里留客，他的欢迎我们，是既真诚而又罕有的。

品着香茗，我们畅谈。他把自己的生存状态描画给我们。他的收入主要靠卖画。巴黎好几个画廊，包括卢浮宫广场玻璃金字塔下面的著名画廊，都常备他的水墨画展销。他的画风偏向于抽象，但又有具象因素，主要用浓淡的中国墨来抒发他的生命体验，近来特别醉心于对光的表达，偶尔用点别的色彩；画幅大小不一，通常如对开报纸般尺寸。他的画不畅销，但每隔一段时间总能销掉几张，算是常销品吧。画价虽不算昂贵，画廊分成和缴税后所得，却也足够支撑他那有尊严的小康生活。他所酷爱的小说创作，不但不可能赚钱，还常常需要贴钱才能出版。他拿出台湾联经出版事业公司1999年4月出版的长篇小说《一个人的圣经》给我看，这本他从1996到1998三年时间写成的作品，厚达456页，印制得素雅精致，封面和书脊上都标明“法国国立图书中心赞助”。正因为他能“以画养文”，所以他能差不多用一千零一夜的时间潜心结撰出这个大部头。可喜的是有理解他欣赏他的法国汉学家和出版社，像对待他十二年前的那本长篇小说《灵山》一样，很快就翻译出版了法文本的《一个人的圣经》；他把那比中文本厚许多的法文书递给我，沉甸甸的。行健除了画画、写小说，还写戏、导戏。二十世纪八十年代中期，他的剧本《绝对信号》《车站》《野人》一个接一个在北京人民艺术剧院演出，引出过不小的轰动。1987年再到法国并定居以后，行健获得了畅所欲写并且畅所欲演的从事戏剧创作的条件，他兴奋，他勤奋，新剧本一个接一个出来，又一个接一个在舞台上化为了戏剧现实，而最令他高兴的是，他可以自己导演自己的剧作，十几年来，他把自己的戏剧亲自带到了世界许多地方，西欧的法、英、德、意、奥自不消说，北欧的瑞典，东欧的波兰、罗马尼亚、南斯拉夫，以及俄罗斯、日本、澳大利亚，非洲的象牙海岸、多哥、贝宁，都去过，至于中国香港和台湾省，更去过不止一回。我详细问及他导戏的资金来源、运作方式、个人收益，他都一一作答，总而言之，个人收益无多，但乐趣大大。他告诉我们，近期不拟写小说，要把法国文化部订的一个戏在8月1号以前写完交上去，然后便打算安心画一阵画。由文化部拨款，向若干定居法国的剧作家预订剧本，不限内容形式篇幅，不设任何前提，更不会中途干预，只要按期交本子，就立即付给四万法郎，剧本则交给各剧院供戏剧专家们阅读选用，这是法国重视文化的一大例证。这将是行健用法语写作的第三个剧本，他告诉我开笔时觉得比较艰涩，现在篇幅过了预计中的三分之一，如登至山腰，开始有顺畅酣快的感觉。这个剧本是叩问死亡的。我听了心里一紧。这样的终极追问，心灵该是怎样地绞汁呕髓？

行健关切地问到我们的情况，我把自己的微妙处境与越来越平静的心态告诉给他。他说晓歌看去气色好多了，晓歌头回到欧洲，应该好好转一转，散散心。

行健忍不住再引我们回到画室，那一刻，我感觉他对自己的定位，首先是画家。这绝不是因为在文学、戏剧、美术的全方位发展中，到目前为止绘画的经济收益最大，而是因为他的心灵，越来越渴望以水墨在宣纸上的皴染来倾诉禅悟。他弯腰展开卷放在墙边的一摞托过的画作，一幅幅地在停顿中让我们品味，只偶尔提及一下拟定的画题，或对我的即兴评论简短地给予回应。他说那一摞都是舍不得赠人更舍不得卖掉的，其中少数曾公开展出过，多数是近期作品。我觉得他的近期作品里多次出现类似月亮的图像，而且在用水汽表达光的衍射方面有近乎固执的反复尝试，一时悟不透他内心里究竟旋绕蒸腾着些什么情愫。

2000 年 5 月 31 日　星期三　小雨转阴

行健在法国定居后，埋头弄文学艺术。他从来不搞政治。他没有主义，没有政治纲领，没有参加过任何政治组织，更没有参与过任何政治活动。从法律角度来说，他是 1987 年得到法国文化部正式邀请，办理了完备的合法手续来到法国的。当然，他对政治有非常敏锐的个人感应，并且在作品里表现着他这方面的生命体验，升华着心灵的憬悟，这也应是所有作家的天赋权利；但他写作的单一目的只是创造出纯粹的文学精品。他到法国后把人际关系简化到最精当的程度，不敷衍任何人，不在人际交往上浪费生命。他内心充实，不会有一般人的所谓寂寞感，但他渴望能够经常和真正能撞击出心灵火花的谈伴相聚，在这方面他可能尚未得到充分满足，难怪见到我这个老朋友，他想抓住不放。其实，暌别八年了，而且是各自在不同的空间里，以不同的状态消费掉了许多生命，我觉得自己面对着越来越博闻多识、意态怡然的他，恐怕已经算不得是个旗鼓相当的谈伴了。

我们约定在蓬皮杜文化中心前庭会面。这回晓歌没跟我同往，也是任由我和行健俩人海阔天空纵性开聊，不让我们因她分神的意思。

蓬皮杜文化中心当时正结束了一个以“时间”为题的观念艺术展览，开始了一个毕加索小型雕塑展。行健说这类空间的艺术不忙去看，倒是巴黎每日大量时间的艺术，即各类演出，不可不赶紧挑些来看。他打了问询电话，眼下 OPERA 整修未完，夏特莱广场两侧的剧场所演出的现代舞剧票已售罄，只有巴士底歌剧院的演出还有少数余票，得赶快坐地铁去买。我随他去了那里，售票处果然在售余票，有二三十个人在排队，行健赶紧排进去，让我暂去看墙上的剧照和小卖部的纪念品。后来他买到三张 6 月 14 日的古典歌剧《诺尔玛》的票，这部由意大利十九世纪作曲家贝利尼创作的歌剧我以前没听说过。他说到那天会陪我和晓歌看。又说对不起，只买到这样的加座。他递我两张票，我看出那票价，330 法郎一张，够贵的。

行健要在巴士底广场西南角的一家最著名餐馆请我吃牡蛎，结果那里的生意好到需要排队等候的地步，我说算了，随便换个地方吃吧，但行健还是把我带到了附近一家装潢相当贵族气的 BOFINGER 餐厅去叫了牡蛎请我。我说这太破费了。他说，为朋友，高兴，就算不得破费。我说你现在经济上颇强大。他说其实也有隐忧。他的收入并不稳定，且每笔都要依法缴税，但分期付款购房的月供，还有医疗和养老保险的月供，却是固定并不得拖欠的，加起来是很不小的数字。他入的是艺术家保险，一旦老了，画不动写不动更导不动了，也只是无冻饿之虞罢了。他说法国人大都被供房、供医疗与养老保险这三桩大事，跟银行构成了长期合作的关系，双方都不愿这个合作无端中断，政府、法律、普遍的道德意识，各方面都维护这东西，所以形成一种稳定的社会秩序。但人生也因这份稳定——其实是彼此大间架雷同——而乏味。他问我 1983 年、1988 年和这回第三次来巴黎，觉得巴黎变化大不大？我说没觉得有什么变化，他说这说明巴黎的城市发展和社会生活面临的危机，就是这个不知该怎么再往前发展变化的问题。文化艺术也是这样。他说蓬皮杜文化中心的那个题为《时间》的观念艺术展览，在他看来只是现代派艺术和后现代派艺术观念的大堆砌，走到了尽头，虚张声势，煞有介事，其实已经很孱弱，贫血，亟需一次文艺复兴，回归到真实、质朴。他的议论很令我吃惊。

我跟他谈到国内一般年轻知识分子对西方文化的关注，萨特算是热过去了，波伏瓦还有余温，杜拉斯仍在热，但最热的恐怕是米歇尔·福柯，这也是因为他那些颇艰深的著作的中译本近年来在中国大陆陆续地推了出来。行健说，其实福柯在法国已经相当地古典，人们耳熟能详却并不热衷了。他讲到法国最有名的思想文化杂志《精神》出了两期题为“法国思想检讨”的专号，其中的文章肯定了法国知识界一度的辉煌，但主要是尖锐地指出当今的思想贫困。又讲到《新观察家》杂志也惊呼“当今法国思想家在哪里？”近期的文章集中否定了福柯、德里达的理论，至于尼采、萨特更遭受严厉质疑，总的来说，对极端性的思想理论持坚定的批评态度，认为动辄号称“彻底”是可笑的，主张寻求调节、妥协；有的论者倡导“新康德主义”，认为还要承认传统价值，回到传统哲学；反传统的现象学、符号学、解构主义都已经热过去了；但传统的批评方法也已过时，当务之急是创建出新的思想批评方法。除了杂志上的讨论文章，有关的专著也很不少。行健的介绍我听来非常新鲜。听了他的叙说，我深感现在的文化多元，好处是可取用的资源多了，但弊病也就随之而来——不知究竟那“弱水三千”中，该取哪一瓢饮才好？

2000 年 6 月 14 日　星期三　晴

我和晓歌游完意大利，又去了趟瑞士，在旅游中我们都没有忘记，6 月 14 日晚上行健要请我们到巴士底歌剧院看戏。当那天下午我们和行健在巴士底歌剧院一侧的咖啡厅里聚合时，我首先对那歌剧院建筑的外观表示了“乏善可陈”的看法，他说有同感。他问起我们意大利之游的印象，我们都说最倾心威尼斯。闲谈中我们提起还游到了圣马力诺，很独特，很美，他说没去过，我本来以为十几年里他把欧洲各国都已“十二栏杆拍遍”，原来也还有若干空白。

请我们吃过饭，一起去观剧。那歌剧院外观虽不尽如人意，里面演出区域的功能性却绝对超一流；行健只买到正堂后面的加座，那需要侧翻打开的靠背椅坐上去居然非常舒适，而且前面位子上的观众无论个头多么高，都不至于挡住我们视线；乐队的演奏和演员的演唱，浑然一体地拢在了整个场子里，绝无回响，也绝不闷涩。VINCENZO BELLINI 的这出 NORMA，当代似乎很少有剧团排演。几个主要角色，两位女高音，其中一位是花腔的；一位男高音和一位男低音，都有繁长的咏叹调，需要有极好的素质与技巧才能驾驭；而由合唱队扮演的各类角色，同时出现在舞台上时多达七八十个，合唱部分的混音效果极佳；布景气派豪迈，造型简约；灯光层次细腻，变幻多端；确实是大手笔、大制作。剧情发生在罗马帝国时期，征服者与被征服者之间的紧张关系，导致了情爱的破灭与生命的陨落，全剧从音乐到舞台面的变化，弥漫着一种对群体冲撞里个体生存备极艰难的大悲悯情怀。

5月25日那天，到他家去时，我给了他一册我1999年出版的，把174幅照片、图画与文字混合为叙述文本的非虚构小说《树与林同在》，我以为他或者没时间，或者暂时没心情看，可是他主动提起，说："正在看，唔，叙述得很冷静，很有意思。"冷静是他一贯的主张。我以前总不能真正做到冷静。当然，各人性格气质不同，文本之间的差异未必就是妍媸的分野，可是我越来越赞同他的"冷静说"，唯有冷静，才能把最痛苦的记忆、最刻骨的蒙羞、最隐秘的罪孽，都一一化为诗意的憬悟。5月25日那天他送了我一本《一个人的圣经》，我还没有工夫读。记得是1998年初夏，在美国科罗拉多博德尔，行健从巴黎给我打来一个很长的电话，那是决心"煲电话粥"不计费用的行为，他渴望跟谈伴聊个尽兴，享受此时此刻心灵互相确证生命正常存在的快乐。他在电话里告诉我正在写这部小说，那时候还没有确定书名。在那美式酒吧里，我本以为行健会跟我说说《一个人的圣经》，但他没说。

我提到近些年，中国大陆出去的，用西方语言写作，如在英国的张戎写了《鸿》，在美国的哈金写了《等待》，这是用英文的；在法国的亚丁写了《高粱红了》，戴思杰写了《巴尔扎克和他的小女裁缝》，是用法文的；这些书都是由有名的大出版社出版，很得好评，有的得了西方重要的文学奖项，有的畅销，或者既叫好也叫座；这样的写法和这样地让西方人了解中国社会和中国心灵的趋势，会不会越演越烈？行健没有回答我的问题，只是说，他个人还不打算用法文写小说，中文的表达力实在是非常之强，而且还有开拓的空间；他庆幸有很好的法文译者跟他合作，他的两部长篇小说都是中、法文版本前后脚出版，而且英文、瑞典文的版本也推出得很快，不过，他强调，他的法文版不是由大出版社出版的。他说暂时还没有写新的长篇小说的计划。至于剧本，他已经用法文写了两个，现在进行的是第三个。我说剧本一般来说主要由对话构成，叙述性文字很少，不用描写，这跟小说特别是长篇小说有很大区别，他点头。午夜过后，行健才把我们送回住处大门前。一路上我和晓歌一再说别送了，我们已经很熟悉回去的路径了，他还是坚持送到底。

7月14日　星期五　阴转晴

这天是法国国庆，头天晚上行健来电话，希望抓紧时间再聚谈，因为他很快要去澳大利亚宣传《灵山》的英译本，而我，要应英中协会和伦敦大学亚非学院邀请去趟伦敦讲《红楼梦》，等我们各自回到巴黎，没几天我和晓歌就要回北京了，人生苦短，分易聚难，必须珍视欢谈的机会。但法国国庆的热闹不能不看，我就跟他讲定，中午以前和晓歌上街逛逛，下午我们俩在“老地方”——蓬皮杜文化中心坡状前庭会齐。

蓬皮杜文化中心一侧有一家有名的电影院，看那海报，正在上映的几部片子里，有两部都是韩国导演的作品，而且都是以性为题材的。一部叫《性幻想》，另一部叫《女人夜出》，那片名在我看来，都够“黄”的。行健告诉我，法国《世界报》上有评论，对这两部韩国导演的作品，尤其是《性幻想》，给予了相当高的评价。《世界报》是严肃的知识分子报纸，其文化评论是不涉及低级作品的。于是我们决定到那电影院看《性幻想》，我对行健说，影片放映期间，无论是韩语对白还是法语字幕我都不能懂，但他完全用不着翻译给我，我要看看那韩国导演的电影语言究竟达到怎样的水平，倘若水平高，则像我这样的观众不用非弄懂对白，也能嚼出其七八分味道来。待看完电影，不懂的地方再问他，我们再进行一番讨论。行健也认为这样很好。

行健的作品，尤其是他的两部长篇小说里，性描写不算少，有些片段，用“大胆”两字评注绝不冤枉。文学艺术与性的关系，是我们以往就私下讨论过的问题，现在有了韩国导演的新作品为由头，讨论起来自然更加方便有趣。看完电影，我们到附近一家餐馆里去，边喝酒吃餐边畅谈起来。

其实中国本土的文学艺术里，从来就有对性题材、性描写的相当成熟的表现，《诗经》开篇的“关关雎鸠，在河之洲”，以及唐诗宋词里诸如李商隐的《无题》诗、柳永的艳词丽句等等，都还比较含蓄，到明清白话小说，《金瓶梅》的性描写分析起来歧见较多，暂不评价吧，《红楼梦》里的性描写，以贾宝玉为载体，无论是对异性的“意淫”，还是对同性如秦钟、柳香莲、蒋玉菡的爱恋，人们基本上达成了共识——都绝不是诲淫的色情展览，而属于有内涵的情色文字。这传统甚至一直延续到二十世纪前三十几年的“左翼文学”里，像茅盾的《蚀》《子夜》，就有意设置情色文字，用作丰富人物形象及深化主题的手段。但后来中国大陆的文学艺术形成了性禁忌，到“文化大革命”中更连“爱情”

这个字眼也被禁绝了。我在1978年发表了一篇《爱情的位置》，算是“冲破禁区”的勇敢行为，竟引出轰动，得到过七千封读者来信，那究竟是中国文学发展途程中的喜剧，还是悲剧？

二十世纪八十年代以降，中国大陆发生了很多变化，爱情当然不再是问题，问题是婚外恋究竟应该怎么看待？九十年代这类的文学艺术作品蓬勃生长，人们渐渐对婚外恋也“见怪不怪”了，但对于比较大胆的性题材、性描写，则仍有争议，争议很正常，可是出现了复杂的情况，其症结在于，不能像法国一样，对什么是文学艺术的性表现，什么是市场中的色情消费，大体上分清，于是，有的严肃的性题材作品，富有艺术性的情色描写，被斥责，被禁制，而有的滑落到低级趣味的色情作品，却又被有身份的评论家肯定为创新之作。

行健静静地听完我的陈述。他说，其实，法国现在也遇到一个如何划分界限的问题。法国可能是最保障文学艺术家创作自由的地方，拿电影来说，以往从来没有动用过行政手段来禁映一部片子，但最近有位叫柯拉莉的女导演，拍了一部《来上我》，那片名触目惊心，里面不仅充满了性器官的直接展示，还有大量暴力镜头，这部影片在电影院上映后，引出了不少人的反对，他们向法国行政法院递了状子，要求禁止其在电影院里公演，法国行政法院经过慎重审理，破天荒地作出了禁止其在电影院里公映的裁决。当然，法国的情况是，这样的电影片子不是绝对不能放映，但只能作为性商店里的“小电影”，放映给单纯为了解决性饥渴的消费者看，行政法院的裁决就是这个意思，即将它裁决为非艺术的色情消费品。原来放映这部影片的电影院除了一家以外，在裁决出来以后全都停映了，因为根据那裁决，再放映要罚重金；但法国毕竟是个能自由表达个人意志的地方，就有那么一家电影院老板声称，他个人认为这部影片是严肃的艺术，而非供人泄欲的色情消费品，他不怕罚款，将继续放映下去；与此同时，一些支持柯拉莉的人士聚集到行政法院门前，抗议其“荒谬的裁决”，其中就有1975年便拍摄过女性电影《一个真实的少女》的那位卡特琳娜·布莱亚，她还当众烧毁一条女性内裤——这“行为艺术”的含义相当丰富。

我和行健在讨论中都意识到，像上述这个例子，是事情处在了“边际”上，人类其实经常会遇到“边际难题”，犹如鸭嘴兽，它卵生，幼兽破壳而出后却又哺乳生长，怎么归类煞费神思，硬归到一类，不同意的人也还可以继续争辩。文学艺术里的“边际问题”更多，且远比鸭嘴兽的归类复杂。行健说他一直没工夫去看《来上我》，听说那片子确实还是有探索性心理的深度的，特别是从女性角度来探索男女的性存在，人物塑造得还是比较丰满的，但又确实太“露骨”太暴力，对血腥暴力这一点，一般法国民众的平均接受度是最低的，平均排拒度当然就是最高的。但即使是围绕这部电影争议，各方都有一个前提，就是别人可以有完全不同的看法，比如电影的创作者和拥护者，他们会认为某些反对者是保守的卫道士，但他们也会觉得这社会应该有保守的卫道士的言论空间；而保守的卫道士也不是要消灭那影片的创作者和那部影片，他们只是觉得那部影片不该膨胀到他们守卫的公众空间，他们要求那部影片“回到应该待的地方去”；行政法院作出裁决后，影片创作者和支持者抗议的是那裁决，而不是要反对者“闭嘴”，而反对那影片的人士，则又认为影片创作者和支持者当然有去行政法院门前抗议的权利，倘若他们的抗议行为遭到镇压，他们很可能还会为此而抗议镇压者——但他们反对影片的态度却又绝不会改变。这样，在各种意见与诉求都可以存在，并得到人格尊重的情况下，一个社会上的“边际难题”就不可能酿成一场压制歧见的灾难。我感叹道，法国人是怎么磨合成这样的一种社会文化格局，形成这样一种健康的文化心理的？

7月25日　星期二　晴转阴

行健的澳大利亚之行非常辛苦，巴黎与悉尼天各一方，来回都要在米兰、曼谷、香港转机，时间拖得很长，机舱里又难以入睡，我以为他回到巴黎怎么也得大睡两天再跟我联系，没想到他回来的第二天就来了电话，希望再会面畅谈。倒是我，一周的伦敦之行，按说走得并不远，乘“欧洲之星”高速火车穿越海底隧道，巴黎伦敦之间不过三小时的行程，两场关于《红楼梦》的演讲都集中在一天里，其余时间无非是观光游览，跟行健的远行相比实在算不得什么辛苦事，可是回到巴黎却觉得疲惫不堪。接到行健电话，我们约定下午仍在“老地方”汇合。

晓歌那天头疼，但她坚持要跟我一起会行健，因为我们订的28日返回北京的机票，这可能是我们这回在法国与行健的最后一面了，以后什么时候，在什么地方，还可以跟他会面，很难说。

跟行健汇合后，我们找了个咖啡馆，先喝饮料。行健和晓歌闲聊起来。晓歌对行健，很早就有一种直觉，断定他能有大成就。她是读人甚于读作品。二十几年来，跟我交往的文化人不少，在家里留过饭，跟她也熟的，怎么也在一打以上，比较起来，行健表面上的光彩，是最不刺目的，可是晓歌心目里，行健才算得真才子，前途无限。这回来法国，晓歌给行健带了件椰子壳的工艺品，剪裁过的椰壳保持本色，用麻绳相连缀，叫“星月符”；我说行健眼光很高的，自己便是造型艺术家，这东西给了他恐怕也只是收入柜橱，挂不出来的；晓歌说哪个要他一定挂起来？收起来就好，“星月符”能保佑他健康、成功！行健问起晓歌对伦敦的印象，又问起我们共同的在伦敦定居的朋友的情况，言谈很是愉快。

晓歌提前回去休息，行健带我去一家餐馆吃生牛肉片宵夜。那家餐馆里挂满了怀旧照片，情调清幽，坐在餐桌边仿佛成了印象派绘画里的人物。那种生牛肉片薄得像字典纸，透明鲜嫩，蘸着特殊的调料，就着红酒品尝，别有风味。我们讨论了韩国导演的电影，又跳跃式地谈及文学、戏剧、舞蹈、绘画……我告诉行健，虽然就住在蓬皮杜文化中心附近，每天出游总要路过它，我和晓歌却仍没有进去看展览，打算明天再去；这一方面是因为事先设定了一个“先远后近、先难后易”的游览方针，另一方面，按卢浮宫——奥赛美术馆——蓬皮杜文化中心的顺序参观，也恰好与美术史的叙述吻合，我提到在奥赛博物馆参观的感受，那里重点展出1870前后，古典主义美术朝早期印象派等现代主义艺术转换期的代表性作品，把一个时代的审美时尚如何嬗递梳理得线条分明，是活生生的美术史；我又说明天进蓬皮杜文化中心，那些从现代主义往前拱进的前卫作品一定能给我更强烈的审美冲击。行健听了却道，艺术的发展从时间角度考察是线性的，从审美角度观察却未必非依照一般美术史的线性叙述，不能用进化论来套艺术的发展历程。他啜口酒，沉吟了片刻，笑笑说，我们是至好，所以今天跟你说，千万别迷信蓬皮杜文化中心里面摆出的那些前卫作品；一般法国人也都以为，只能欣赏卢浮宫、奥赛美术馆展品而接受不了前卫作品的人，是没水平的表现，唯有能在蓬皮杜文化中心的前卫作品面前流连忘返的，才算得是品位高，其实，前卫作品里固然有好的，他们在形式革新方面起到的作用确实功不可没，但是，其中大部分，我以为是纯粹地玩形式，没有什么内涵，甚至是故意唬人；一些热心的欣赏者，是否真的进入了审美愉悦，很难说，多半是赶时髦罢了。我听了很吃惊，对他说，你在中国大陆的时候，1981 年出版了《现代小说技巧初探》，随后你的几个形式上相当有突破性的剧本被排演，记得北京人民艺术剧院的小剧场演出，就是从推出你那寓言式的荒诞剧《车站》起首的，后来你写了长篇小说《灵山》，原稿给了一家出版社，编辑看不上，倒并非内容方面的原因，而是不能理解你那主人公我、你、他三种人称交叉使用的做法，退回了；这些事情，都让人们把你看成是一个技巧至上的创作者，甚至说你是搞西方现代派、前卫艺术那一套，玩技巧的代表性人物；怎么现在你却反对起前卫，反对起玩技巧来了呢？行健仍淡淡地微笑着，说他并不是简单地反前卫，他自己就很前卫，文学艺术总要往前发展，前卫应是一种常态，至于技巧，那更是万万不能不讲究的，但前卫也好，技巧也好，一定要用来承载内容就是作者的生命体验，没有这个是不行的。他又说，正写着一篇论文，把这些年来逐渐成形的美学思考，梳理出来，提出自己独特的审美主张，那将是对古典与现代主流审美标准的双重挑战，如能发表，也许会引出激烈的反弹，但他箭既然已在弦上已是不能不发之势。我凝视着餐桌上玻璃盅里的蜡烛荧荧闪动，心中憬然。

那一晚我们消磨到餐厅里只剩下我们两个人，蜡烛盅里的荧光熄灭良久，才起身离开。夜巴黎氤氲着润泽的香气。雨后的街道在路灯光下仿佛巨鳌的脊背，我们轻移脚步，往我住处走去。走拢我住处大门，我们先是默默对望，后来我让他多多保重，他说恐怕弄文学艺术顶多也就只有十年的工夫了，生命流逝得多快呀，得抓紧享受余下的岁月；他也让我和晓歌保重，又特别嘱咐我说：“你不要卷入政治，要写真正的文学作品!”我心里很感动，只是抑制着不让心里的涟漪涌到脸上。我跟他握别说，不知道什么时候再见了，他说为什么这样说？你们不是28号才走吗？我们明后天要再见的呀！是的，我们明后天为什么不见？

7月27日　星期四　晴

下午接到行健电话，我赶忙跟他解释，心里一直惦着跟他再约出去畅谈，可是一大堆事情堵在了一起，特别是关于我那本《树与林同在》出法文本的事情，要跟出版商、译者一起作最后的洽商，弄得这两天都不得空闲，而明天中午就得出发去戴高乐机场……行健说那就在电话里再聊聊吧。

我们这回通话时间很长。但是我竟不大记得究竟都说了些什么。只记得他说了几句，我停顿一阵，才给予回应，他呢，后来也是我说了几句什么，停顿一阵才再蹦出几句。

只觉得，我们通电话的工夫里，“良时不再至，离别在须臾”“知有前期在，难分此夜中”……种种千古即有的生命话语，漾满心中，到头来还是我向他告别，主动截止了电话，“明日隔山岳，世事两茫茫”，我们的生命，都还要经历许多难以预料的事情，咀嚼生命赐予的宝贵体验吧，对行健，对自己，都道一声：珍重!

抱草筐的孩子

这个题目，我三十年前在稿纸上用钢笔书写过，因为有别的事打岔，没成文。1981 年，我曾到运河边农村一友人家小住，其间目睹了一群割山草的孩子们之间的小纠纷，那群孩子里，有个孩子割草割得最多，其余的孩子免不了边割边玩，独他只顾割草，往回返的时候，有几个孩子就不乐意了，因为进村的时候，少不了有大人看见他们一行，表扬那孩子勤奋事小，家长知道了责备自己事大，其中个头最高的那个孩子就命令那草筐装得最满的孩子："我们背回去，你抱回去！"其余的孩子全都哄然赞同，那孩子就果然抱起草筐，跟那些背着草筐的孩子一起回村。那段路相当远，抱草筐的孩子用力抱着那满筐的草，身子后倾，汗珠子掉地上碎八瓣，脸憋得通红，其余的孩子一会儿赶到他前头说风凉话，一会儿故意落后背着草筐乱吼乱唱。我那天正好在草坡上画完水彩写生，收拾好画夹等物品，随着观察了一路，进村时，那抱草筐的孩子引出村口大人们的称赞，他将草筐放到地下时，我见他一路上牙齿已经快把嘴唇咬破。其余的孩子则一哄而散，各自将不满或仅半筐的草背回家里。我当晚就跟留住的朋友说，我要写篇散文《抱草筐的孩子》，赞颂那孩子的韧性与耐力，而且预言，这孩子今后必定比其余那些孩子出息大，"嚼得菜根，百事可成”，也无妨说成“抱得草筐，百事可成”了。

这篇散文那时未能写成，今天却在电脑上用键盘敲击起来。我三十年来写的小说多是都市生活，这个素材一直没有利用进去。其实三十年的岁月风云，早把我这一记忆消磨得几乎星渣全无。要不是前几天坐出租车，“的哥”主动唤出我的名字，跟我攀谈，也不会终于写出这么个题目的文章。“的哥”当然是从电视讲座节目里跟我先“重逢”的。他提起当年我在运河边画水彩画的情景，那时他们几个割草的孩子还凑到我身边围观，挡住了光线，我让他们散开别来打扰。他说那时他就听学校里的老师提到我的名字，一直记住没有忘，以后在晚报上见到署这个名字的文章，就觉得是“熟人”，愿意“瞜兮瞜兮”（北京土话，看看之意）。他讲起那天一群孩子里只有一个是抱着草筐回村的。我就端详他，难道他就是那抱草筐的孩子？当年十来岁，如今四十郎当岁，不惑之年了啊！他看出我的眼神，笑了：“我不是抱筐的，我是背筐的，是我挑头逼他抱回去的！”我不由叹道：“你就是那个个头最高的坏小子啊！”他嘿嘿地笑：“正是洒家。”我不免问起那抱草筐的孩子，一定大有出息了吧？他叹口气说：“您绝对想不到，我们那一群里，独他混得最糟，前两年陷入传销陷阱，让人勾引到外地差点回不来家，这阵子又赌博成瘾……您想象得到吗？您说，他原来品质比我们都好，怎么长大成人以后，倒混不出个样儿呢？我们这些‘坏小子’，虽说没有当官的、发大财的，总还都有了份比较稳定的营生，过上了比他健康、安全的生活……您学问大，您给解释解释，可别拿‘人都是会变的’那样的淡话来忽悠我啊！”他把我送到目的地，我也答不出来，只是发愣。他留下手机号码，希望我以后还坐他的车。

现在回想，就有三十年前不曾有过的思绪，当年那孩子面临那样的局面，他完全可以抗拒，就算其余孩子对他群殴，他奋力反抗，也无非弄个鼻青脸肿，且不说我可能会及时介入，回村后更会有明理的大人出来主持公道。再说他也可以坚持要求大家一起抱筐回家。他是太容易被人控制了。人在群体中难免要受控，但这控制的“游戏规则”应该是所有参与者共同来制定，而且应该“世法平等”，各人自觉遵守契约，不能强势者例外。这样想来，他成年后为传销的邪魔控制，又在经济困窘中被赌局控制希图一夜暴富，也就并不奇怪了。亏得当年我没有写出那立意为表扬他忍耐力的文章来。我祈盼他的生活尽快归于正轨。我也为三十年过去，我能对那小小一幕人生场景有新的思考而欣慰。人性深奥，文学应是对人性孜孜不倦的探究。就人性深处的弱点而言，自己有时候是不是也成了一个“抱草筐的孩子”呢？

冰 爷

冰爷去世了。在这条北京旧城保护区的长胡同里，冰爷是个人瑞，想想看，他是辛亥革命那年出生的，有人扼腕叹息，他要坚持到双十那天，该有多好！也有人议论，没必要把冰爷跟一百年来的政治绑在一起，尽管他这一百年里穿越了无数的政治风浪。冰爷是八旗里镶黄旗的后代，他父亲是最后一支八旗冰上部队冰鞋营的士兵，这支特殊部队究竟在实战中有过什么战绩无资料可查，但他们在中南海冰上为慈禧老佛爷和光绪皇帝表演过“冰上八嬉”一事，却是胡同里口碑相传的。

冰爷一辈子没离开过北京，他足迹最远处是门头沟。但你不能说冰爷眼皮子浅、生活单调。冰爷一生只从事过一桩职业，就是采冰。他从十几岁就跟着父亲干这个。旧时北京人夏季的用冰，很少用人造冰，大都是天然冰。城西北的什刹海后海就是最大的天然冰出产地。每到隆冬，冰厂就雇佣工人到湖里去采冰，临时雇来的打下手，常年雇佣的如冰爷，实践上就是技术员兼熟练工。采冰先要在冰面上划出格子，采出的冰块要求两尺四长、一尺八宽，厚度么，一般自然是一尺二左右。采冰要用镩子，前头是钢制的，四楞带挠爪，有两爪的，有四爪的，钢制的镩头楔在木棍上，结合部有穿钉固定得很牢，木棍约一米多长，顶部有两个楔入的木把手。冰爷每年总是以身示范，教会那些季节临时工如何使用冰镩，那冰镩到他手里竟如同魔术一样，旋来转去，划拉拨动，飞快将整齐的冰块切割下来，边角一点没有损坏。采出的冰块早年是用人力排子车拉往冰窖，后来渐渐改用牲口拉的大车和卡车。采冰的季节很短，大约也就两个月。那十个月里冰爷干什么？他看守冰窖，运冰给客户。

这条胡同里有个漂亮的四合院，斜对着冰爷住的杂院，以前住过谁不去倒饬了，反正这些年住着个级别挺高的干部，这干部挺亲民的，虽然平日很忙，车接车送的，偶尔也会在胡同里遛遛，站在冰爷院门外大槐树下看居民下象棋。这干部近三十年出国访问频仍，那回胡同棋摊旁有人问他又去哪儿了？他说去了冰岛。谁知胡同里的人并不羡慕，用下巴指指冰爷跟他说："见识过冰岛算不得什么，见识过冰窖那才叫开眼！"冰爷就是见识过冰窖的人啊！这里说的冰窖不是如今那个人造冰的冰窖，是当年皇帝、王爷留下的存放天然冰的冰窖，那份稀罕、神秘，跟紫禁城里太和殿一个量级！实际上这条胡同离德胜门不远，德胜门外至今还有冰窖口的地名儿，那冰窖当年是怎样的规模？怎样的气派？冰爷门儿清！有次那干部听说冰爷能"饭蝈蝈"——这是北京土话，就是自己在家里孵化出大肚子蝈蝈来——经冰爷应允邀请，去冰爷家开眼，结果那"饭"出的蝈蝈并没让高干惊叹，令他瞪圆眼睛咧开嘴巴心中莫名感慨的，是他发现那蝈蝈就趴在冰爷保留至今的一个土冰箱上！那若不是清朝的东西，最晚也该是民国初年的。他曾在博物馆看到过清代御用的掐丝珐琅壳的冰箱和贵族家庭用的红木壳冰箱，冰爷保留的这个虽然只是柏木壳的，里头的铜胎、承盘等结构，跟那些无异，一样属于文物。问起里头的大冰块可是天然冰，冰爷叹口气道，是徒弟送来的天然冰。那高干回到他那四合院院里不禁喃喃自语："'不可与夏虫语冰'这句成语，今后要慎用了！"并且憬悟：冰爷这样的最普通的市民，自有他们的乐趣，拿"饭蝈蝈"、用冰块消暑等拙朴的细节来说，就都是他们生命力的源泉！

冰爷退休的时候，什刹海冬日还在采冰。据说是从1979年起，采天然冰的行业终于消亡。如今他的两个徒弟都开着人造冰厂，若干行业，包括农贸市场卖海鲜的摊主，都需要源源不断地供应从大块方冰到瓶形冰、冰粒的人造冰不同品种。冰爷所属的冰厂1956年实行了公私合营，后来转为国营，冰厂在结束采存供应天然冰后，并入一家公司，不过冰爷的退休金一直发放到最后，他的医疗待遇也一直保持。冰爷是一个认死理守规矩的人。儿孙都知道，他老伴多年前去世后，他的那个定期存折，每年一定要在存入的那个日子去银行办理转存手续，风雨病痛无阻。他临终前吩咐，留下的存款儿女孙辈不分男女平分，各有一份。有耳朵尖的人士跑来，想收购他留下的那个土冰箱，还有一个冰镩子，以及一个比他岁数还大的冰床（五尺长三尺宽下面固定着钢条还有骆驼毛编制的拉绳，一直在他的硬板床下面存放着），被他家属拒绝。斜对门的那位干部得知冰爷去世，说了这么句话："我们对不住他，让他那样的胡同居民到如今还得到院门外的公共厕所蹲坑。"

过家家

辛卯春节，直到破五那天，北京依然干旱无雨雪。我坐在小区健身区边的长椅上，晒着太阳看几个小孩子嬉戏。他们并没有使用那些健身器械，而是在过家家。这引出我许多的思绪。

我小时候，常跟邻家的孩子一起玩过家家。有时我会扮演新郎，一位邻家姑娘大方地扮演新娘，其余孩子就模拟各种婚礼场面上的角色，有的就用两只手在嘴巴前指头一动一动表示吹唢呐，其余的就大声起哄。我的童年跨越巨大的社会变革，过家家的游戏也打上社会变革的深重痕迹，比如后来玩耍时就没有上轿子、揭盖头等情节，而变成众顽童齐哼唱西洋《婚礼进行曲》，新娘子也装成穿婚纱的模样。再到后来，自己长大了，不再玩过家家游戏，但比我小的孩子们，也鲜有玩过家家的，大多改玩打仗的游戏，一方演好人，没有玩具枪就用手比画，嘴里模仿机关枪嘟嘟嘟射击的声音，另一方演坏人，就先负隅顽抗，然后表示中弹歪歪斜斜倒到地上。由市俗婚嫁到战场杀戮，这童嬉的演变如果搜集些文字、图片资料，或也可形成有价值的社会学论文。

1962年，那年我20岁，电影院上映了一部电影《南海潮》，里面出现了孩子们玩过家家游戏的镜头，那时的童星石小满在影片的过家家游戏里当新郎，那时石小满大约六七岁，在镜头前十分自然，憨态可掬。后来石小满又主演了儿童片《小铃铛》，那既是他本人生命史上的一大亮点，也给那时一般的电影观众如我辈，在阶级斗争的弦越拧越紧的当口，多少得到些夹缝中的点滴轻松与快乐。后来的情况，《南海潮》被作为“大毒草”挨批，编导蔡楚生被迫害致死，石小满的父亲石羽挨斗，那时他大约刚过十岁。几十年过去，那天有人告诉我，快看电视里的石小满，他指着电视连续剧《洪湖赤卫队》里的画面，我半天没明白，哪位是当年那个以童真、童趣打动过我的石小满啊？经人指点，才知连续剧里饰演大反派彭霸天的，正是当年那个迷倒无数观众的童星石小满。看了几段他演恶霸的戏，是个好演员，非本色，演技派。但也不免旋出戏外感慨：连石小满都老了，岁月·人生·世道，让我们敬畏，促我们深思。

我的青春期，正感上一段火热的年代。那时候我心中常有“私字一闪念”，比如到了节期，我就很怕“过一个革命化的假期”的号召，记得有一回节期单位里“自发”地“过一个革命化假日”，那时我已有“对象”，非常想跟她见面，却也只好参加单位里“深挖洞”的“战备劳动”，那种滋味真不好受。那时的孩子们也没有再玩过家家的，实际上那时私人的空间已经压缩到了最极限，记得我结婚的时候，单位里给举办的“革命化”婚礼不去细说了，在单位借给的那间“洞房”里，我的“私字一闪念”是：下一位来送礼物的，希望不再是“红宝书”，因为人们送的“红宝书”已经堆成了一大摞，结果一位老大姐送来了一对枕巾，真觉得别开生面，让我感激得不行，展开一看，一条枕巾上印着“革命伴侣”，一条上印着“民主鸳鸯”，她跟我说，枕巾是多年前买的，“民主鸳鸯”那条因为怕被批判为“四旧”、“封资修”，几次想毁掉，舍不得，避开别人拿来送我，希望我别心里“圪硬”（北京土话，别扭的意思），如果我嫌弃“民主鸳鸯”，就单留下“革命伴侣”。我自然全留下了，那条“民主鸳鸯”一直枕到改革开放以后，可惜后来搬家时觉得旧扔掉了，否则留到今天，也是个时代变迁的见证吧。

坐在小区健身区长椅上的我，逼近七十岁了。经得多见得多想得也很多了，却总还有新发现新问题新思考。我细观察那几个玩过家家的孩子，其中一个情景，是当中一个小女孩，左右一个略高些的男孩和女孩，好像是在模拟一起去洋快餐店吃东西，那右边的女孩居然唤那左边的男孩：“老公！你走慢点！”那左边的男孩则说：“我的车停在那边哩！”当中的小女孩则紧紧拉着他们各自一只手，走着颠连步，自豪地说：“我爸我妈带我去——”忽然，那边来了几个家长，全是女士，有的见到我跟我打招呼，她们各自唤回自己的孩子，带着他们找各自的汽车去了，剩下的一个女孩是就住在这个小区的，怏怏地望着他们离去。我就一下全明白了。这几个孩子全是单亲家庭，多由母亲抚养，母亲带他们来看姥姥姥爷，他们插空就跑来玩过家家，把他们希望自己有完整的小家的内心隐秘，外化于一场嬉戏当中。过去觉得过家家是儿童融入社会伦常的提前演练，现在更感到童嬉里蕴含着丰富的社会伦常的喻示。到我八十岁的时候，还会看到孩子们怎样地过家家呢？

伙食勋章

他二十六岁，大学硕士毕业，当上白领。那天头回被总裁点名，参与一次商务宴请，不慎把鲍鱼汁弄到了恤衫胸口上，席间的尴尬不去说了，回到家里，唉声叹气，母亲在他进门时，第一眼就发现了他的失格，不免唠叨起来。他马上脱下恤衫，母亲立即要去给他清洗，父亲却举着老花镜把那块污渍看个仔细，没有责备，却不禁呵呵地笑起来，道："忙着洗什么？多挂几天才好！这是'伙食勋章'啊！"他一时没听懂，母亲却假装生气捶了父亲胳膊一下，道："什么年头了，还来那一套！"

那件名牌恤衫，是前天他女朋友送他的生日礼物。因此他格外痛心疾首。母亲去清洗，他垂头丧气地坐在沙发上，也顾不得另换件恤衫。父亲说："都怪我！"他抬眼看下父亲，不解何意。父亲解释："是我的遗传。我吃饭打小就总急吼吼的，吃相一贯不好。为这个你爷爷没少教训我。不过这算得多大的问题呢？尽量注意就是了，一时忘了自我约束，松了筷子偏了勺子，席上闹出点小笑话，别人对你的评价，扣不了多少分，关键还是你业务上有没有真本事，能不能创造出价值来！"又问："当时你们老总怎么个反应？"他说："似乎是瞪了我一眼。不过后来也就没特别注意我。散席后还拍着我肩膀嘱咐我一定要把英文文件尽快弄妥当。”父亲再问：“客方呢？”他说：“他们一定看见了，可是却仿佛根本没看见一样。”父亲感叹说：“这也是一种文明。以前看过契诃夫一篇小说，记得里面有个细节，就是宴席上有人不慎打翻了调味瓶，里头汁液流出来脏了桌布，可是有教养的人就仿佛没看见这人的失误，继续低声细语地进行友好的交谈。”父子正聊着，他女朋友来电话了，那天是周末，他们约好一起去看夜场电影的。母亲把恤衫处理完走过来，比他还着急，觉得他应该穿那件生日礼物去才对头，说出实情他女朋友会不高兴，瞒着另穿别的去又恐怕会派生出误会。

女朋友又来电话，改主意了，说听同事说那个片子不值得去电影院看，她弄到一张美国今年奥斯卡新科影后娜塔丽·波特曼主演的《黑天鹅》光盘，要拿到他这里俩人一起在电脑上看，说是里头有大量芭蕾舞场景赏心悦目，对话简短利于提高英语听力。女朋友来他家，他去女朋友家，近半年已经成了家常便饭，两家家长也都乐得，反正两家住处都还宽敞，孩子们有自己的房间，也都懂事不至于乱来。女朋友来之前他梳洗一番，换上件恤衫。她到了，望见他，头一句就是：“我送你的那件这么快就脏啦？”他母亲还想打马虎眼：“天热汗多，天天洗不稀奇啊。”倒是他父亲依然呵呵笑着说：“今天挂上‘伙食勋章’了啊！”“什么勋章？哈！怎么回事儿？”女朋友问他，他也茫然，父亲就把那“典故”讲给他们听。

他父亲是所谓“老三届”里“老初一”的，在“上山下乡”运动里，去了边疆兵团。那时候生活条件十分艰苦，主食勉强能吃饱，副食油水奇少。那时候穿衣大家千篇一律，男青年多半邋遢。偶尔食堂里有荤菜，男青年伸出筷子抢，有的就把荤油汤溅到衣服上，不管溅到什么部位，所形成的污渍就都约定俗成地被叫作“伙食勋章”。有次上面来了个检查团，为招待他们，也为显示兵团成就，宰了头肥猪，检查团的成员，团里连里的头头脑脑，单在一处吃席，他本来是个最普通的兵团战士，可是，团领导听他管检查团的副团长叫姑妈，立刻对他另眼相看，把他安排到领导们的席上去吃，虽然一般的兵团战士那天也能吃到大块猪肉，但领导席上的供应无论质量和数量都远超他们，他挨着姑妈坐着，大快朵颐，忙不迭地挟肉，有一筷子就没挟稳，把一块油嘟嘟的五花肉掉在了右胸，在衣服上浸出好大好圆好明显的一个“伙食勋章”，“那时候真的很得意，好多天都舍不得洗掉，就穿着有‘伙食勋章’的衣服在兵团里晃来晃去的，那也是我‘上头有人’的标志啊！其实，你那个姑奶奶是远房的，跟我们家走动很少，你没出生她就去世了……原来我在宣传队里跑龙套，在《红色娘子军》里只跳个南霸天的团丁，检查团走了以后，结果团里就让我跳上了男一号洪常青！”他父亲对两个年轻人说：“这就是我们一代人经历过的一些细微的事情，正是这些细微的事情合起来，构成了真实的历史。”

那晚他和女朋友没看《黑天鹅》，他们听父亲，后来母亲也补充着，讲那些岁月里的琐事，他们心里都在说：我们想知道，我们该知道。

斜放的拖鞋

他坐在咖啡馆角落里。小圆桌上有两只杯，桌旁却只剩他一个人。

孔夫子说“三十而立”，真不错，他三十岁那年和同是白领的妻子贷款买了房，生下了宁馨儿；但孔夫子说的“四十不惑”于他却完全不灵，倒是一种舶来的说法，“七年之痒”，似乎很切合他，从孩子六岁那年，他就开始觉得妻子乏味，也是因为妻子对孩子兴浓而对他性冷，于是，他在外面渐渐喜欢跟漂亮的女士说笑，在KTV包房和公司女秘书极投入地对唱《夫妻双双把家还》……从此家庭里多了龃龉，外面添了艳遇。公司里不是他一个男士遭逢中年危机。

此刻坐在咖啡馆小圆桌旁，他才深切地意识到，所谓“游戏人生”，可真不是闹着玩的，原以为“419”嘛，极乐后双双各自回家，也就春梦随云散，谁知对方较真了，刚才坐在小圆桌那边，再次郑重要求他跟妻子离婚，跟她重组家庭。他表示为难，对方撂下一句狠话，拂袖而去。

他原来并不抽烟，这些天却买烟来乱吸。他刚点燃一支烟，服务员过来，向他指指“请勿吸烟”的告示牌，他只好狼狈离座，走到街上去。外面掉着零星雨点，吸烟使他呛得难受，扔掉香烟，他边走边打手机。先打给一位“发小”，此人有再婚经验，他没道出苦恼，对方早已闻听他的艳遇，不给他拿主意，只是打太极拳：“糖吃多了要得糖尿病，盐吃多了叫氯化钠中毒，海鲜吃多了必发痛风……”他不耐烦听些言不及义的话，又打给一位业务中结识的哥们儿，这位倒坦率：“你准备扫地出门、从头再来吗？我们公司例子多啦，有成蜜桃的，也有成苦瓜的……”哎，这样的事情，谁能给谁拿主意呢？必得自己面对这人生中途自找来的麻烦！

他知道一些智者达人必会问他并告知：你究竟爱哪一位？应该忠实于你的感情。他边走边想，想不清楚。他都爱，又都不爱，妻子，他爱过，现在也没有恶感，只是觉得乏味；这位呢，冷静地想来，他爱她的身体，爱她的浪漫，但是倘若真的长住在一起，是否会遭逢比乏味更难耐的处境呢？忽然他意识到，他有最爱，就是儿子。倘协议离婚，他可以舍弃房子，却难舍弃儿子，若闹上法庭，恐怕儿子多半要判给女方……

妻子发现了他的异常，只是不当着儿子发作。这次暑假，妻子没让儿子去青岛爷爷奶奶那里，安排去了上海姥姥家。往年暑假儿子总去青岛，因为那里最适合避暑，可以在海浪中嬉戏，寒假则去上海，在那里过快乐的春节。儿子本不愿暑假去上海，妻子给带他去的大表哥一起买了高铁的票，儿子这才高兴地去了。儿子走后，他就自觉地去儿子的房间睡觉，妻子冷静地表态：“与其同床异梦，不如各自相安。”

他回到自己的家。妻子不在，但还是在冰箱贴子下压了纸条：“去看三姨，明天回来。”他看见在微波炉里有放好的盖浇饭，倘若他想吃只要按键转上几圈；拉开冰箱，看到新添了他喜欢的芒果粒大杯酸奶。他没胃口，还觉得有些胃疼。他去打开五斗橱放药的抽屉，里面整齐有序地摆放着家用药品，想起来，前些时妻子刚清理过一番，挑出过期的，搁进新买的，还嘱咐他一定要把过期药瓶里的药片胶囊倒撒在垃圾桶里，以免有人把有药的瓶子捡去充假。吃了几粒胃药，进到儿子房间，屋里的东西引出他联翩的回忆，屋角有一个大整理箱，里面是历年他们给儿子买来玩过不再玩的玩具，他想，妻子这些年对儿子的爱，难道不也是对自己的爱吗？墙上一张和真人等大的儿子六岁照，他们多次一起凝视分析：究竟像谁多？妻子也多次轻揪他的鼻子："一个模子倒出来的啊！"

他要往儿子床上躺，蓦地望见了自己的拖鞋，是妻子前些时把冬春的绒拖鞋刷晒过收起，又拿出来晒过使用的夏季的竹编面拖鞋。这双拖鞋斜放在床下。啊！他的心被柔柔而又沉沉地触动了。他们结婚后就发现，她从右边下床，她喜欢拖鞋直放，他从左边下床，喜欢拖鞋斜放。妻子这样斜放他的拖鞋，与其说是感情使然，不如说是习惯使然。一个家庭是一个系统工程，需要多么细腻的磨合，才能使你的生存有如春水流淌般自然畅快啊……这岂是短时不管不顾，翻江倒海似的身体快乐所能抵消的？破裂重组？重组到她会默默地将你的拖鞋斜放，谈何容易？……

那一晚他睡得意外踏实。天亮时，他下床穿上那斜放的拖鞋，立刻往他们共同的三姨家挂电话。

一道金光

那天傍晚他骑着电动车路过一处工地，正见有挖掘机将掘出的渣土往大卡车上倾倒，只觉有道金光一闪，不由得停下来观察，那卡车装满渣土覆上网罩开走了，挖掘机也离开回到工地深处，他发现那金光一闪的土团，被抛落在路边，便过去抱起，唔，分量不轻呢，忙将空的购物袋展开，把那土团塞进去，一径回到家中。

他家起居室里的多宝格架子上，搁着他近年来想方设法淘来的古陶古瓷，有的也曾拿到文物市场花咨询费让专家过眼，颇有几件估价不菲，但上个月他的远房大爷来到他家，见了多宝格上的东西却频频摇头，说全是假的，唯独他拿来给巴西木当托水盘的那件，大爷说虽然不是官窑烧的，那民窑的名声也不大，究竟是个乾隆朝的真东西，估价在三千元以上，他忙将那盘子小心地清除掉水垢，为之配了个木托，郑重地摆放在多宝格最中心的位置，客人问起，他便得意地介绍，扬言：“给一万块也不卖。”

他把拣来的那道闪过金光的土团，仔细地加以观察，发现土中露出的指甲盖那么大的一部分，确实泛着黄色，用手指尖去摸，滑溜溜的。他试图用手和简单工具将周围的土层去掉，却发现那土块十分坚硬。小不忍乱大谋！想了想，他便将那土团抱到卫生间，搁到澡盆里，用花洒淋水，似乎已经淋透了，澡盆里已经是泥汤一片，那土团的核心部分仍然掰露不出来。他索性将澡盆放足了水，将那土团整个儿浸泡。

媳妇回到家中，进到卫生间不由尖叫一声。他忙过去解释，末了说："这回说不定真拣了个大漏儿!"媳妇撇嘴："我也爱财。只是你总想走捷径，暴发，我觉着不靠谱。这大土疙瘩里难道包着个金元宝?我才不信。"他嘴里跟媳妇对付着，眼睛只盯着澡盆里，澡盆里的水已经泄掉，泄水口被淤泥堵住，景象十分不堪，他却惊喜不置，因为他发现那土团里终于露出了更多的名堂："呀!是个黄盒子吧?还露出字来了!"媳妇也跟着弯腰去看，两个人都看出来，是个"孚"字。他试着再去用手清理，还是不得劲，只好再用花洒淋。

他打电话给远房大爷："原来真不知道敢情您是懂文物收藏的。上回您来给我好一顿指点。那回要不是您梦里见着我仙去的老爸，打听到我的住处，还见不着呢。看在我把老爸一张老照片送给您的分儿上，您就再给我一些指点吧!"他就说淘到个东西，上头有个"孚"字，请教：古代有哪位王爷叫孚王?大爷想了想跟他说："清代有个孚王，是道光皇帝的第九个儿子，咸丰皇帝的弟弟。如果是孚王府的东西，那么，时代就比你那个原来当巴西木托盘的更近了，还不到二百年。但是倘若是个精品，当然也值得重视。"挂掉电话，他先有点失落，道光时期，近了点，不过细想想，这东西跟林则徐同辈，似也不可轻视。会是孚王府特制的宝物匣吗?里面又会有什么呢?忽然想起京剧《锁麟囊》里的唱词："有金珠和珍宝光华灿烂，红珊瑚碧翡翠样样俱全，还有那夜明珠粒粒成串，还有那赤金链、紫瑛簪、白玉环、双凤錾、八宝钗钏，一个个宝孕光含……"又不禁喜形于色。媳妇开饭，是家常炸酱面，他自剥几瓣蒜，就着吃得好香，还侃侃而谈：“路过的那地方，俗称王爷坟，说不定就是那孚王的陵寝，虽说那坟早没了，坟里东西被盗过，但盗墓贼也许就偏没见到这有孚王府记号的宝匣，又也许是几个盗墓的分赃争斗，这个把那个宰了，又有官兵过来，慌乱中掉下了这个……咳，倒是个盗墓小说的好题材，赶明儿我先敲几段贴到网上！”媳妇说：“美得你！要真是孚王坟里的，许是他福晋的陪葬品。只是那属于国家所有，咱们怎么能占为己有？”他撇嘴：“别人怎知道我哪儿来的？论起来我家祖上也算得名宦，传下这么个东西也不为奇。”见媳妇跟他白眼，又说：“就是上交，也该得些奖金是不是？反正是捞着了。”媳妇说：“你快把卫生间拾掇出来吧。我要好好洗个澡。”先去卫生间方便一下。几分钟后，媳妇捂着嘴笑着出来，跟他报告：“快去看你拿家来的那‘一道金光’！果真非凡！”他忙跑进卫生间，弯腰一看，泥土悉尽松脱，那东西彻底露出了庐山真面目——是一个近年不知谁家废弃的玻璃罐子，上头有四个明显的字是：北京腐乳！

鸡怕鸽破脸

如今京郊农村嫁闺女，出阁头天还是要在自家宴请宾客。六叔家聘闺女，他去随份子。那第二天就要被婆家迎娶的堂妹，比他小两轮。因为天冷了，六叔家没在院子里搭棚子，亲友们全挤在几间北房里，围着大桌子吃喝。他进屋，先跟六叔六婶堂妹贺喜，一眼瞥见六奶奶，少不得趋前特别致意。那六奶奶是家族里最能争风拔尖的女性，有着许多的故事。六奶奶见他来了，高兴得合不拢嘴，抓过他的手，握住不放，罩着蛛网般皱纹的脸上，漾出真诚的笑容，高声让六叔六婶给他夹鱼夹肉，又让堂妹给他剥喜糖香蕉。听起来六奶奶的声音还跟敲空缸似的，洪亮刚劲不减当年。

但是，这位六奶奶，多年前，那时他还是个半大孩子，跟他娘可没少磕碰，有一次，在村口，不知怎么起的头，六奶奶扬声晃臂，斥责他娘，娘不示弱，伶俐还嘴，两个人越吵越厉害，最后连脏话也冒出来了，围一群人在那儿，有真是劝架的，有阴阳怪气，明为劝解实际是火上浇油的，直到六叔跟他爹闻声赶过来，两头说好话，才算将二人分别劝回家去。从那以后，他娘跟六奶奶虽说迎头遇上避不过时，也还能勉强含混招呼一下，基本上断绝来往，互相的恶感，直到他娘患病去世，始终未见消失。

那次村口六奶奶对他娘不善，给他很强的刺激。娘被爹劝回家后，他听爹说："六奶奶是老辈儿，她再横也得让她几分才是。鸡怕鹐破脸，人怕扯断皮……"

他只记住了"鸡怕鹐破脸"，忽然想起，六奶奶最疼她家的鸡，她家的母鸡跟公鸡是按八配一放养的，那两只公鸡一只雪花毛，一只红金尾，鸡冠耸得好高，那小二十只母鸡一半纯白一半芦花毛，听说那群母鸡天天能下蛋，临年关孵出的小鸡仔出壳都比别家的胖。第二天他上学心不在焉，放了学就往六奶奶家奔，临近了，跟电影上的侦察兵似的，躲榆树后四面张望，左近没有人影，他就从兜里掏出准备好的大玉米粒，故意先往六奶奶家篱墙外的白公鸡身前扔去，白公鸡发现了好生高兴，立刻啄进一粒，听见动静，那只红金尾过来了，他就故意把一个玉米粒抛到两只公鸡之间，两只公鸡就抢起来，几只母鸡也往这边凑，他发现，抢到玉米粒的红金尾自己并不吞掉那玉米粒，而是衔到一只母鸡身旁，吐在地上，却又不马上让母鸡啄到，自己啄起吐出，反复两三次，再让那母鸡啄进口，母鸡快乐地吞玉米粒，红金尾就趁机趴到母鸡身上扇翅膀，他等红金尾从母鸡身上下来，就又故意往两只公鸡之间丢玉米粒，这次雪花毛抢得快，眼看要衔进喙里，那红金尾便耸起全身彩毛，跳起来跟雪花毛争夺，两只公鸡就那么恶斗起来，眼看这只鹐破了那只鸡冠，那只鹐破了这只眼皮，还鹐散许多鸡毛，母鸡们吓得各自躲得远远……忽听院子里有人声，想是六奶奶家的人觉得窗外的鸡叫声不对头，就要出屋观望，他忙一溜烟跑回家了。那晚吃饭，他问："鸡怕鹐破脸，是说它们脸上出了血就活不成么？"爹娘先都望着他，又互望一眼，娘就说："咱们家哪只鸡鹐破脸啦？刚才我拾蛋还好好的。"爹就说："这小子心思不用在功课上，瞎积攒些个杂碎。"他就在心里反驳："这杂碎不就是您说的吗？"

再一天放学，他又故意路过六奶奶家，发现六奶奶家篱内西边猪圈边起出的粪堆上，有两堆还在冒热气的鸡毛，一堆是白的，一堆是彩色的。他就想，鸡怕鸹破脸是真的啊，现在离过年还早得很呢，关于腊月的歌谣里有一句："二十七，杀公鸡。"村里各家都是邻近那时候才会先把公鸡关在笼子里几天，叫"蹲鸡"，到二十七才割喉烫身褪毛，煮来当作年下一道佳肴。六奶奶家这么早就把公鸡杀了，既破财也不吉利啊！那天夜里，他想到自己为向着娘，报复六奶奶，竟把两只公鸡给害了，小小的心，阵阵发紧。

多年来，害死六奶奶家大公鸡的事，他一直没有对任何人讲起过，自己也终于淡忘。但是，在家族为送堂妹出嫁的聚会上，他意外地被六奶奶紧紧地握住手，六奶奶眼里的慈祥，是无论如何假装不出来的。蓦地忆起，爹说过的那话，后一句是"人怕扯断皮"，人与人啊，特别是普通人之间，又特别是有血缘关系的族人之间，哪来那么多深仇大恨？鸹破脸不好，扯断皮不好，忘却前嫌，真诚和解，人生此刻，在被什么样的吉光照亮？

包你烦

淑娟正看手机新闻，上头说菜蔬涨价，先是有“蒜你狠”，之后有“豆你玩”，如今又来了“向钱葱”……忽听门铃响，开门一看，竟是久违了的索索，索索一身名牌自不消说，人一现，一股特殊的香水气息就辐射出来……

淑娟老公一回家，立刻发现沙发上有个扎眼的异物，淑娟不等他问，就拎起来显摆：“LV啊！正品啊！”老公吃惊：“哪儿来的？”淑娟就告诉她，是索索送的。索索原是淑娟的闺蜜，自从跟了个比她大二十岁的男人后，来往就很少了，但是索索又有了最新款的LV包，这个去年秋天买的就多余了，开着宝马车路过他们楼下，顺便就上来赠给了淑娟。淑娟告诉老公，人家索索说起巴黎发音是“趴瑞斯”，说起那里的老佛爷百货店发音是“拉法耶特”，这包就是在那家店里买的，包里还保存着那天的购物小票，三千欧元啊，合三万人民币哩！淑娟把索索的一番指点学舌给老公：这材料用的是“字母组合帆布”，这缝制是完全手工，这青金铜色的金属扣件是难以仿制的，瞧，包里还附有专门去污橡皮擦和金属扣清洁剂……老公搔着后脑勺道：“你接受丽芬这么贵重的礼物，也太……”淑娟道：“跟你说人家现在不用王丽芬那个名字了，人家现在就叫索索，她老公喜欢法国女明星苏菲·玛索嘛!”老公撇撇嘴道:“那老头是她老公吗?”淑娟道:“你管索索行二行三哩,反正她对我还是那么好,这包对她来说不是什么贵重物品,倒是个累赘,她说我要不收,她就扔咱们楼外垃圾桶里,她可不是说着玩的!”老公就说:“那你怎么不留人家吃饭?”淑娟道:“人家自然是又有饭局。”老公说出几家高级餐馆的名字,道:“是呀,她一定去那种地方了。”淑娟笑:“我也是那么猜的,索索笑我老土,他们那样的人士哪有去开放式餐馆的?人家都是去会所,没有 VIP 卡是不让进的啊!”

淑娟两口子都是靠一门技术挣工资的科技人员,买了所两居室的二手房,装修得似模似样,又都爱整洁,屋子里总那么清爽,除了不敢贸然生孩子,他们的生活堪称完满小康。按说添了个高级包,他们的日子会更加光亮,但是,当晚就出现了问题:那 LV 包搁哪儿保存呢?就搁沙发上?怎么看怎么是炫富的架势,犯不上。就挂平时挂包的地方?这包又不适合那么挂。这才懂得,有这种包的人家,应该有一个专门的换衣间,换衣间里除了宽大的衣柜,还有鞋柜、帽柜、包柜……淑娟最后决定把包搁到他们俩的书房,老公跟进去说:“正如天竺机场 T3 航站楼是世界最大单体建筑一样,现在这个 LV 包是咱们家最贵重的一个单件东西,原来以为咱们的笔记本电脑最值钱,老怕丢,现在重点保护的应该是这个‘趴瑞斯拉法耶特’买来的‘字母组合帆布包’!”

第二天要不要拎那个包去上班?淑娟略有犹豫,最后觉得“包既来之,何不用之”,就拎着去了。范姐看到笑笑:“现在仿真技术越来越高了。”小翠却抚摸细观后尖叫一声:“真的吔!”先满脸羡慕,见淑娟从里面拿出一小包擦手纸,却又很快讥讽起来:“这种包哪是让你搁这种东西的哟!”再上下扫扫淑娟:“全不配套!这包要配香奈儿丝巾……”又满嘴滚珠地道出一大串与之匹配的名牌，涉及全身服装鞋袜及装饰品，还有化妆品、太阳镜、签字笔等。淑娟不理她，范姐朝小翠摇头：“偏你都知道，你倒都弄来把自己彻底包装一番好不好？”小翠就笑：“我置备不起，就不兴知道么？其实现在有的小说里每段总得写到几个名牌，不用读万卷书，瞄一卷书就齐了！”副主任走了过来，大家赶忙盯着电脑忙碌。

熬到下班，老公开车来接淑娟，俩人吃了快餐就去看电影，买好票刚要往里走，被保安从背后追上，招呼他们让挪车。老公说：“我的车停在正经车位上，挪什么？”保安非说是挡了道，别人的车开不出去。边争议边往外走，到了停车场，原来是辆玛莎拉蒂乱停在那里，淑娟指责保安：“你怎么诬赖我们啊？”保安指指她拎的包：“你拎这包，当然开这样的车啦！”后来终于闹明白他们开来的车不过是辆旧富康，保安只好再去找挡路的车主，临离开又用怀疑的眼光盯了盯淑娟的包……

看完电影回到小区，只见停着警车，问保安，说是有业主报案，有贼入室盗窃，保安盯着淑娟拎的包劝告：“现在贼都知道各家不放很多现金，所以专偷值钱又好拿的东西，要是让贼先盯上那就麻烦了……”回到家，不待老公开口，淑娟就拨索索手机，很快通了，索索非常快乐地道：“我跟他都在巴哈马，住到下月再经巴西、南非回去，你有什么事啊？”老公问：“能退给她吗？”淑娟道：“蒜你狠、豆你玩、向钱葱……那烦恼都比不上眼下的包你烦啊！”

小中河河湾上的窝棚：小空间，大乾坤。

柳木菜墩

他在小区外面的人行道上，看到一个推自行车的游商，显然来自郊区农村，那自行车后架两边的土布兜里，竖放着几个木质菜墩。那人边推车走边仰脖吆喝："菜墩子！柳木菜墩！有买的请啊！"小区临街楼上的业主，有的最烦游商吆喝，他也住临街的单元，却恰恰喜欢这类吆喝声。有个常来的磨刀师傅，吆喝时甩着铁片串成的"唤头"，每次听到，他都有些陶醉。最近还总有一个骑电摩托的人，边慢驶边播放录好的吆喝："收长头发！有长头发的我买！"他虽已是提前退休的谢顶准老头，听了却觉得十分有趣，意识到如今社会生活的多元与杂驳。

他买了一个柳木菜墩，抱着，没有马上拐进楼盘，而是慢悠悠地顺那人行道彳亍。往事在心头萦回。四十几年前，他是个中学生，工宣队带领师生下乡参加麦收，进了村，为体现"阶级斗争是一门主课"，行李还背在身上，便立即在场院召开了批斗大会，押上来被批斗的，有村里唯一一户富农，不仅那富农本身被一顿狠斗，他的媳妇和儿子也拉出来陪斗，那儿子跟他们那些学生差不多大，低头站在那里任批斗者羞辱，他看在眼里，毫不同情，只为自己出身为城市贫民家庭而自豪。他和几个同学被安置在一户贫农家里住。天黑了，他去上厕所，那简陋的厕所矮墙外不远，有个水坑，似乎是常年雨后积水形成的，他系裤子时，看见有个人影，接近了那水坑，还抱着个黑乎乎的大东西，揉眼细看，竟是那富农的儿子，所抱的，似乎是根树干，啊，他立即把意识里阶级斗争那根弦绷得紧紧的，只见那人到了水坑边，就将那根树干推到了水坑里，这还了得！木头扔水里，那还不泡糟了？这不是破坏生产队的东西吗？他便大喝一声："狗崽子！你搞破坏！"那人闻声立刻跑得没了影儿。他跑出院子，到水坑边，不顾弄得满身是脏水，奋力将那树干抢救到坑外，然后飞跑到工宣队长住的地方，喘着气汇报了这个敌情，工宣队长立刻带他去见生产队长，两位队长都表扬了他那念念不忘阶级斗争的精神，但是，再仔细听取了他的描述，又一起到那水坑边观看，生产队长却这样说："这柳树是他家院里的，长年树上生黏虫，他家要伐这树，是到队里申请过，我们开会议过，批准了的。我们这里，村里村外都有水坑，把伐下的树干泡到水坑里，一泡半年多，是正常的。树干为什么要在水里泡？为的是去性。性，就是木头里的那么一种看不见的德行。去了性的木头，再阴干了，就能永远不生虫，拿来打造东西，就不容易变形。"他听了，目瞪口呆。工宣队长明白了那富农儿子并不是搞破坏，就弯腰把那根树干又推到了水里。但是，第二天，开工割麦前，还是在地头召开了批斗会，又把那富农一家揪出来狠斗一顿，他的发言，批的是："富农家的柳树生黏虫危害全村树木安全，阶级敌人的破坏不可不防！'狗崽子'去泡木头鬼鬼祟祟，一定有阴暗心理，必须好好改造，争取成为一个'可以教育好的子女'！"……往事虽如烟，却难以散去，呛得他良知发颤。那个被冤屈的同代人，后来又经历了些什么？也许，那时候受到的打击羞辱太多，涉及自己的这桩事情，他早已淡忘？而且，很可能的是，这个人在改革开放以后，抓住机遇，立了一番事业，到现在，境遇比自己强多了。

他抱着那个柳木菜墩，不知不觉走了很远。他买那菜墩时，卖的汉子刚跟他说“这可是去了性的木头”，他就接过话茬，跟人家对谈起来，对方很惊异他的内行。是的，他知道充分去了性的柳木，截成菜墩，任你如何在上面使用利刃菜刀，绝不掉木渣，使操刀人有种无法形容的快感，比时下那些用下脚料拼成的木头切菜板强百倍，塑料、不锈钢等新式切菜板更无法可比。

他终于转回身往家走。他把自己少年时代的思想和行为作了一番梳理。那些荒谬错失，不能推诿于外在因素的，自己都应该反省。他有一种回到家中，跟儿子儿媳痛说当年的冲动。他吃力地回到跟儿子儿媳孙女合住的那个单元。儿媳开的门，见了他怀抱的东西先是大惊，然后大笑……

儿子儿媳接纳了那个柳木菜墩。但是直到今天他也还是没跟他们讲述那天晚上的故事。儿子儿媳去上班，孙女去上学，他会到厨房去望几眼那个柳木菜墩，然后坐到沙发上闭眼沉思。他觉得自己在那段历史进程中实在太渺小，不要对比于其他人，就是对比于自己的一些同学，所实施的荒谬与对他人的伤害，实在都算不得严重，既然当年有比自己更荒谬更严重的思维行为的人士，鲜有站出来说“我曾经想错做错”，甚至还有抱持“根本没有错”立场的，他又何必把心中的愧疚道出口？也许，在生活的前方，会有一扇共同救赎的大门开启？……

鲶鱼借碗盘

村里不时有人家办红白喜事。现在一个电话，就能约来专营红白喜事的公司业务员，你提出要求，他报价，你砍价，成交后，到那天什么都是现成的，别说碗盘不须自备，就是桌椅板凳、炊具杂项，一切都由公司提供，事情完了撤退，连垃圾都给你清走。可是，多年以前，这个河湾边的村子，穷苦人家多，逢到红事白事，开席光是碗盘不够，就够让人头大。虽说是乡里乡亲穷帮穷，几家人凑一凑，也能将就着有碗盘使用，到底难以体面。于是，据如今村里几位年过九十的老寿星说，就有那鲶鱼借碗盘的故事。

那河湾边，有棵大榆树。那时候，哪家要办事了，请秀才写张纸条，说明需要多少碗盘，拿到那榆树下，用鹅卵石压着。第二天天一亮，去那河边，纸条不见了，却有数目相当的碗盘摆放在那里。那些碗盘虽说是素白的，却是细瓷，看上去又体面又清爽。事主使用完了，在天黑以前，把那些碗盘全数放回去，到第二天一看，碗盘全回收了。借碗盘收碗盘的是谁啊？

据说借到碗盘的那家人，在开席以后，总会发现，来吃席的人里，有一个陌生的面孔，你招呼，跟你微笑，有问不答，只是默默地吃东西，于是主人就懂，来的，正是借给碗盘的主儿，便总是特意要往那人碗里，多搛些鱼肉，往往是，在主人招呼别的客人的空当，那位食客，就忽然消失了。据多家借到碗盘的人家聊起，那来的陌生人，每回并非同一个人，有时是白须老叟，有时是头上裹块毛巾的老太婆，有时却又是胖大汉子，或穿着朴素的妇人……

那么，究竟是哪位在存善心做善事呢？村里的公序良俗之一，是对善人绝对不能偷窥，对善事绝对不能讥讽，因此，没有人在放借条或还碗盘时，特意去那河湾蹲守，以探究竟，就是自家颇富裕，办红白喜事用不着借碗盘的人家，也从不把这桩事情拿来当作奚落借碗盘的穷户的谈资。河水静静流淌，日子被打磨成鹅卵石，就这样，很多很多年里，村里许多人家，都得益过那细瓷素白碗盘的出借，有的人家不小心将碗盘掉到地上，却从未有摔碎的例子，神瓷啊！但没有任何一家，故意藏留或调包那些碗盘的，好借好还，再借不难！

但是，有一天，悲剧发生了。那天天亮，有人发现，河边头晚还去的碗，没有被收走，这倒还罢了，令人惊骇的是，河边泥涂上，躺着一条死去的大鲶鱼，足有两丈来长！它怎么会死在河岸上？于是人们又发现，榆树下死了头野猪，那死猪长长的獠牙上，还残存着鲶鱼缠绕在上面的断须！把那野猪獠牙上的断须取下，去跟鲶鱼剩余的须子一对，正合榫！于是明白，是野猪侵犯了鲶鱼的家，鲶鱼便甩出两条长须，缠住野猪的獠牙，想把野猪拖下去，而野猪却用蛮力，奋力后仰，将那鲶鱼拖出水面，摔死在泥涂里！野猪也因用尽力气，仰翻毙命。长年借人碗盘的，正是这条大鲶鱼啊！头天借碗盘的那家人，见状大哭，说昨天席上来的那个瘦弱书生，该就是鲶鱼的化身，因为自家手头实在拮据，饭菜准备得不够，没让恩人吃饱，使得天亮前恩人想捕捉野猪果腹，力不从心，竟牺牲了！其他得到好处的人家也都跪下，围着那大鲶鱼哭。就是没借过碗盘，闻讯来围观的村里人，也都对景唏嘘。没有任何人心里嘴里想到说出，把那鱼肉分了吃掉，虽有几位建议把那野猪肉瓜分，众人均不响应，最后，人们齐心合力，在河边榆树下挖了两个大坑，分别掩埋了鲶鱼和野猪，那些碗盘，都搁在了鲶鱼的穴里。在鲶鱼的墓穴上，堆起一座小丘，每到春夏，小丘上芳草萋萋，而那棵榆树，越发粗壮茂盛，成为河湾边一景。

这鲶鱼借碗盘的故事，一度中止流传。后来可以从容话旧，有老人说起，没说完就遭某些“50后”撇嘴：迷信！但是近几年，村里的几茬年轻人，有的开始对这个传说感兴趣，我在村里听完寿星讲述，跟他们闲聊，一位“70后”跟我说：“我爷爷跟我说起那大鲶鱼，口吻就跟说起村里一位祖辈一样，他不说那是鲶鱼大仙，他管鲶鱼叫鲶祖祖，而且，我们村那么多年，在可以盖庙的时候，也始终没有人盖什么鲶鱼大仙庙，也没见什么人，往那榆树上缠红布。我爸说，在最动乱的年月，我们村里也都没太多过头的现象。我的体会也是，村里人与人之间，到头来总有温情绾着。”一位“80后”跟我说：“我们村这河湾里，鲶鱼又多又肥，可是我们打小家里就不吃鲶鱼，家家都不吃，开头我也不知道是为什么，后来知道原来有这么个由头，那天哥儿们聚餐，他们都说有家餐馆红焖鲶鱼特棒，拉我去吃，我就告诉他们我为什么不吃鲶鱼，哥儿们听了没嘲笑我的，有的还说，你们村的人有这么个感恩向善的习俗，真不错！”村里如今大学生也还不太多，但有个“90后”考上了动漫专业，他跟我说，正构思用村里这个古老的传说制作一部动漫作品，我听了非常高兴，真的，我期待着有这样一部根植于本土的动漫作品出现！

姊妹跷跷板

蔷和薇是两姨表姊妹。蔷比薇大两个月。她们小时候在一个宿舍大院里长大，那大院一角有个简单的儿童乐园，她们俩最爱玩跷跷板，不是风平浪静地玩，而是谁都不服谁的气，使劲地蹬地，使跷跷板对面的那方感受到强烈的挑战意味。1980 年的时候她们都到了 18 岁的芳龄。薇考上了大学，蔷没有考上，薇去大学报到前，蔷和她最后一次在大院里玩跷跷板，有人嘲笑她们："多大了！还跟小姑娘一样！"她俩满不在乎，猛蹬猛起，笑成一团。从跷跷板上下来，蔷望着薇说："我明年不再考。我就不信只有大学才能孵出金凤凰！"

后来两家都搬走离得远了。但一直保持联系。头两年是利用各自楼下存车棚里的公用电话，管电话的拿个大喇叭筒在楼下喊，星期天薇从学校回到家，多半就有传呼电话叫唤她，她赶紧下楼去接，那一定是蔷打来的。后来她们都置备了 BP 机，这玩意儿早被淘汰了，那时候却很时髦，通知来电话不用扯嗓子嚷了，BP 机会给你信息，你可以从机子上显示的号码得知谁在找你，然后到电话机前给其回电。再后来蔷先给家里装上了电话，薇他们家晚装了半年，于是两姊妹在休息日就煲上电话粥了。蔷居然从单位辞职，跟她男朋友一起倒腾服装，薇就在电话里表示担心，怕她惹出麻烦。蔷嫌薇越读越呆，告诉她填鸭用不着为候鸟愁食，只是要求薇“从实招来”——她和那个“白马王子”是否都能顺利拿到美国大学奖学金？如果“王子”拿到而“格格”拿不到，“王子”是否真能在站住脚后办“格格”去陪读？再后来，薇刚从美国领事馆办妥签证回到家，就接到蔷的电话，蔷为她高兴，同时告诉她：“你也该为我高兴，我置上大哥大啦！”至今薇还记得蔷到机场送别她时，手里拿着那么茁壮的一个黑家伙，代她拨号，怂恿她跟所有想得起来电话号码的亲友、同学、老师一一道别，薇就知道，蔷是在跟她玩跷跷板：你以为你出国万人羡慕？看看周围人们的眼神吧，不是都在羡慕我置备的这个大哥大吗？那时候全中国能置备手机的人士极其有限，那第一代手机傻大黑厚，所以被恭维为大哥大。

薇和她的先生在美国经过多年奋斗，餐馆刷盘子刷得换过一层皮的手，终于能翘起兰花指刷信用卡消费了，他们给亲友寄来在那边的照片，蔷就收到很多，独栋“号司”，后院有游泳池啊！天空蓝得像宝石，草坪翠绿得让人陶醉。薇有一天终于给蔷发出了邀请信，蔷去美国领事馆，竟遭拒签！蔷主动给薇打去电话，骂骂咧咧，薇很委屈，但知道不过是又一次在跷跷板两头。

日换星移，蔷拿到商务签证到了美国，薇开车到他们那些商人下榻的旅店去接蔷，往薇家的路上，蔷说：“美国嘛，早从书里、电视里、电影里、你寄来的那些照片里，领教过了，眼见为实，确实不错。可是让我想不通的是，我们预订的这家酒店，号称四星级，怎么大堂那么没气派？也不提供足疗服务。”薇先在高速公路上开，后来转到一般公路，再后来开到分支上，路上车稀，两旁森林寂静，蔷问：“怎么还不到？难道你们每天上下班都要在车上消耗这么久？”薇只是说：“快了，快了。”

蔷在薇家住了两天就腻烦透了。原来这带泳池的漂亮“号司”不但远离城市，连到最近的一处“莫”（综合购物中心）也要开车 40 分钟，周围分布着样式不尽相同的“号司”，都附带美丽的草坪花树，但邻居们是老死不相往来的。蔷发现薇家里摆满了中国的工艺品，薇和其先生告诉她，他们休息日的乐趣之一，就是开车带孩子们去城里唐人街，那街上的一家中国工艺品专卖店必去，每次都要买回几件以解乡愁。在薇家，蔷发现他们居然还在看老式的录像带，不禁好笑：“在中国农民工也看 DVD 了呀!”

最近薇和先生带着小女儿回来探亲，环路上成片的高楼令他们目眩神迷。进了蔷离闹市不远的居所，薇立即有被跷跷板那头的蔷猛蹬一脚往上急颠的感觉，比想象的宽敞不去说了，那装修，那家具，那陈设，那超薄的大液晶电视，色色都仿佛在宣告这里不是在发展中而是已经发达。蔷用“爱凤”手机催先生快点回家，又让薇的小女儿用她的“爱派”看动漫。

两姊妹的先生在一起聊得起劲。恨腐败，反霸权，叹环境破坏，盼经济复苏，不乏共鸣，但薇的先生在美国已被公司裁员，这次回来是想到国内寻找机会，他坦承自己目前不崇拜乔布斯而心仪乔姆斯基，有去参加“占领华尔街”的冲动。蔷的先生是个京剧迷，引用程派名剧《春闺梦》里一句唱词表达自己的内心：“市井微哗虑变生。”结果二人也等于上了跷跷板，争论以至抬杠。

蔷和薇却跑到住宅区的健身园地，不顾徐娘半老，真的又压上了跷跷板。半个世纪的风云变幻和自己的浮沉悲欢，倏地涌上心头，反倒失语。她们像童年时那样在跷跷板上起落，她们没有什么理论，只持守一种普通价值：不管世道如何变化，唯愿自己和家人无病无灾、多欢少忧。

小炕笤帚

他们是大二男生，一天在宿舍里，引发出了一个关于小炕笤帚的故事。几个舍友里，只有两位备有扫床工具，一位富家公子有个非常漂亮的长柄毛刷，一位来自穷乡的小子有个高粱穗扎的小炕笤帚，其余几位收拾床铺时会跟他们借用，一来二去的，都觉得还是那小炕笤帚好使，最近就连那富家公子，也借那小炕笤帚来用。

那天熄灯后，都睡不着，各有各的失眠缘由，绰号“蜡笔大新”的叹口气提议：“夸克，随便讲点你们乡里的事情吧。”其余几位也都附议，绰号“唐家四少”的富家公子更建议：“从你那把炕笤帚说起，也无妨。”

因为物理考试总得高分，绰号“夸克”的就讲了起来：那年我才上小学。村里来了个骑“铁驴”的，“铁驴”就是一种用大钢条焊成的加重自行车，后座两边能放两只大筐，驮个二三百斤不成问题。那骑“铁驴”的吆喝：“绑笤帚啊！”我娘就让我赶紧去请，是个老头，他把“铁驴”放定在我家门外的大榆树下，我娘抱出一大捆高粱来，让他给绑成大扫帚、炕笤帚和炊帚。他就取出自带的马扎，坐树下，先拿刀把高粱截了，理出穗子，然后就用细铁丝，编扎起来了……“大新”叹口气说：“不好听，来个惊人的桥段!”上铺的一位问:“会闹鬼吗?我喜欢《黑衣人》的那份惊悚!”“夸克”继续讲下去:你们得知道，高粱有好多种，其中一种就叫帚高粱，它的穗子基本上不结高粱米，专适合扎笤帚炊帚什么的，我娘每隔几年就要在我家院里种一片帚高粱，为的是把以后几年的扫帚、炕笤帚、炊帚什么的扎出来用，扎多了，可以送亲友，也可以拿到集上去卖。那是个星期天，午饭后，我在屋里趴桌上写作业，我娘忽然想起说:你去问问那大爷，他吃晌午没有?他大概是转悠了好几个村，给好多家绑了东西，还没来得及吃饭呢。我就出去问，那老头说:“不碍的。我绑完了回家去吃。”我进屋跟我娘一说，我娘就从热锅里盛出一碗二米饭，就是白米跟小米混着蒸出的饭，又舀了一大勺白菜炖豆腐盖在上头，还放了两条泡辣椒，让我端出去……“四少”说:“情节平淡，你这分明是个‘尿点’，我得去趟卫生间。”“夸克”就提高声量说:呀!出现情况了!我娘忽然叨唠:“七十不留宿，八十不留饭啊……”就往门外去，我跟着，只见那老头已经从马扎上翻下地，身子倚在榆树上，翻白眼……他是被饭菜给噎着了，喉骨哆嗦着，嘴角溢出饭粒和白沫，但剩的半碗饭并没有打翻，显然是刚发生危机时，他就快速把那碗饭菜放稳在地上了……我娘赶紧把他的手臂往上举，指挥我用手掌给那老头轻轻拍背抚胸，没多会儿，那老头喉咙里的东西顺下去了，松快了，娘让我去取来一碗温水，让那老头小口小口喝，老头没事儿了……讲到这儿“四少”去卫生间了，回来时候只听“大新”在感叹:“哇，两毛!两毛能算是钱吗?”原来，那老头绑扎东西，大扫帚每个收五毛钱，炕笤帚、炊帚只要两毛钱。绑扎出一堆东西，“夸克”他娘才付他四块钱。那老头说:“你们真仁义，给我饭吃，还救了我。这些剩下的苗苗不成材，可要细心点，多用些铁丝，也能扎成小炕笤帚，今天我没力气了，让我带走吧，过几天扎好了，我给你们送过来，不用再给钱。”“夸克”娘说：“连那些高粱秆，全拿走吧。扎的小炕笤帚，你自用、送人，都好。甭再送来了。”

从上铺传来评议：“不是大片。小制作。表现些民间微良小善。比《纳德和西敏：一次离别》浅多了。”“夸克”说：没完呢。过了几天，本是个晌晴天，不曾想过了午，也不知道怎么的忽然下了场瓢泼大雨，放学回家路上，听人说下大雨的时候有个骑“铁驴”的老头栽沟里了，路过那沟，“铁驴”挪走了，只留下痕迹，还有一把小炕笤帚，落在沟边，脏了。我心里一动，捡起那小炕笤帚，回家拿给娘看，娘说，一定是那大爷要给咱们家送来的。那年月乡里有绑扎笤帚手艺的人，大都跟我爸一样，进城打工了，剩下的，有的扎出来的东西没用几时就散了，可这老头扎的又结实又好用，除了铁丝，还都要再箍上一圈红绒线。我们听说摔断腿的老头被卫生院收治了，娘儿俩就去看他……“大新”评议：“诚信，很健康的主题。”“夸克”继续讲：到了医院，见到他，我们就慰问，道谢，可是，那老头当着医生说，他不认识我们，他那“铁驴”里的小炕笤帚，不是带给我们家的。我跟娘好尴尬。我们只好退出，在门口，恰好跟那老头赶过来的家属擦肩而过……最后，我要说明：这小炕笤帚当时就洗净晒透了，一直搁在躺柜里，没舍得用，来大学报到前，娘才取出来让我裹在铺盖卷里，带到这儿来以前，我进行过消毒，请放心使用。

宿舍里安静下来。

高放的药匣

他头一次把女朋友带回家，那姑娘很乖巧，到厨房去帮助未来的婆婆烧菜，他和父亲坐在厅里看电视转播球赛，忽听厨房里传出“哎哟”一声，女朋友竟不慎烫伤了手指，他母亲心疼得握住那手指头不住地吹气，又大声呼叫他父亲：“快拿獾油来！”他父亲便赶忙去往书房，书房的一排书柜，靠门的那架最高一格只摆了半边书，剩下的那个空间放着一只藤编匣子，那是他家的药箱。

父亲身材高瘦，伸臂熟练地取下了药匣，他接过，麻利地取出獾油，送过去，母亲赶紧给未来的儿媳妇手指抹獾油，他女朋友咯咯笑着说：“难得的体验啊，都说獾油治烫伤特灵，总不信，现在这么一抹，果然药到痛除，是什么原理啊？”母亲埋怨父亲：“药匣子总搁那么高，多少年了，就不能改改你这个陋俗！我早说过獾油应该就放在厨房，谁会弄错了？我能拿獾油煎锅贴给你们吃吗？”

女朋友跟他独处时，问他，爸爸那“陋俗”是怎么形成的？他坦白，是因为他小的时候，不知道怎么搞的，嘴馋得惊人，见着跟糖果、豆子差不多的东西，就抓起来往嘴里送，有次竟把母亲刚买回来的红色圆衣扣也搁嘴里了，父亲看见赶紧设法给掏了出来，从此以后，除了跟他讲道理——不是什么东西都能搁嘴里吃的，就特别注意，不让会误解为糖果的东西再搁在他够得着的地方，尤其药品，他从四岁起，就记得他家的药箱搁在书柜高处，他就是搭着椅子，伸长胳膊，也够不着的。女朋友听了笑："你小时候怎么那么弱智啊！怪不得，是你的'陋习'，才引出了你家的'陋俗'。"他点头："你用了个定语，我很高兴。也许，正是因为小时候弱智，所以现在我才有那么多的创意！"

有情人终成眷属，女朋友跟公婆熟了，他也跟岳父母熟了。比较起来，他的父亲，算得一个闷人。他坦言，上中学的时候，最怕的作文题目就是《我的父亲》。但是到上了大学，他才渐渐懂得，父亲对他的爱，尽在不言中。总怕他错拿药品当零食，因而把家里药箱一直放到高处，甚至他已经长大成人，也还惯性地那样摆放，母亲和他身体也都不错，很少用药，因此虽然取药时偶有烦言，却也始终没有将家用药匣改换地方摆放，那高放的药匣，已经成为他家伦常之爱的一个特征，住房几次重新装修，书柜也更新几次，靠门的书柜最高一格，总还摆着那只藤匣。

中学的语文教师，也曾在他作文为难时，启发他："你父亲虽然寡言，总还会有几句暖你心的话语，你要仔细回想，想起来，写出来，你的作文一定不错。"他也曾努力地回想，实在想不出，只好硬编胡诌几句，老师一看就假，给他的评分怎么高得了？但是，现在他很后悔，想不出话语来，难道就想不出那默默的动作吗？他记得，父亲把那藤匣取下来，戴上老花眼镜，耐心地整理里面的药品，凡已经过期或接近过期的，一定淘汰；那些说明书，买来时看过，却还要一一温习；还会在一只干净盘子里，将有的药片用小刀——那小刀先用医用酒精消过毒——剖分为 1/2 或1/4，再装进同一药品的空瓶里，并在瓶体上贴上一块橡皮膏，又在橡皮膏上写上他的小名，原来是根据说明书上的提示，他作为儿童，药量要减半或再减半，这种做法到他 13 岁以后才中止。

他儿童时代，起初是见了觉得是糖果的东西就盲目地往嘴里放，后来这毛病改掉了，却又有了另一种毛病，就是无论父母还是亲戚朋友送来的礼物，凡能拆卸的，他玩了几次以后，一定会偷偷拿到储藏室里，用改锥等工具拆开，以满足那“它怎么会动呢”的好奇心，常常是拆开了也还是不明白，而且再也装不回去，但也有时候居然弄明白是发条或小电磙子在“作怪”，而且顺利地复原，那就玩得特别开心。长大以后，母亲告诉他，每当他拿着玩具藏起来拆卸时，父亲都跟母亲说：“别惊动他，只当我们不知道。”但是储藏室里那个工具匣里，原来还有锯条、尖锥，父亲怕他使用不当伤了手，都早就取出藏到了别处。

父爱无声。如今他和妻子回家看望，父亲明显衰老了。父亲血压不稳定，需要经常服用相关药品，母亲为了他取用方便，就把藤匣里的两种药瓶，搁在长沙发前的茶几上。那天父亲倚在沙发上养神，见他和妻子来了，慈蔼地点头，嘱咐老伴：“还把这药瓶放藤匣里，需要的时候再取出来。”母亲问：“为什么？”他下巴朝儿媳妇隆起的肚子那里点点，于是母亲和小两口都懂得，第三代很快来临，要当爷爷的他，仍牢记着许多药品说明书上那句免不了的话：“请将本品放在儿童不能接触的地方。”

多一事

宛大妈是公园凉亭戏迷聚唱的核心人物。她曾唱一段《贵妃醉酒》的四平调，众人听完不禁面面相觑，怎么跟梅兰芳的唱法大相径庭？她告诉大家，那是荀慧生还用白牡丹艺名时候的唱法，后来这出戏被公认为是梅老板的代表作，荀老板就没再演过这一出了，据她说，荀慧生的唱法，是从更老一辈的旦角名家路三宝的行腔里演化来的。于是有人问她："您是北京京剧团的吧？"她说："我曾是北京市京剧团的龙套，角儿唱杨贵妃，我是八宫女之一。"完了又解释一句，听起来是"多一事不如少一事"，大家糊涂，这什么意思啊？她笑着细掰："四五十年前，北京有两个市一级的京剧团，一个叫北京京剧团，后来成为排演《沙家浜》《杜鹃山》的'样板团'，另一个，叫北京市京剧团，那政治地位、福利待遇，跟'样板团'可就差老鼻子啦，我呢，是在带'市'字的那个团，所以，当时北京戏剧界就流行这么一句话，叫作'多一市不如少一市'。当然啦，改革开放以后，又合并在一起，叫北京京剧院了。"那以后，有的人背地后就用"多一事"称呼她。

社区居委会有的人，觉得她这个老太婆脾气有些古怪。那年两位居委会女士，抱着捐款箱，按响她那单元的门铃，说是知道社区里有些老人腿脚不便，想给灾区捐钱，却心有余力不足，所有上门来满足其心愿。宛大妈听了却摇头说："我不做隔山打牛的善事。我行善，要面对面，知道我捐的，究竟落在了谁头上。"两位女士已经收到若干捐款，而且许诺将在社区公告栏公布捐款明细表，并会全部转交有关机构，宛大妈的表现，令她们气闷。

有一次宛大妈去医院看病，候诊的时候，见旁边一个外地汉子，给一把旧椅子装上轱辘，推他媳妇来看病，问起来，他媳妇是生了骨瘤，动过手术，今天复查。给媳妇治这个病，快到倾家荡产的地步。他哥哥也在北京打工，母亲轮流在他们两家住，这个月又轮到住他家，所谓家，就是在几里外，用每月 400 元租的原来工厂的排房，小小一间，放架底下双人上头单人的高低铺，剩下空间也就放套煤气灶架和一张用来吃饭和孩子做功课的桌子，不过有彩电，屋顶上有"锅"，能看电视。他哥哥的意思，是弟媳妇得了这么个病，母亲就别挪弟弟那儿了，嫂子却不干，认为该轮还要轮，他妈跟那嫂子一向不睦，倒很愿多在他那儿住。他那媳妇衰弱得说话也缺气，一旁管自摇头，好不容易憋出句："就你话多。"他苦笑，闭嘴前忍不住又来一句："明天赶紧去工地复工，问工头再支点，要不买米的钱也没了。"宛大妈看完病领完药，在医院外面又遇见他们，就过去跟那汉子说："让你媳妇等在超市门口，你跟我进去，我帮你把该买的买了。"见那汉子犹豫，就说："我是真心要帮。你接受了是给我快乐。"汉子就把媳妇坐的轮椅安置在妥善位置，跟宛大妈进了超市，两人各推一辆购物车，宛大妈往汉子的车里装了一袋米、一袋面、一桶玉米油、一大盒鸡蛋、一桶酱油、一桶醋、一包紫菜、一袋虾皮……汉子直说："谢谢谢谢，够了够了。"她最后还往里添了两罐辣酱。出了超市，她跟汉子说："我每月五号上午 10 点必来这个超市。你以后有困难可以按时候到这儿来找我。我不会给你钱。我不会给你买别的。就是给你买这些个最必需的日常嚼用。”汉子和他媳妇连声道谢，问她：“大妈贵姓？”她笑：“莫问我的名和姓，就记住仨字儿吧：多一事。”

“多一事”的趣事很多。那天她来公园，推了个自备的帆布小购物车，里头是两提卫生纸。先没去凉亭唱戏，先推到公厕外的松树下守着，不一会儿，一位大嫂出来了，她迎上去问：“又把厕纸整卷儿全搂走啦？”那大嫂就知道被盯上了，脸上有些个搁不住，嘴里硬撑着：“你多一事不如少一事，对不对？”又有一位胖老头从里头出来，他跟那位妇女一样，也是几乎每天都要来这公厕收集厕纸的，管理人员刚续上，他们就很快整卷搂走，其他游客往往无纸可用，意见很大。宛大妈见二位占便宜的全在眼前，就说：“道理你们也懂，不说了。今天我带了一提10卷的名牌厕纸来，赠你们每人一提。只希望你们从此以后能保障其他游客的权益。”那大嫂不知所措，那胖老头却理直气壮：“你多什么事！我们这算什么问题？你有能耐你逮那些贪官去！”宛大妈说：“大贪要反，小贪也要戒。端正社会风气，大事小事全要做。当年我演不了贵妃，就演好那宫女。如今我还是唱不了主角，干不成大事，可是我还能做点小的好事。我真是想送你们厕纸，好让你们生出点子悔意，赶明儿别再这么贪小啦！”那大嫂和那胖老头灰溜溜地绕开她走了。后来管理员说，白搂厕纸的现象少多了。

凉亭里又响起宛大妈的唱腔，这回唱的是《穆桂英挂帅》：“猛听得金鼓响画角声震，唤起我破天门壮志凌云……我不挂帅谁挂帅？我不领兵谁领兵？”

照镜子的保安

在小区中心花园溜达，他跟几个脸熟的业主聊天，说起保安，都叹气说真是一茬不如一茬，一蟹不如一蟹。记得刚入住那年的头批保安，多数都形体面貌顺眼，有次某号楼电梯突然故障停运，保安们就帮住高层的往上提购来的物品，有的还背着老太太爬上十多层，令业主们感动不已。可是到如今，保安似乎只剩下一种功能，就是看守小区内车位。楼盘初开时，开发商和入住者都颇自豪，这小区的地下停车场和地面车位，是按五户三车的比例配置的，没想到现在已经逼近一户一车，故而任何未包车位没有车证的车子进入，保安都要登记车牌、发放卡片、叮嘱绝不可占有车位、需尽快离去，这样的车子放入后，进口处的保安立即用对讲机告知车子将去的那栋楼的保安，那里的保安就会迎上去警告不能长久停在楼门前，而出口处的保安，就会被通知到又有外来车辆车号是什么，提醒他们注意离去时收回卡片……小区里的车位纠纷层出不穷，保安为此疲于奔命。

他平时鳏居小区某栋一层某单元，节假日女儿女婿会带着外孙子来探望，晚辈来时自驾一辆小车，就停在他那单元卧室窗外，那里没划车位，勉强可挤停在丁香树下，按说也不至于妨碍内部车道的畅通，多次如此也没生发出问题，谁知一个周六老少三辈正在享受天伦之乐，门铃大响，开门看是保安，说是他们那车不能停在那里，他女婿不高兴了，女儿也趋前抗议，他气不打一处来，责问：“我交的物业费，就是为了养你们这样的白眼狼吗?”当然后来弄明白，是有辆运家具的厢式大货车，要通过他窗外的那条通道，而女儿女婿的那辆小车的屁股，确实碍了事。事情化解后，他还耿耿于怀，因此在中心花园听一位徐娘说：“如今呀，千万别把保姆当闺蜜、把保安当保镖！千万别让送快递的进门槛，别接陌生号码打来的电话!”深以为然，颔首不止。

他本来从未正眼看过那些保安。那天他从超市购物回来，忽见进口处的保安竟然在那里照镜子！原来，小区进口处安装的是一种很堂皇的伸缩栅栏门，那栅栏门起始部分仿佛一个不锈钢的柱形柜子，两边的最上面，不知道为什么都镶着一面正方形的镜子。伸缩栅栏门早缩在一边停用了，继之是用一个遥控的起落臂，最近那起落臂坏了，就用一个用绳子拉动的带轱辘的铁皮箱，裹上黑黄条纹的外皮，替代那起落臂的拦车、放行功能。当时正好无车过来，那保安就站到那栅栏上的小镜子前，自我欣赏起来，甚至脱下大盖帽，用手来回胡噜头发，似乎在追求某种造型效果。待那保安照完镜子转身，一瞥中，认出正是那天来按门铃让挪车的“白眼狼”，不免分外鄙夷。

那晚在中心花园又跟一些业主聊天。他就把保安照镜子的情形拿来揶揄一番。个头不足一米六五，小眼睛尖猴腮，居然也臭美！一位老哥就说，楼盘刚入住那年，到这里当保安还是个不错的职业，是签约的，所以来应聘的不乏部队复员的帅哥。如今都是由保安公司提供保安，全是试用，基本上不给转正，工资低于餐馆的洗碗工，还总是拖欠工资，所以只能招来一米六五以下的，要么半老头儿，要么才十七八岁，全是穷乡僻壤来的……一位徐娘就感叹：这些小伙子也够苦的，两个人轮班，一班十二个小时，每天伙食费才八块钱！真该给他们合同保障啊！那位老哥就说，雇人的不讲信用，被雇的就懂守信吗？这不，拖来拖去，总算节前发了工资，钱一到手，当天就有七个不辞而别，也不管这里的人手接不接得上，按说过节更应该加强保安，如今啊，咱们“老头拉胡琴——吱咕吱（自顾自）”吧！他就说，那照镜子的保安，三十郎当岁了吧，倒没跑，想来是凭他那条件，跑别处也未准被录用。那徐娘就说，昨天见他下了班不抓紧休息，往东边网吧跑，如今这样的青年人，全爱到虚拟世界里头去逍遥。那老哥则揭露，据他们那楼看门的保安说，那小子是想到网上找个姑娘，假装他的对象，带回老家去让父母开心，为了这么个目的，那小子愿意把攒下的三千块钱全给那假对象呢！他就想，照什么镜子啊，外貌跟心灵都够猥琐的！

那夜，他被一种声音从睡梦中惊醒。耸耳细听，是窗外有人用哭音说话。他下床披上衣服，走拢窗户朝外望，丁香树枝叶筛下的路灯光里，依稀辨认出是那照镜子的保安在打手机。那小伙子错误地以为他那窗外的死角是个可以避开别人偷听的地方。只听那小伙子断续地哭着对接听者说：“我不孝！……我全是撒谎……我传不了后！……我不孝！……我没法子孝！……”他的原本冷硬的心仿佛被无形的手掌一捏，迅即柔软下来，他退回床边坐下，深深地自责：凭什么自己对另一个生命照镜子那么鄙夷？……

八里长桥一道拱

汽车美容店有个玻璃大棚，是电脑洗车房，管启动和停止阀门的小伙子眼皮下经过太多的红男绿女，一般都只是用手势指挥车辆的进退，很少跟他们过话。但是那天开车来洗的分明是个老太婆，车子外壳洗净后，开出玻璃棚，再打开车门后盖，对内部进行手工净化，几个洗车工，也是小伙子，有的看上去很稚嫩，拿着大抹布，拥上来操作，那个管阀门的小伙子，因为没有新的顾客来，也就拿块抹布参与其中。擦车的小伙子们不禁多看车主几眼，那老太婆满头银发，腰板笔挺，满脸笑容，主动跟小伙子们过话，问他们的工资待遇，听报出的基本工资不低，又提供集体宿舍，管两顿饭，不禁颔首："可以呀!"又问他们都来自哪里？有的是南方很远的省份，有的来自中原，她特别问那个管阀门的："你呢?"那小伙子只说："比他们都近。"有个小伙子问车主："您是我奶奶辈的啦，自己开车不害怕呀?"老太婆乐呵呵："这是退休后一大乐子，常拉一二知己去自驾游，我可稳当啦，坐我车的没有害怕的。"

老太婆自然是买了贵宾卡，这样每次洗车必来此处，一回生，二回熟，她的银发很扎眼，洗车的小伙子们对她也就格外关注，往往她的车还在几十米外，眼尖的就宣布："'老不怕'来啦!"

老太婆则对管阀门的小伙子印象最深，他平头大耳小眼睛，身体壮实，看去比那些伙伴们年龄要大，总是很快活的样子，老太婆跟他过话也就比较多。老太婆对小伙子们报出的故乡，总联想起相关的名胜古迹，比如听说是贵州来的就问黄果树大瀑布，听说是河南来的就问洛阳龙门石窟，管阀门的小伙子就告诉她："别细问啦！老家要是那种地方，还跑出几千里打工？"他很不痛快地跟老太婆报出自己家乡的名称，老太婆说："他们的家乡再美，那么远的自驾游我去不了，你说你老家离这儿也就二三百公里，我倒可以约上两三个朋友去看看，你们那里有什么美景啊？"那小伙子就说："美景不敢说，奇妙的东西倒真有，跟您说吧，我们家乡有两绝：八里长桥一道拱，东井掉桶西井捞！"老太婆双手一拍："倒真值得去开开眼啊！"

入冬了，老太婆来洗车，见小伙子们手都跟胡萝卜似的，很心疼。开阀门的小伙子问她："又自驾去哪儿啦？"她说："去了深圳，来回坐的飞机。"小伙子就告诉她："我打的头一道工就在深圳。您是周游列国，我是周游列省。"老太婆说："现在这份工就是冬天惨点，不过对你来说这份收入待遇也很不错啦。你也该稳定下来了吧？"小伙子笑："我为什么要满足这个现状？"老太婆说："你不安分！你上回拿什么瞎话糊弄我来着？哪里来的八里长桥？还只有一道拱？我从网上查了，赵州桥跨度才 7 米，昆明湖南边那桥，150 米，有 17 个拱！不过，东井掉桶西井捞，两个井离得虽远，底下的地下水相通，这倒可能。"小伙子只是笑，老太婆把笑脸一收："笑什么？我过几天就约朋友一起去看个究竟！"

老太婆洗完车，开出去不远，在一个水果摊那儿停下，买水果。忽见那壮实的小伙子跑过来，气喘吁吁地招呼她，说："我全是瞎掰。您现在千万别往我们老家那儿逛去。您过两年再去!”说完又跑了回去。

老太婆又一次去洗车，管阀门的换人了，问起原来的，有说“让老板炒了”的，有说“他炒了老板”的，老太婆不禁怅然若失。临离开时，店面里面一个管推销汽车内部饰品的姑娘跑出来，红着脸递给她一样东西，只说了句“您回家再看吧”，就扭身跑了。老太婆回家细看，是一本翻旧了卷边的书，内容是介绍蔬菜瓜果的，其中有一部分是专门讲紫色蔬果的营养价值，正好在那部分开头夹着一封信，没有抬头也没有签名，只写着:“我们家乡还很穷。没有旅游资源。从镇上到我们村修了公路，一共八里，当中跨过一条小河，路面下有一道桥拱。我们村有口古井，井口大，石盖板上凿了东西两个洞。我打工八年攒了点钱，再借点，要在家乡开辟一个‘紫梦园’，专种植紫色果蔬，争取能让家乡因为有‘紫梦园’而吸引商人和游客，到时候您一定开车带朋友来我们家乡采摘啊，我还计划种植大面积的薰衣草。”老太婆看完信，久久地坐在沙发上，替那小伙子筹划、担心、祝福……

雄鸡哥

——盘盘听故事之一

盘盘 1992 年出生。如今就要大学毕业了。

盘盘去年暑假有天看电影回到家里，身上有爆米花的气味。妈妈也没问她看的什么，她也懒得跟妈妈说那电影的事情。妈妈正在厨房炸虾片，盘盘进去，拈起一片炸好的嚼着，随口报告："真讨厌！又在楼门口遇上傻子了！"他们那个楼里，有个弱智男子，都三十多岁了，生活倒基本上能自理，但是无法就业，父母倒还富有，就白养着他。盘盘说："咱们家真不该买这楼的房子，成天指不定什么时候就撞见傻子，真败兴！"妈妈就说："傻子也是一个生命。世界上不会也不能都是聪明人。你可别蔑视他。"

爸爸出差了，那天晚上吃完晚饭，母女坐在沙发上闲聊。妈妈说，如今的电影院真气派，可是如今的电影，我跟你爸大都不爱看。可是我们小时候，那是特别爱看电影的。那时候，村里头都有场院，就是收拾庄稼的地方，脱粒、扬场、晾晒、装袋……活儿告一段落，就会在场院里演电影。总觉得那时候的电影都那么好看，比如说柬埔寨那个西哈努克亲王来访问的纪录片，看着也过瘾。不过，对于我们小孩子来说，其实放映电影之前的那段时光，比看电影更欢畅。傍晚，流动放映队就来了，挂起银幕，架起机器，接上喇叭，我们男女小孩，就都忙着拿来家里的大小板凳、椅子什么的，占座儿。大人们倒不慌不忙。妇女们会来得早些，带上没纳完的鞋底。大老爷们则标语口号的幻灯片都放上了，才抽着烟陆续来看。

我们村里，有个雄鸡哥。为什么管他叫雄鸡哥？这就跟演电影有关系。说起来，这个雄鸡哥，命真苦。他还没成年，爹妈先后得病去世了，就跟着哥哥嫂子过，没想到，哥哥嫂子在一次拖拉机车祸中又双亡了，他就跟侄子侄媳妇一起过。那对夫妇待他不能说好，也不能说很差。他倒是还有父母留下的老房子，跟哥哥嫂子的院子挨着，打通了，侄儿媳妇不欢迎他来一起吃饭，但是能做好了端给他一份，当然那时候吃的都很简单，无非窝头咸菜棒楂粥，偶尔也会有点炒菜，有点肉，吃顿饺子什么的。生产队编制的时候，他每天也都下地干活，挣工分。他平时闷声不语，村里场院演电影了，他也活跃起来。他平时没钱买香烟抽，演电影之前呢，也不知是怎么形成的游戏规则，你给他一支烟，他就给你唱歌。他翻来覆去唱的就是一首歌。那首歌你们这代人恐怕都不知道了，我们那时候人人会唱，就是秧歌剧《兄妹开荒》里的那首歌：

> 雄鸡雄鸡高呀么高声叫
> 叫得太阳红又红
> 身强力壮的小伙子
> 怎么能躺在热炕上做呀懒虫……

盘盘就说，我知道这首歌，如今有重金属摇滚版演绎的，可潮了！

妈妈说，因为那个年纪不小却跟我们平辈的人总唱这首歌，而且，往往是拿根烟逗他的，刚听他用肉喇叭唱出头两句，就摆手："成啦成啦，别吼啦！"他就只好停下，所以，他那头一句的高亢声调，成为我们童年时代最大的乐子，我们就一窝蜂地学他吼，雄鸡哥也就成了他永远的绰号。

那时候村里人都淳朴。雄鸡哥问人要烟，虽说人们拿他打趣，还都会给他香烟。经常是，他抽着一支，两边耳朵各夹着一支，胸前衣服口袋里还能装着几支。有一回，不知哪家的亲戚，来串门的，也来看电影，见他是个可以逗闷子的，就也说要给他烟，让他唱，而且要他把歌唱完，他就非常认真，脖子筋绷着，高声地唱到"那哈依呀咳咳哎咳那哈依呀咳"，才大口喘气。那人就把一支烟插进了他嘴里，还说要给他用打火机点上，但是雄鸡哥马上把那支所谓的名牌香烟啐出去了，因为那其实是根粪草棍儿，那人就拍巴掌狂笑，周围的人有的没弄清情况，也都笑，弄明白的，有的就摇头。后来电影开始放映，我就坐在雄鸡哥身边，我偶然一瞥，发现他两眼里流出两行泪水，那刚开演的电影哪有什么感动人的地方？我那时候还小，但是雄鸡哥的那两行眼泪，却仿佛流到了我心上，粘住，一辈子再甩不掉了。

听到这里，盘盘明白了，妈妈为什么跟她说这些。

盘盘问：这个雄鸡哥，是个什么形象？

妈妈说：其貌不扬。也不丑。非常平庸。说实在的，他那两行眼泪我记得真，他的相貌，现在已经非常模糊了。

盘盘问：他后来怎么样了？

妈妈说：实行承包了，他种承包的地。村办企业办起来了，他到皮革厂干活。村办企业又纷纷倒闭了，村里劳动力就"八仙过海、各显其能”了。他能力差。村里各家纷纷盖新房了，他侄子家也起了两层楼，他还住着旧房，两个院也隔开了，他自己起伙，吃得怎样，没人知道。他始终没娶上媳妇。就在你出生那年，听说他得病死了。

盘盘一时无语。她的心土里，拱出叫作“慈悲”的嫩芽儿。

病房女

——盘盘听故事之二

盘盘和爸爸聊天的时候不多。那天不知怎么的，聊起生病住院的事情了。盘盘说，净在电影电视上见着病房，什么时候自己也住回院，亲友同学都拿着鲜花提着蛋糕来慰问，那多好玩儿！

爸爸就说，不生病不住院，是大福气啊。能往病房里瞎送花吗？花会携带病菌，像你奶奶当年住院，因为哮喘，不但病房里不能放花，就是走廊里也禁止进花。再说蛋糕，你当住院是过生日哩，尤其奶油巧克力的蛋糕，病人是不适宜吃的。

盘盘出生前，奶奶就过世了。爸爸讲起奶奶住院的情况，是住在一个双人间里。奶奶就是一个农民。但是因为你表叔在那医院工作，住院部的那层楼，病房都是八人间，只有走廊尽头有两个小间，也属于普通病房，但是难得住进那里头。除了你奶奶，另一个病人，是个女青年。我当然常去照看你奶奶。那女青年呢，是她妈妈照顾她。她妈妈姓汤，跟你奶奶很说得来，我管她叫汤姨。那女青年可能不姓汤，但是，我从没见她爸爸露面，我跟汤姨有时候也聊几句，和那女青年偶尔过话，但是互相都没有称呼过，反正眼光一接触，点头，微笑，就算打招呼了。

那汤姨和她的女儿，是名副其实的弱势生命。现在有弱势群体一说，弱势是个笼统的概念，主要是按社会地位、经济收入来说事儿，并不一定是指身体状态。那汤姨的女儿大概比我小两岁，医生诊断她得了骨结核，总是处在低烧状态，瘦弱的脸颊总是红得像蔷薇花，两只大眼睛总透着忧郁，有几分像《红楼梦》里的林妹妹。汤姨没病，但是她有的动作给我留下很深的印象，比如卫生纸，撕开卫生纸有什么难的？她两只手抓着，努起嘴唇用力，那个费劲啊！所以，我去看你奶奶的时候，就总要帮她们做些事情。比如给削菠萝。我能把菠萝肉削出旋转的花纹，先让她们欣赏，再削成小块搁盘子里，插上牙签让她们方便地享用。

你奶奶那次住院，有成效，家里人每次去看望，都明显在好转。但是汤姨的女儿没什么起色。我去了，也就尽量讲些让她们快乐的事情，安慰她们。汤姨的女儿会现出笑容，甚至笑出声音来，也许是害羞，笑的时候她把被头往上拉，掩住嘴。

你奶奶快出院了。有天我去，见汤姨在走廊里站着。开头我没意识到，她是刻意在那里等我。她招呼了我，脸上的表情有些异样，她叫出我的小名，那本是你爷爷奶奶才那么叫的，她跟我说：“我想认你做干儿子，你能答应我吗？”我一下子愣住了。她见我反应不仅迟慢，而且表现出为难，就说：“你别误会。我们没那个妄想。”那是什么意思，你懂的。

盘盘就笑说，她们那个妄想如果实现了，我就会有骨结核的遗传，我也就可以去住院，吃菠萝块了！

爸爸继续讲。面对汤姨那样的请求，我很难抵挡。但是我本身确实从未往那个方向想过。而且你要知道，那时候已经有媒人介绍了你妈妈给我，我们都在运河边长大，同一年考上的大学，见面后都挺愿意。我就跟汤姨说：“容我考虑考虑吧。”汤姨脸上仿佛有朵花在迅速凋谢。后来我们进入病房，像往常一样相处。

你奶奶要出院了。我用医院里一次性的输液管，剖开，编了一只金鱼一只虾。那是跟你表叔学的。医院里的输液管用过一次就报废了，有的医务人员会将它们消毒以后，剖开当作编织带，巧手编成各种有趣的形状，最流行的形状是金鱼和虾，若编成金鱼，输液管上的接瓶嘴正好可以充当鱼眼睛。在接你奶奶走的那天，我跟汤姨和她女儿告别，直到那时候，我还是没有回答汤姨那收我做干儿子的请求。但是我的不回答，以及临别时送给她们东西，就是我的表态。我把编成的虾送给汤姨，把金鱼递到汤姨女儿手里，跟她们说："祝你们幸福！"我现在仍记忆犹新，就是汤姨女儿忽然用被子蒙住头，一定是在被子里哭了起来，那被子勾勒出她瘦弱的形态，看得出肩膀不住地抖动。

但是你奶奶出院，我必须照顾你奶奶，就转身走出了病房。

人在一生中，会遇见许多陌生人，有的会相处相当一段时间，甚至会熟悉起来，但是，多半一旦分手，就再也不会相逢。这么多年过去，我再没有遇见过她们。

和爸爸的这次聊天过去好久了。盘盘觉得，归纳不出什么教益，但是回想起来，人生中头一回体味到了惆怅的滋味。

野马脊

——盘盘听故事之三

盘盘的爷爷为培养出一个有出息的儿子骄傲。确实也是，运河边的村子里，能像他那样把儿子培养成大学生，后来又成为高级工程师的，扳手指头，扳不够一巴掌。可是爷爷很倔。奶奶去世以后，盘盘爸妈在城里四环内贷款买下宽敞的单元房，三卧两厅双卫，接他来住，住不惯，回去执意住进了镇上的养老院。

盘盘知道，爷爷心里是爱她的。可是，爷爷不像奶奶，能把那爱意表达出来。盘盘爱爷爷，没什么道理，他是爷爷，能不爱吗？爷爷在城里小住的时候，跟盘盘有过冲突。盘盘从冰箱里取出头天吃剩的比萨饼，放微波炉里转几圈，拿出来咬一口，满脸怪表情，马上就扔垃圾桶里了。爷爷看见生气。盘盘解释说："爷爷，变酸了，吃了我会肚子疼的。"爷爷就数落她："尽是些吃饱了撑着的说辞，饿你几顿就好了！"盘盘就笑："爷爷好主意，这两天我体重又增了！明天只喝木瓜汁！"爷爷气呼呼，盘盘笑嘻嘻。盘盘说："比萨，木瓜，味道怪怪的，对吧？爷爷您是不爱的。"爷爷就说："凡能吃的都是好东西，都不能瞎扔！"怕老爷子从垃圾桶救出比萨饼来，妈妈趁爷孙俩说话，把垃圾桶及时清理了。

爷爷住进养老院以后，爸妈和盘盘去看望，爷爷话不多，眼睛也不怎么看他们，却总是盯着窗外的运河。冬天又到了，运河结冰了。盘盘自己去看望爷爷，爷爷也还总凝视窗外的运河。结冰的运河失却了秀丽，河边的树木光秃秃的，爷爷在那样的画面上看见了什么呢？

盘盘开始求职了。有天投完简历回家，爸爸下班早，妈妈还堵在回家的路上。父女俩就随意聊天。盘盘就说起爷爷总盯着运河冰面看的事情。爸爸就说，该讲给你听了，不过，还是等你妈回来，吃过晚饭，再坐下来讲。

晚饭吃过，爸妈和盘盘围坐在茶几边的沙发上，爸爸讲了起来。

你爷爷娶媳妇很晚。因为家里穷，过三十了，还是光棍。你的太爷爷过世得早，你的太奶奶一直守寡。那时候咱们运河这边的村子，比运河那边的村子，还稍微好些，那边特别穷。这边有大片的菜地，种大白菜，每年晚秋砍下白菜，会留下菜根，砍下的白菜装车运走的时候，会掉下些破烂的菜帮子。就有运河那边村里的妇女，过河这边来，挖走菜根、拣走那白菜帮子，好拿去充饥。过运河若从桥上过，要绕很远的路，搭摆渡船，要花钱。但是，河那边村子跟河这边村子之间的河床，有一道凸起的石脊，河两边的人，都管它叫野马脊。它四季都没在水面下，秋天能透过水面模模糊糊地看出来。过河的人必须非常小心，才能踩着那道石脊渡过河来。

那些年，每到这边村子砍完白菜，那边村子就有妇女踩着野马脊，背着荆条筐，来挖菜根、拣菜帮。爷爷家的屋子外头不远，就是一片菜地。有天刮着大风，冻得人不行，居然还有对岸来的一个妇女，跪在那菜地里挖菜根。你太奶奶看见那妇女在寒风中直哆嗦，就让你爷爷出去，把她请进屋，先暖和暖和再说。你太奶奶正熬了一锅棒子面菜糊糊，就盛出一碗请她喝。两个妇女就说起话来。敢情那也是个寡妇。临走的时候，你太奶奶就让你爷爷，往那妇女的筐里，装了好些个自己家腌的酸白菜。穷帮穷呀。这么着，两个寡妇就来往上了。

就在她们认识的那年冬天，那寡妇有天就跟你太奶奶说，咱们两家都穷，你儿子娶不上媳妇，正好我有个闺女，如今也二十好几了，我就把我闺女嫁你儿子吧。你太奶奶开头不敢相信，因为穷家的闺女，如果长得好，嫁出去也不难的，那寡妇就说，我不能拿闺女换钱。能嫁个憨厚人，比什么不强。就这么着，你的爷爷，就娶了你奶奶。

盘盘听了，大吃一惊，问："怎么，我的血脉里，有那挖菜根、拣白菜帮子的穷寡妇的成分？我该叫她什么？"

妈妈说："这事你爸老早就跟我说过。那是你的太姥姥啊。不过，改革开放以后，中国整体解决了温饱问题，挖白菜根、拣白菜帮子充饥的事情，似乎已经成天方夜谭了。所以我们这代人很少跟你们这代人讲这些旧故事。"

爸爸对妈妈说："可是，有个镜头，我一直没忍心跟你讲。现在我要跟你和盘盘讲出来。盘盘爷爷为什么总盯着那冰面看？是因为，那一年，遇上百年不遇的情况，土话叫囫囵冻，就是原来河面还没有上冻，忽然气温骤降到零度以下，咔嚓，河面就封冻住了。那天天亮，有人在河边大喊，人们跑去看，在那野马脊上，冻死了一个妇女，她肯定是踏上野马脊后，忽然囫囵冻，她本能地跪下，再也拔不出身子，整个人就冻成个冰雕了，而她背上，还背着那陪伴她多年的荆条筐。你爷爷奶奶奔到河边，一眼看出，那是你太姥姥，顿时捶胸大哭起来……"

盘盘听到那一刻，仿佛树木的年轮，顿时扩展，原来词典上的悲怆一词，不再缥缈，她的心智成熟期，来临了。

巴西木开花啦

繁蕙家客厅里的那盆巴西木开花啦！好花要共赏，她给微信群的朋友们发去信息，约请那晚能抽出工夫的朋友们观看她的即时直播，并且就此发表感想。巴西木开花是她未曾想到的，那盆巴西木才养了三年多，居然蹿出两个花穗，其中一个几天工夫就升得有两尺来长，而且开始斜伏，上面均匀分布着纯白的绣球状花苞，花球下还分泌出晶莹的蜜汁滴，煞是可爱！尚未张开花瓣，已经飘出沁脾香气。繁蕙从网上查了资料，知道巴西木开花无论花体还是香气都绝对无毒，而且还能吸收消弭甲醛等有害气体。细筒状花瓣会在傍晚张开，入夜盛开，天亮后再闭合，花期大约会持续五六天。她约请众友人观看即时直播，是算好了时间，那天晚饭后花瓣会齐刷刷张开，她每隔五分钟上传一张照片，会以全景、中景、近景和大量特写来展现巴西木开花，还会有她和老伴用自拍器录下，在盛开的花木前跟众朋友问好的视频。

繁蕙的微信圈，绝大多数是大学同窗。他们在二十世纪五十年代就读于一所工科学院，毕业后分配在与所学专业相关的单位，经历过相同的时代风云，陆续在二十世纪九十年代退休。他们退休那阵，个人电脑还没流行，繁蕙是最早拥有个人电脑，并且迅速掌握汉字输入法的，她在本世纪初就开了博客，进行网聊，并且比较早就拥有手机，又在微博刚流行时就成了微博控，是最早一批网购控，时下她又成了手机不离手的微信控，当年的同窗，凡能联系上的，她都动员他们加入微信群，她若放下手机，那么多半不是坐在台式电脑前，就是手持平板电脑或阅读器，她老伴常笑她："你的老伴哪里是我，是数码工具！"

当年的同窗里，唯有长期跟她睡上下铺的慈梅，在这数码化的时代，彻底地落伍了。慈梅几年前在她一再动员下，才终于置备了一台电脑，她在电话里费好大劲教会了慈梅上网，她通过电邮给慈梅传去不少配乐的幻灯片，嘱咐慈梅给她回复，慈梅却只是给她来电话，说无论如何学不会汉字输入法，今后联系还是打她座机吧。繁蕙忍不住在电话里说："你当年是班里成绩拔尖的呀！怎么现在学个新技术这么费劲？其实你只要找个年轻人，到你身边指点几次，很快就掌握了呀！"慈梅竟马上挂断了电话，繁蕙这才意识到失言，慈梅中年丧偶没有再婚，独生子在十年前患脑癌去世，虽然媳妇对她很好，但是儿子和媳妇没有生育，七年前媳妇改嫁了，给别人家生了后代，慈梅哪里找能关怀帮助她的年轻人去！

同窗们都很怀念慈梅，她当年是班上最爱唱歌也唱得最好的，有"夜莺"的外号。慈梅不回复电邮，甚至也不置备手机，同窗们逢年过节或想起她时，给她打座机，虽然她的回应一开始总很高兴，但只要来电者道出"你一个人也真不容易啊""你闷了时只管来电话"等话语时，慈梅便会直率地告白："我一个人过得好着啦！我才不闷呢！我充实得很！"慈梅拒绝同情、厌恶怜悯，展示出她性格中以前不为同窗所知的刚强硬冷一面。

那天繁蕙在微信群里的巴西木开花直播，给都已步入八十岁的同窗们极大的乐趣。微信里七嘴八舌，有叹稀罕的，有赞花美的，有遗憾嗅不到香气的，有咏诗抒怀的，有调侃他们两口子老来俏的，有借此交叉对话的……一位男士忽然来了句："你就该动员慈梅入群，由她高歌一曲！"繁蕙知道一个秘密，就是那男士当年给慈梅递过情书，没想到几十年后别的人一时都忘记了慈梅，他却从心底牵出了初恋的情愫。繁蕙忍不住就从自家座机打到慈梅座机，向她报告自家巴西木开花的情景，慈梅听了很高兴，也跟繁蕙报告她家阳台上有仙人掌开花，繁蕙趁机动员慈梅加入微信群，慈梅说新买的手机只用于上街时应急拨打救援号码，"我不入群也挺好的"，接着就结束通话。

巴西木开花的微信直播结束后，老伴见繁蕙满屋子找纸笔，就问她："怎么？要返老还童吗？"繁蕙说："正是。我要给慈梅写信。明天你先去打印巴西木开花的照片，然后把我写的信拿到邮局去寄，注意：第一，封口前别忘把照片搁进去，搁进去前别忘在背面写说明；第二，现在到邮局窗口投寄往往会不用邮票只打邮戳，咱们这信却一定要在信封上贴邮票；总之，信的形式越复古越好！"

抛开电脑、手机，繁蕙认真地给慈梅写起信来。这才发现提笔忘字，字体也幼稚得可以，但是，当年种种情景心绪，却返回涌荡心头，大学毕业后，各奔东西，她和慈梅远离几千里，但是她们一直通信，到二十几年前才结束了这种原始的联络方式。她知道慈梅现在订有一份晚报，每天傍晚必得下楼到邮箱取报，不管过些天慈梅从那邮箱里连同报纸取出这信时，以及回到居室拆看后是什么反应什么心情，反正繁蕙写信时心里暖流潺潺，巴西木开花啦，人生还剩几何？与同窗分享这桩乐事，就是当下生命实实在在的意义！

叉车叔

如今脱贫的农村，乡里男人见面打招呼，不再是“吃了吗?”而是“喝了吗?”在胶东靠近青岛的地方，这个问候的发音是：“哈了没?”

那个村里有个男子，人们都叫他叉车叔，对面来的人问：“哈了没?”他含笑点头：“哈了哈了。”问的人跟他擦肩而过后，多半会捂嘴暗笑：“他那么个嘎咕人，真哈了么?”有的会扭头朝他背影故意追问：“哈了几瓶呀?下蛤蜊哈的么?”他当然不再理会。“嘎咕”在当地方言里等同于吝啬。人家没诬蔑他。叉车叔和他媳妇，在村里从来不“随份子”，是“嘎咕”得出了名的。

叉车叔在镇子里的水果大库开叉车。其实，叉车叔还是小青年的时候，心气很旺的，也曾随离土赴城打工大潮，闯荡过不少地方，他的人生追求，一步步都是很具体的，也几乎都一一得以实现，最早，看见小老板腰上别着“蛐蛐机”，就是现在已经绝迹的那种传呼机，有人想跟你通电话，就会发出蛐蛐般的鸣叫声，显示出对方电话号码，你就可以找个公用电话，给对方打过去，自己没当成小老板，但成了工友里头一个置备了“蛐蛐机”的人。后来出现了手机，第一代手机比大号香蕉还粗，傻黑傻黑，他羡慕死了，于是从牙缝里省下钱，攒起来，终于到手机只不过扑克牌盒那么大，而且售价也不那么吓人的时候，买到了一部，跟现在的媳妇搞对象，第一回见面，就握着那个手机。媳妇搞定了，就攒钱盖房，因为见识过城里的抽水马桶，盖起的小院里，一角的卫生间，就装了抽水马桶，外面投资建了化粪池，每年请两次抽粪车。之后儿子落生了，两口子决心把他培养成大学生，头些年他外出打工，媳妇在家从鞋厂领来半成品，给鞋编花，每编一只挣两毛钱，每天埋头编两百来只鞋，能挣下四十来块钱，家里母子的嚼用，足够了，他挣的钱，自己只花费很小的部分，其余的，全用来投资孩子的教育，从五年级起，给孩子上最好的寄宿学校，中学到市里上的重点学校。孩子终于考上了外省省会的一所很不错的大学。但就在那一年，媳妇因为常年在炕上埋头编花，颈椎病严重了，再难挣得日常开支，他在外地打工的那家企业转型失策，亏损严重，于是，一为回家照顾媳妇，二为有份相对稳定的工作，就回老家，用积攒的钱买了辆二手摩托车，在镇上水果冷库当上叉车工，每天骑摩托上下班。有时，人们会看到，他骑摩托，媳妇在后座上，搂着他腰，那一定是到城里的大医院，给她媳妇治那颈椎病。

儿子假期回家，常眼睛望着妈，道歉似的说：“申请助学金，通不过。也是，家里比我困难的，好多。”他眼睛也不看儿子，不等媳妇开言，先说：“你就别申请了。往你卡上划的款，只会添，不会减。”

儿子还剩一学期就要毕业了，也就开始找工作，假期没有回家，但是快递一个大包裹来，也同步打来手机，打到妈妈那个旧手机上，说从今以后就不要再往他的银行卡上续钱了，那卡上今后由他自己续钱，工作的事情有眉目了，面试情况很好，现在只等以后来通知。目前每天晚上到一家咖啡馆打工，已经能挣钱了，递的包裹里的东西，就是用第一笔工资买的，充气颈椎提升器是给妈的，鸭绒裤是给爸的。那天叉车叔回到家，媳妇先以为儿子也跟他通过电话，他说没接着，媳妇也没觉着诧异，他见到那鸭绒裤，抚摸着，就觉得儿子其实也跟他通了话了。

叉车叔在水果冷库里操作，活计并不太累，难耐的是库内库外的温度差。库里始终保持着零下五度左右，在里面需要穿棉裤、裹棉大衣。棉大衣库方提供，棉裤则需自备，他一直穿着条笨重的廉价棉裤，现在儿子递来轻薄但比棉裤更保暖的鸭绒裤，他试穿后，微笑，脱下，叠起，媳妇看不下去，嗔他："都说俺俩是一对嘎咕，我看你才真嘎咕，咋的？明天去库，还要穿那旧棉裤？"他这才决定以后穿那鸭绒裤。

儿子工作落实，签下很不错的合同，回家来探望。那晚，媳妇睡西屋那铺炕，他和儿子睡东屋那铺炕。打上小学起，除了冬天三口挤在一张暖炕上睡，其余三季都是儿子跟他这么睡。关灯后，父子俩都失眠。叉车叔忽然问儿子："你还记得那晚上，你埋怨我的话吗？"儿子反问："哪晚上？什么话？"他叹口气说："十几年前了，那晚墨黑，我本该拉四回灯绳，可是，只拉了两回。"那晚，儿子才十岁，他们睡一铺炕，忽然有蚊子在他耳边叫，他拉开灯绳，找那蚊子，很快找到，一合掌打死，赶快拉灭了灯。后来，儿子唤他："爸，我要尿尿。"他们的厕所，在院子西南角，屋子和院子黑黢黢，儿子害怕，他却冷冷地说："你就尿去吧。"儿子磕磕绊绊地摸黑尿完尿，回到炕上，埋怨他说："你打蚊子舍得开灯，你儿子上厕所你舍不得开灯！"

叉车叔等候儿子回答，儿子迟疑了一阵，轻声回答说："爸，我偏还记得。"那晚月亮很圆很亮很大，月光照进窗内，炕上仰睡的父子，眼里都微微闪着泪光。

钢琴小梁

那家人住着好大一幢别墅，女主人为了某种考虑，要把女儿的钢琴从一楼挪到三楼去。搬家公司都有挪钢琴的业务，但是女主人早就知道，有“要想平安换琴房，必得请来钢琴梁”一说，钢琴梁并非艺名梁粱或梁云迪的钢琴演奏家，他是个搬运工，起先受雇于一家搬家公司，他五短身材，膀大腰圆，络腮胡子，超厚嘴唇，堪称大力士，总是负责搬运体积最大、分量最沉的东西，遇到钢琴，总是以他为主，带着另外三四位师傅一起搬运，从未有过闪失，后来音乐学院大搬迁，需要把几百架钢琴从旧琴房挪到新琴房，他带队把任务完成得极为出色，名声大噪，就脱离那家搬运公司，自己注册了一家专门挪移钢琴的小公司，如今城里跨入小康的家庭，多有为独生子女置备钢琴的，富豪家庭更在别墅中摆设三角大钢琴，因此，钢琴梁的生意相当不错。当然，如果不是钢琴，凡特殊的重物，他那个小公司都承揽手工搬运。

那富家太太打通了钢琴梁电话，说当年钢琴进家，就是请他搬运的，第二天调琴师来调琴，说凡钢琴梁搬运的钢琴，不仅没有纹丝磕碰痕迹，而且调起来一定不会遇到异常情况，说明梁师傅不是仅仅靠力气，更多是用脑子，因地制宜地进行挪移，是把钢琴也当作一个生命来呵护的……钢琴梁还能回忆起那次搬运的情况，问明别墅楼梯的结构尺寸，同意接这个活儿，却提出一个附加条件，就是他儿子这几天放假，媳妇在超市上班，怕他也走了，孩子在租借房那边乱跑，因此，他带三个师傅来的同时，还想捎上他的儿子梁勇，希望能给他儿子提供一个做作业的地方。富家太太问他儿子多大，原来，跟她宝贝女儿一边大，都上小学五年级，就爽快地同意了："就带他来吧，他们俩还能一起学习，挺好的。"

那天钢琴梁带着三位师傅来了，富家太太忘了那孩子的名字，就笑称他钢琴小梁，又唤过女儿薇薇，安排钢琴小梁和薇薇在一楼大客厅落地窗旁的麻将桌那里写作业。

那边富太太给钢琴梁提要求，钢琴梁拿出卷尺，量楼梯的尺寸，拐弯的地方，量了好几次，精确到微米，量完直嘬牙花子，甚至提出："您干吗非挪楼上去呢？"富太太也不解释，只表示她会多给劳务费。

这边钢琴小梁和薇薇坐在麻将桌边，各自摊开自己的课本作业本，钢琴小梁认真地做算术题，薇薇却尖着耳朵听那边的动静，生怕她妈妈改主意，冲那边大声嚷："就搬楼上！就要搬嘛！"她想的是，这一搬，还得请调琴师再调音，也还要再调整从音乐学院特聘的钢琴老师来家教的时间，她可以松快好几天了，啊呀，夜里做梦该不再有那些钢琴谱上的"蝌蚪"乱蹦乱跳变成癞蛤蟆的怕人情景了！

薇薇问钢琴小梁上的哪个学校，小梁道出那借读学校的名字，薇薇撇嘴："连区重点都不是呢！"就告诉小梁自己上的是什么名牌学校，虽然在市中心很远，但每天有雇的司机接送，那车可是宾利啊，听说过吗？小梁不懂什么是宾利，但是也很自豪，他指指窗外："我爸新买的！"那是一辆国产小面包，薇薇笑了："那也算是车?”做完三道题，小梁说：“我要玩玩了。”薇薇说：“好呀！我们地下室有游泳池，你想游吗?”小梁说：“爸爸定的规矩，我做完三道题，可以轻松三分钟。”就从衣兜里掏出个木头削的手捻陀螺，在那麻将桌上玩了起来，薇薇也玩，总不能让陀螺久转，就愤愤地问：“你会弹钢琴吗?”小梁摇头，薇薇用手指划脸皮：“还钢琴小梁呢！叫你琴盲小梁还差不离！”这时候就听楼梯那边有钢琴梁号令另外三位师傅的声音，小梁就说：“你家这台琴是奥地利生产的蓓森朵夫吧?比德国产的斯坦威还贵还重。”薇薇双手一拍：“哇，你懂钢琴啊！”

那天那时候，薇薇的爷爷先坐在客厅沙发上打瞌睡，后来醒了，招呼薇薇：“宝贝儿，小天使，我的报纸呢?”薇薇很不耐烦：“不就在茶几上吗?”小梁就过去，从茶几上拿起报纸，双手递过去：“爷爷，您看报。”薇薇爷爷接过去，惊讶地望着他，问：“你是哪家的孩子?”薇薇就大声说：“他是钢琴小梁！”又问小梁：“你看他像不像只老了的喜羊羊?”小梁不言语，心想，我爸教我的，对长辈要尊敬。薇薇又告诉他：“爷爷平时不住在这儿。他自己也有大单元。他要过生日了，多少岁呀?不告诉你，你自己猜。”小梁问：“爷爷过生日，你送他什么礼物呀?”薇薇说：“我画张画儿送他，他准特别高兴。”小梁说：“我爸下月过生日。我要买个钥匙链送他。现在保密呢。”薇薇说：“买什么呀！我有好多钥匙链，外国的，我去拿一堆来，你随便挑。”小梁说：“我自己买。”薇薇问：“你哪儿来的钱?”小梁说：“我捡饮料瓶卖废品，攒十来块了。我要买个他最喜欢的。我知道他最喜欢什么样的。”后来他们又写作业，又玩陀螺。

钢琴挪窝成功了。富太太付了钱，一边往外送钢琴梁一边就给调琴师打电话。那辆小面包车开走了，富太太发现薇薇手里捏着个东西，忙问："那是什么脏东西？扔了洗手去！"那是钢琴小梁送给她的，钢琴梁亲手雕出来的陀螺。薇薇把紧握陀螺的手藏到身后，宣布："我要跟钢琴小梁做朋友。我会邀请他再来跟我一起做作业！"富太太两条眉毛快飞出脑门，张开嘴巴半天合不拢。

果袋婶

乡里人都叫她果袋婶。

他们那地方盛产苹果，也产樱桃。樱桃熟了，就该给成千上万的苹果树上挂的青果套袋子了。那是一种内面抹有药粉的纸袋，开口处包有极细的铁丝，套住果子后，用手指将铁丝捏合包紧，别的套袋人一天下来至多套两三千个果子，她却能套五千来个。果子在树上有高有低，需要搬着一架人字梯移动操作，脚下先要快，先登到高处，再挪至半高，再下梯来平地套袋，那些备用的同样规格的纸袋，装在一个布包里面，挂在她脖子上，她在几乎不间歇的套袋作业中，不会因移动不慎而碰落任何一个青果。一整天的套袋劳作，也就午间略微休息一下，坐在果园边的土埂上，吃带来的麻酱花卷，喝些白开水。每套一个袋，挣五分钱，夕阳西下，她会领到二百多块工钱。到苹果长大了，又要一个个地给果子卸下纸袋，刚卸了果袋的苹果青黄色，需要经过一段时间日晒，才能变红。卸果袋她也是能手，一天下来计件工资差不多也是那么多。

果袋婶自家并没有果园。老公是木匠，到大城市里跟着工头搞装修。儿子上到小学四年级了，语文好，算术学不动。那天晚上，儿子看电视上播出一部老电影《我们村里的年轻人》，那是语文老师让看的，看完要求写观后感。电影里有首主题歌，头一句就是“樱桃好吃树难栽”，儿子打算就从那句歌词起笔，她偏过头看见那句子，就说：“写错啦！樱桃树有什么难栽的？该是‘樱桃好吃熟难摘’！”他们乡里，这几年新栽的樱桃树很多，确实，成活率很高，有的樱桃树在他们那里能长到五六米高，挂果期，满树圆珠子，红的透紫放光，黄的晶莹蜡亮，儿子跟着娘摘过樱桃，樱桃熟了，容易脱把儿，摘的时候，要万分小心，满头大汗一大晌，搁樱桃的篮子里也才刚满底儿，可不是“樱桃好吃熟难摘”吗？但是，人家电影里唱的，字幕上打的，听得看得真真的，就是“樱桃好吃树难栽”嘛，这作文可怎么写啊？母子俩抬一阵杠，最后果袋婶败下阵来：“就听他们文化人的吧！我没闲工夫置那个气！”

如今乡里，几乎人人有手机，果袋婶跟她老公时不时手机沟通不消说了，前些日子，老公回来一趟，把老旧的手机给了儿子，自己换了个新手机，说好不许儿子把手机带学校里去，儿子还是忍不住带去显摆，结果上课的时候被老师发现，给没收了。儿子回家来不敢隐瞒，果袋婶听了往他屁股上抡了几炕笤帚。忽然学校老师给果袋婶手机来了电话，说是没收她儿子手机只是代管一时，要求以后上学别再带手机了。同时告诉她：“婶子，咱叔手机换号码了吧？镇上冷库给你打手机你关机，打到这个旧手机上，让转告你，约你去套苹果哩！”果袋婶就说：“哇呀，刚才是充电哩！咋谢你好啊，没得你转的信儿，这趟活计不就瞎啦！”老师就在那边笑：“人家说了，愿意包袋的人手有的是，可就愿意找你果袋婶嘛，干活麻利爽脆，质量有保障嘛！”

当地苹果熟了，摘下来存到冷库，有人来要货，就需要临时工来给出库的苹果套上塑料网袋，这些网袋在售卖终端很不受顾客待见，挑选时一定会捋下观察全果色态，上秤时更怕网袋占了分量，那些顾客哪里知道，出库装箱拿去批发零售的苹果身上所套的塑料网袋，正是有赖于果袋婶那样的农村留守者的辛苦劳作，才得以套住果身起到保护作用的呀！果袋婶一旦坐到冷库外面的彩钢玻璃棚下，她一手取网套，一手取苹果，麻利地套放，就如同一架不会发生故障的机器，唰唰唰唰，除了午间短暂休息，十个小时的连续劳动，她能套出五千个苹果！

那种塑料网套，生产出来原是连着的，一卷500米，售价10元，一米可套10个直径10厘米的苹果，那么，一个苹果上的塑料网套，合多少钱呢？果袋婶把这道算术题，出给儿子，但是，更重要的是下一道题：她一天下来，可以套出5000个苹果，每套一个，人家给她2分钱，那么，她能挣到多少钱？

儿子报出了令她自豪的答案。她奖给儿子一个苹果。那是头年被鸟儿啄过的，在取下套子让果实晒出红颜色的过程里，这种当地人叫作鸦鸠的鸟儿会来捣乱，有了啄孔的苹果，果园主人会留下自食，也会拿些给果袋婶这样的帮工作为奖品，果袋婶会把这些苹果妥善保存，自己舍不得吃，奖给儿子，见儿子啃着很满足的样子，就又说那句儿子听腻了的话：“鸦鸠啄过的果子特别甜！”

第二天一早，果袋婶就去冷库套苹果了。前些时候老公回来，给她带来一些创可贴和医用胶布，长期地套果袋，她十指最上截的皮肤都磨坏了。她轻易舍不得用创可贴，她扯断些胶布裹住手指，她又将用自己的双手十指，挣来问心无愧的工钱。

护食神

“不饿。”

他就知道，儿子必定这样回答。这几乎成了儿子的口头禅。儿子上到大三了，周末也很少回家，两口子对儿子总体上放心，不回家多半是跟一些同学去郊区旅游，那些孩子里似乎没有品质恶劣的，都是独生子女，“为爹妈也得爱惜自己注意安全”，成为他们的共识，出游次数多了，回家让爹妈看手机里的照片视频，野游不冒险，眼神都纯真，也就心安。如果手机通话儿子宣布回家来，当妈的就忙个不停，准备出一大桌美食，儿子刚进门她便问：“饿了吧?”儿子那照例的回答，并不扫当妈的兴，她总能以一样儿子想不到的菜肴，终究是勾得儿子胃口大开。

这天当妈的回娘家去了。当爸的自己做晚饭吃。他买来咸带鱼，切成段搁上佐料在锅里焖，一股特殊的气味从厨房弥散到整个单元。如今鲜带鱼不难买，还有几多人爱吃咸带鱼呢?他媳妇如果在家，一定会弄鲜带鱼来吃，他是趁媳妇不在家，才敢让咸带鱼登堂。那跟他童年的记忆有关。记忆里总有那么一股焖咸带鱼的气息，坦率地形容，就是一股臭烘烘的味道。他爱那味道。他童年时，母亲焖咸带鱼，意味着必定配米饭，那是多么美妙的一餐啊!

那天不是周末，儿子却忽然在晚饭前回来，进门他就问儿子饿不饿，儿子的回答一如既往。儿子说是去参观了一个展览，就在附近，所以回家看看。“妈呢?”儿子刚懂事的时候就爱这样问他，其实往往儿子他妈只不过就在卫生间，或者只是到楼道里往垃圾桶扔个东西，那也要问。“爸呢?”这样的询问似乎很少。

他告诉儿子他妈妈看姥姥去了。儿子用手在鼻子底下扇动：“什么东西这么臭?”当爸的就告诉他是焖咸带鱼呢。“这么臭的东西能吃?”“那你不是还跟你那些同学去吃过炸臭豆腐吗?”“那不一样。我可不吃什么咸带鱼。”“不知道你回来。你饿了去吃麦当劳吧。跟你说实话，我路过美式快餐店，老远就觉得有股怪味道奔鼻孔里蹿，热奶酪的气味吧?我就反胃。”儿子心不在焉，进他那房间去摆弄电脑。趁咸带鱼和电饭锅里的米饭都没焖好，他进儿子屋，说：“能跟你讲个故事吗?”儿子笑了，那表情，显然是回想起当年，曾骑在他腿上听故事的情景。一晃，老子就鱼尾纹炸开，儿子就比老子还高了。“好呀！再听个故事也不赖!”他就讲起来：

那一年我六岁，还没上学。你爷爷奶奶，你玉春大爷都还在。你知道玉春大爷并不是我亲哥哥，是远房的一位叔伯哥哥。那一天傍晚，他忽然来了。原来他一直在你爷爷奶奶家不远的地方参加挖水库的劳动，劳动强度非常大，吃的只是窝窝头、清水白菜帮子汤，那天工程结束了，他来看望亲戚，他运气好，那天咱们家正焖咸带鱼，也是今天这么个味道，那时是住在农村，平房，正房三间，当中堂屋一边一个灶，这边锅里焖咸带鱼，那边锅里焖米饭，东边西边屋里的炕就都烧得暖暖的了。你爷爷奶奶热情接待，他说：“哎呀，这么好吃，我怕得吃十碗饭!”你奶奶就说：“供你十碗！你吃够啊!”后来大家坐炕上吃饭，当时还有你大姑、二姑，白米饭焖咸带鱼，大家呼噜呼噜吃得那个香！我当时正学记数，我就记得你玉春大爷他吃了三碗就说饱了，任凭你爷爷奶奶怎么劝怎么让，他搁下扒干净的碗再不吃了……

儿子听了觉得无趣："是不是又在跟我忆苦思甜?"当爹的说："没讲完呢。"就接着讲：

玉春大爷坐一边吸烟袋锅子，我就过去跟他说："大哥您吹牛！您哪能吃十碗呢？我记了数，您才吃了三碗！"他就望着我说："我十碗吃不了八碗总没问题。这屋有护食神，你知道吗?"我好奇了，四处张望："护食神？在哪儿?"他眨眨眼说："小小的，你看不见啊！"他告辞以后，我就到处寻找护食神，开头，我觉得应该在灶台前方隔墙上放油灯的那个小龛子里头，后来，我连暖瓶也起疑，觉得也许那护食神就藏在暖瓶盖子里头，我把炕席都掀起来细看……你二姑就跟奶奶告状，说我搞破坏，我就没敢再折腾，可是，那以后很多天，我都在默默地寻觅那小小的护食神……

儿子的兴致提起来了："护食神？咱们老家有这个民俗讲究呀？爷爷奶奶留下的老东西你不是还留着一箱子吗？能不能找出个有形有态的来？就是土法印的贴画、木板浅雕的也好啊，如果是镏金木雕或者铜胎的，那天在网上偶然看到个财神爷的古董，也不过清末民初的东西，拍卖价好高啊……"当爹的就白儿子一眼，儿子会意，笑了："咱们不财迷！你老说的那话：'小康胜大富。'对！我是想，护食神究竟什么造型？为什么小小的？咱们不说它的经济价值，咱们要肯定它的审美价值……"见父亲的表情严肃里又仿佛有些个感伤，儿子问："当年你怎么不问问奶奶，玉春大爷说的那个护食神究竟在哪里呢?"父亲说："后来问了，你奶奶也告诉我了。"儿子望着父亲的眼睛，心里猛然有股暖流淌过："明白了。玉春大爷说的护食神，就是你。成年人看见眼前有孩子，食物要先尽着孩子吃，自己要克制……人类就是在这种最朴素的想法里，生生不息的啊！爸，我的理解对吗？"当爹的并没有点头。儿子说："爸，一会儿我跟你一起就着焖咸带鱼吃米饭。"

藕合色

她被老同学们动员很久，才加入了同窗微信群，但她基本上只是浏览别人的微信，自己极少回应发言，表情包不会用，音频对话罕有响应，视频通话更不愿意。但若干同窗并不因她孤僻而疏离她。前几天就有人问她：重阳节登高了吗？她心里回答：又读《红楼梦》里“琉璃世界白雪红梅”一节呢，仿佛和薛宝琴及其丫头小螺同立在那琉璃世界的山坡上，共览美景啦；还有人问她：赏菊了吗？她当然把《红楼梦》里的菊花诗再诵读了一遍。但有人问她：今年重阳节晚辈孝敬的是什么呀？还是菊花糕吗？她心里就不大淡定了。

老伴去世五年了。她独居。儿子儿媳孙女儿住得远。儿子在外企，儿媳妇在国企，孙女儿大学刚毕业跟几个同窗联袂创业，儿孙一家，竟囊括了社会的三种经济形态，也真有趣。晚辈们自打中秋节以后就再没来看她，这倒还罢了，却也基本上没来电话聊天。算起来一人来过一次电话问候吧，问忙吗，回答是“忙倒不忙”“还行吧”“瞎忙”，话比以往少。不免有些挂念。从儿子简短的应答里，捕捉到一句“眼下有很多的不确定性”。哪方面的不确定呢？难道夫妻间出现了猜疑？

今年重阳节不在双休日，晚辈们没来看望很正常，但现在年轻人多能网购，前面几个有特殊意义的日子，如她的生日、端午节，也都不在双休日，人没来，却总有快递小哥按响门铃，送来晚辈们网购的应景应节礼物，虽说隔些天晚辈人来了，嗔怪他们多事，“人来时带东西就好，何必非咬定正日子”，心里却暖暖的，这不，晚辈人没来电话没来东西也没来，心里就有点子空落落的了。

其实，今年的重阳节过去两天就是双休日。星期日下午，门铃脆响，开门一迎，三张笑脸。“妈”“奶奶”的热乎呼唤重叠一起。

原来，儿子儿媳妇孙女儿，一上午转了三个商场，为的是给她孝敬一件羊绒衫。不免嗔怪：“现在不是什么都能从网上买到吗？怎么非得到实体店买？又怎么要转悠三个商场？什么精怪的羊绒衫？齁贵的吧？奢侈品我可不要！”

儿媳妇就把那精挑细选买来的羊绒衫从包装盒里取出来，抖开，举起给她看：“妈，怎么样？这颜色，绝了吧？”儿子、孙女儿站在儿媳妇两边，都笑吟吟地等待她作出反应。

“天呀！藕合色的！”她激动得不行。

立刻理解了：藕合色的羊绒衫，网购未必有货，就是有货，根据图片买来恐怕打开一看也难理想，而且实体店里也未必都备有这种颜色的货，难怪转到第三家商场才终于心想事成。

立刻试穿，立刻照镜，合身，雅丽，镜子里绽放出四张如花的笑脸。

大家围坐到沙发茶话。她满脸放光，说：“原来你们记住了我以前说过的话。《红楼梦》里写到颜色的地方多了。贾母说那种软烟罗的纺织品，几种颜色呀？一种雨过天青，一种秋香色，一种松绿色，一种银红色。宝玉跟宝钗的丫头莺儿有关于颜色搭配的对话，怎么说的呀？大红要配黑色，松花色要配桃红色，葱绿要配柳黄……书里还常提到玉色，有人以为玉色等同白色，不对，玉色比白色略暗却又润泽……当然啦，我最喜欢的，是藕合色。书里起码三次写到藕合色。林黛玉的床帐是藕合色的，宝玉一次穿着簇新的藕合色纱衫，鸳鸯抗婚，穿的也是藕合色绫袄……有人说藕合色属于暖色，说得不准，藕合色是中国画颜料里头的花青色和胭脂色调出来的，如果胭脂成分多些，那当然比较暖，如果花青色成分多了，就往紫色靠，那就又偏冷了，依我看，你们买的这件，属于最得宜的藕合色，既不偏暖也不偏冷，很温馨，极雅致……”但她低头抚摸那羊绒衫下摆时，不禁问：“啊呀，很昂贵吧？从实招来，究竟多少钱买的？”

儿子报出价格，确实不菲，但安慰母亲：“我们三个人集体孝敬您的，一分摊，也就不算奢侈了。”

她就忽然又想起“眼下有许多的不确定性”的话茬，眼光轮流扫视三个晚辈：“你们究竟都面临哪些个不确定性？”三个人都笑了。儿子说：“妈，您就继续沉浸在您所喜爱的《红楼梦》世界里，安度晚年吧！”儿媳妇说：“您那辈人能穿越那么多的不确定性，迎来今天，您就应该相信，我们这两代人，更能穿越不确定性，把该确定的给确定下来！”孙女儿依偎到她怀里，跟她说：“奶奶别为我们操心！”她搂住孙女儿，心里汪着蜜水儿。

曲径通香处

楼盘一隅，一排高高的梧桐树后，沿着院墙，出现了一长溜花园，当然不是刻板的布局，花丛中所设的小径弯曲有致，入夏后，墙上的攀缘植物，地上的高矮花木，轮番开出形态、色彩各异的花朵，更令人惊喜的是，香气氤氲，沁人心脾。住户们都赞物业请了位好花工。花工荀师傅五十多岁，高瘦结实，喜欢穿中式扣襻的上衣，夏天就是那种两旁布条连接透气的无袖衫。他把整个楼盘的树木花草都侍弄得很好，但是前几年没有开发出这么一片，去年他开始经营，不过效果还不那么明显，今年春夏，繁花盛开，成为一大景观。

楼盘里住的两位艺术家，在那花园步入处，奉献了一个石碣，上面朱漆填刻着“曲径通香处”，为什么把唐诗里那句“曲径通幽处”改了？他们解释，因为前方并无禅房，而这片花园的特点，不在幽而在香。

楼盘里居住的，老人孩子虽然不少，但更多的是白天需要去上班工作的中年人，他们回家以后，重视健身养性的，晚饭后会到庭院绿地散步，这个夏天，牵着孩子，陪着老人，到这“曲径通香处”去放松一时的，渐渐多起来。楼盘别的区域，花草树木的配置，与其他楼盘雷同，但这片花园，在品种选择上，侧重的是从傍晚到夜里陆续开放，而且大多散发出迷人香气的灌木和草花。紫茉莉又名洗澡花，当人们在家里淋浴的时候，它们就灿烂开放了。往墙上攀的，有月见草，也叫待宵花，顾名思义，应该是当月光初现时纷纷开放，一直开到黎明来临，还有夜来香、剪秋罗、花烟草、夜丁香、夜光花、忘忧草、麦瓶草、玉簪花、丝兰、曼陀罗……

有的人对花香过敏，有的家长强调曼陀罗有毒儿童不宜，他们不怎么去那里，但也都觉得物业公司做了好事，花工荀师傅劳苦功高。有的业主懂得，这里面许多品种，种活护养都比较麻烦，特别是，要想让花香起来，施肥十分要紧，一般的无机肥，难以催出那么浓酽持久的香味，需得施用有机肥料，说穿了，就是需要经过处理的粪肥，而粪肥又会散发出不雅的气味，“辩证关系啊，肥不臭花难香”，一位大学副教授边散步就边议论，于是旁边的人们不禁抖动鼻翼，只有花香啊，可见荀师傅确实是优秀的花把式，他从哪里弄来有机肥，又如何稀释处理得恰到好处，让人们完全不受到不雅气息的困扰？听到业主们纷纷夸赞，问他有何窍门，荀师傅竟然有些害臊似的，说：“我哪有什么窍门？功劳是别人的。不过，我不能说啊。”这话不好懂。不过人们在香径里漫步非常舒畅，谁真要懂得什么窍门呢！

有位女士，即使在炎热的夏日，也总穿着宽松的长襟外衣，在庭院里活动，傍晚，也会到那香径中散步。她会和荀师傅站在一起，柔声细语地说话。没什么人特别注意她，只是有回有个大婶望见了跟她老公说：“这位大妈怕比我还大几岁吧？眉眼还那么清秀，可身子怎么跟怀胎七八个月似的？”那老公就说：“文明人不议论人家体型。”那大婶也就笑笑算了。

那位女士，是个退休的工程师。丧偶后没有再找伴儿。她的女儿女婿对她都很孝顺。女儿女婿带着外孙子住别处。她独居。她是个非常旷达的人。前年查出结肠癌，及时做了切除手术。切除后，给她安装了人工排泄系统。本来，医生要求她在体力恢复后，再把肠子给她接上，她却谢绝了，决心就那么带着人工排泄系统生存。女儿女婿都劝她听医嘱，她心平气和地说："我是深思熟虑过的。我不要二次手术，更不要化疗、放疗。请你们尊重我自主选择的生存方式。你们只要能招之即来，给我送必要的生活用品，陪我去医院复查并更换这套系统，逢年过节来跟我一起享受天伦之乐，我就很满意了。其他亲友们，第一轮关怀慰问一律深谢，但此后我轻易不会接听电话，更不会参加聚会。我会很愉快地打发属于自己的日子。"她确实每天都活得很愉快。把以前来不及细读的书，没听够的音乐，看不腻的老电影光盘，穿插着一一欣赏。她很快能麻利地处理自己身体的问题，自我保洁，怡然自得。她就发现，自己那人工排泄系统接收的排泄物，会有一种有别于直肠粪便的气息，虽然也不雅，但作为有机肥料，十分有利于花卉的培植，她将其施加在自己阳台的盆栽植物，叶茂花艳，于是，她在庭院散步时，就向荀师傅提出，栽种营造出夜香花园的建议，所需的有机肥料，完全由她提供，但对于她的参与，必须保密。

月光如水，曲径芬芳，一个腰部显得臃肿的女士，在晚香玉花丛前伫立，深呼吸着。珍惜光阴，余生有香。

山草壮

他盼附近的地铁线路早日开通。街角那边早就围起高高的挡板，里面有两层的简易工房。人行道内侧原来栽种着一排海棠树，前几年春天曾是他来回溜达的地方，树下还有两个长凳，他也经常坐在长凳上看车水马龙。今年春天再去，海棠树全给挖走了。他懂，那说明树底下就是地铁工程。马路另一角建起高高的水泥搅拌站。挡板也出现在马路上，车辆到那地段要按闪烁的路标灯慢行。混乱的街景意味着好的前景。虽然至少还要半年甚至更长的时间才能有一个可供晚餐后从容散步的新人行道，这些日子他还是忍不住要到没有了海棠树的杂乱环境里去漫游，有时也还要垫张报纸坐到那长凳上，望着马路上的车流想心事。

那长凳，近日晚饭后，常有修地铁的工人占用。那日，他走过，长凳上的一个工人，还没摘去安全盔，抽着一支烟，见他，便从凳子中央挪到一边，意思是给他让出一半可坐。这是礼貌，充满善意。他没坐，站在那工人前面，有一搭没一搭说起话来。问答间，知道那师傅来自南方很远的省份。地铁施工纪律很严，进入施工区域绝对禁烟。问施工情况、进度，听那口气，是需要保密。宿舍和食堂里也有不少规矩，所以他只能到这人行道来“饭后一支烟，赛过小神仙”。那师傅属猪，四十二了，媳妇在老家经营个小卖部，儿子属狗，马上就要二十岁了，他在这边媳妇在那边，挣钱的目的就是要为儿子娶媳妇做好充分的准备。儿子并不怎么争气，初中毕业不愿再上学，跑广东那边打工去了，现在跟一个姑娘住在一起，那姑娘他们见过，过得去，可是儿子私下又说未必娶她，唉！

那以后晚饭后散步，他就总愿在那长凳遇见那师傅。不是每次都能遇上，也还遇上几次。互询“贵姓”，知道对方姓张。他是退休人员。入夏，单位组织退休人员去承德避暑山庄游览了几天。回来家里又有些事，好多日子没有再往那人行道的长凳去。那天终于又有了闲空，漫步过去，远远的，就见张师傅站起来招呼他，忙加快脚步过去，竟有些亲人重逢的感觉。

张师傅问他：“怎么好多日子没过来？是不是病了？”他就说：“谢谢你关心！没病。身体精神更好了，因为去承德避暑山庄旅游了！”张师傅让出半边长凳，还给他铺上事先准备好的报纸，他坐下，注意到张师傅自己并没垫报纸，直接坐在长凳上。张师傅还问他：“我能抽烟吗？”他点头：“当然！”张师傅问：“看见山庄内午门挂的那个匾啦？康熙皇帝的御笔，他把避字多写了一笔，是不是？走之上头最右边的那个辛，他底下写成了羊字，他皇帝，就能乱写字，这么多年就都由着他！”他吃惊，张师傅怎么对避暑山庄如此了解？张师傅又兴冲冲地问：“去看烟雨楼啦？那楼名儿，是乾隆皇帝从唐朝杜牧的诗里受启发，给取的，‘南朝四百八十寺，多少楼台烟雨中’！……”他不免猜：“你去游览过？去那里参加过修复工程？有亲戚在那边？”张师傅笑：“全没猜对。”

张师傅告诉他，这辈子，还没旅游过。就是北京，来做工这么多年了，只去过天安门，没进过故宫，没去过长城、颐和园。那他怎么对承德避暑山庄那么了解呢？道出谜底之前，张师傅先问："你的书，包书皮吗？"他答："我是有包书皮习惯的。心爱的书，给包上书皮，叫书衣，有时候，还会在书衣上写些评价、感悟。我儿子小时候好像也包书皮，但是孙子的书就不包了，看过随手一扔。"

张师傅就讲起自己的故事。他上学的时候，每到新学期发下课本，最快乐的一件事情，就是包书皮，会包得很结实，前后右边的两个角，会包成三角形的护封。是在初三上学期的时候，母亲病重，求医用药花费大，父亲就跟他说，只供他这一学期了，他也立志要早些外出打工挣钱给母亲治病，所以，那一次领到课本，他就格外用心地包书皮。包书皮需要挺括的画报纸，那是很不容易弄到的，幸好邻居家有个阿姨是县城里的干部，能给他上好的大画报。那次给他的画报，图文并茂地介绍了承德避暑山庄，他先细细地阅读了，再用来包课本，给语文课本包的书皮，他把有康熙御笔题匾的那一幅照片设法放在正中，看来看去，看得熟了，就仿佛自己进那匾下大门游过避暑山庄了。开头，因为是繁体字，他怎么也认不得繁体的庄字，那繁体，是草字头下面一个壮，他就把山庄念作山草壮。他也试图从字典上查，但他那小字典只能查简体字，虽然查到简体庄字可以从后面括弧里知道繁体字，但是从山草壮查起就行不通。上语文课答卷，他曾把避字那个部位也写成羊，结果老师扣了他分，他拿书皮给老师看，老师告诉他："皇帝爱怎么写怎么写，我们不行。"这些少年时代的记忆，他永不会忘。

"王老，"张师傅招呼沉思的他，"你看这马路上怎么又堵成停车场了？"他望着满街的车说："这不又到小长假了吗？又开始自驾游了。我儿子儿媳他们说是要去承德避暑山庄。"张师傅抽口烟，不像是回应他，更像是自言自语："什么时候我们这样的人也能假期旅游，世道就大好了。"

崖村驴

公司的六个小伙子约他去关外一日游。他们实话实说：“让你散散心，是第二位的。回来的时候，指望你开车把我们送回城，是第一位的。”他妻子去世快一年了，情绪消沉，人所共见。小伙子们约他往关外一趟，他把他们的好意，放第一位。嫁到外地的闺女电话里听说，也鼓励他外出活动活动。六个小伙子里，有位拥有一辆七座越野车。小伙子们到关外要足玩足吃足喝。知道他从不抽烟、喝酒，但当过兵，身体倍儿棒，所以一迭声地叫他德哥，把光棍狂欢回程的安全，托付给他。

六个小伙子都是白领，他是高压电工，蓝领。往关外的一路上，车主开车，请他坐驾驶座后头，小伙子们肆无忌惮，比着说荤段子，浪笑一路。他微笑着，似听非听。他理解这几个光棍，都是公司的骨干，条件都不错，只是一时还都没娶上媳妇，有的是女朋友劈腿了，有的是自己嫌人家了，有的是异地问题难以化解，有的是家长硬来作梗，青春烦恼，要在郊游中尽情发泄。他羡慕他们，他的青春期，戒律太多，哪能如此嬉皮？

那天小伙子们玩得很尽兴。四位蹦极了。他还跟他们漂流了两公里。晚餐本打算吃烤全羊，后来听说顺路有家驴肉馆，车主就把车开到了那家驴肉馆。大家围坐在一起后，他声明：“我不吃驴肉。”车主有些尴尬：“哟，德哥，对不起，来的时候该先问你一声。”他说：“没关系。你们吃，我另点别的就是。”有个小伙子就问他：“德哥你不吃驴肉有什么讲头吗?”他摇头：“其实从来没有吃过。是进到这馆子才决定不吃的。”

小伙子们放开肚量吃驴肉，喝啤酒和白酒，他嘱咐他们：“小心酒把驴肉催胀了撑着!”小伙子们给他点的核桃汁，时不时拿酒杯跟他碰杯，“祝德哥早续良缘”。

餐厅里的人声仿佛渐渐推远了。他回忆起三十多年前当兵的事情。这关外变化太大了。没想到往昔的荒川野地、穷山恶水，如今也开发成了旅游胜地。那时这边只有砂石公路，载他们士兵的卡车开过去，车轮下的扬尘二里路不散。现在是整齐的柏油路面，两旁的绿化带相当不错。他从路标上看到一个熟悉的地名：崖村。这家驴肉馆就在公路主干线与崖村支线的分岔口旁。多年过去，他把崖村忘记了，更把崖村驴忘记了。坐到餐桌旁，拒绝吃驴肉，是那记忆猛然浮现的开端。

那一年他十九岁。他们部队支农，他们那个班分派到崖村帮助生产队打井。他父亲在老家病危，部队准许他回去探望，料理完父亲后事，他准时返回。在这个岔口下了长途汽车，天已经转黑，虽是初冬，十分寒冷。从这个岔口往崖村，那时候连砂石公路也没有，只有土道，头六里是平的，后四里要爬山。他从崖村出来的时候，走下山，正好有公社的拖拉机往这边来，可是要回崖村那天，没能遇上拖拉机。虽然没有拖拉机，可是路旁有六七头驴，那些驴为了互相取暖，交错着挤站在一起。有个看驴的汉子招呼他，问他去哪里，他说去崖村。那汉子说：“解放军免费。只是崖村驴送一位大嫂去了，你得等它回来。”当时还有个从长途汽车上下来的人说是要去枣村，那汉子就到那群驴里去扒，扒出一头驴来说：“枣村驴在。你骑上去吧。三毛。”那人递去三毛钱，骑上，枣村驴就往另一边的土道上去了。原来，那些驴经过那汉子训练，每头驴专管前往一个村子，把客人送到后，自动返回。每当有客人要往某村去，汉子就从驴群里扒出相关的那一头来，如果扒不出来，就意味着那头驴还没有返回。“崖村驴回来啦。小战士，你骑上它吧!”朝汉子指的方向一看，那头走过来的驴似乎很瘦小。“骑上吧，它可有劲啦！浑身筋的驴爬山才利落啊!”他要付三毛脚力钱，汉子死活不要，“解放军免费，这原则不能丢!”

崖村驴背上有个简单的木鞍子。汉子笑道：“妇道人家是斜着坐。你要觉着那样舒服，也斜着。”他跨上去正坐着，问：“有缰绳吗?”汉子大笑：“摔不下你!”那驴等他坐稳，就自动转身，朝崖村走去。平路快走完，天黑得厉害，还飘起了雪花，眼看要上山了，那驴能走好吗?到山根，他跳下，搬那驴的头，意思是让它折回去，那驴却死活不转身，只等他再骑上去。他再骑上。那驴就熟练地在山道上趱行。眼前出现了村屋的灯火。终于进了村，那驴停下来，似乎在等他给予进一步的指示，他就朝他们班住的那个院子指了指，驴眼能看见他的手势吗?但那驴竟准确无误地停在了院门口。他下了驴，要把驴推进院里，心里想着喂它些东西，那驴却四蹄抓地怎么也不进院。他说声“谢谢”，那驴就转过身，管自下山去了……

他忽然非常后悔，他跟他妻子感情那么好，那么多年，互相讲过许多以往的故事，可他怎么竟一直没把崖村驴的记忆打捞出来，与她共享?

那天开车回城，一路上六个小伙子有的呼呼大睡，有的打着饱嗝……副驾驶座的那位不停地在手机上发着微信……他稳握方向盘，嘱咐自己：等回到家，再把那崖村驴的回忆细细咀嚼。

竹排嫂

这是山东莱阳的一个镇子，一个很大的院子里，住着来自福建的老板，他经营竹排生意。他进料加工所制的竹排，不是在水上运行的那种筏子，而是用于建筑工地，铺放在脚手架上，供建筑工人踩踏的承重物。福建人为什么跑到山东做这样生意？莱阳哪有竹子，竹子要从南方进货，他为什么不就在福建经营？镇子里的人们，很少有人对此寻根究底，反正自改革开放以来，人员流动，离乡谋生，已是常态，镇子附近村里的男人，就多有到城市里当建筑工人的，留守的媳妇们，则有不少到福建老板这里来打工，造竹排。

竹排的原料，一是竹子，大货车运来竹子，卸下，先要破开，再截成一定的长度，然后在截得的竹板上打孔；再就是比较细的钢筋，用来将打好眼的竹板串起；固定的方式，有两种，一种是用能套住钢筋头的扳子，将露出竹排两边的钢筋头掰弯，箍定竹排，另一种是钢筋段两端有螺纹，然后将螺母旋进去箍紧。这是并不轻松的体力活儿，本应都由男子汉来干，但是如今镇子附近村里，留守的男子多是老弱病残，于是，形成了竹排嫂大军，她们生产出的竹排，隔几天就有大货车来装走，福建老板望着满载的货车远去，笑逐颜开，竹排嫂们则盼着运竹子的货车到来，那

姑苏城内，小康胜大富。

样，她们就可以继续挣钱了。她们挣的是计件工资，每天东方发亮她们就来，在露天干活，中午不回村，自带馒头，就着花生米，喝老板供应的开水，吃完喝完，稍稍再说笑一阵，再接着干，直到天光模糊，收工时当着老板点数，算下来，每个竹排嫂平均能挣 80 元，一个月下来，能有 2000 多元的收入。这收入于她们至关重要，在城里务工的男人虽然每天的工资比她们高许多，但是要等到春节前，才能领足工资，若是大小老板拖欠，还得抗争一番，才能把钱带回家，因此，竹排嫂们每月一结的收入，便是家中老小生活的切实支撑。

羊群有头羊，竹排嫂里有头嫂，她男人恰好姓祝，从老板起大家就都叫她竹嫂，竹嫂五官端正，身体健壮，皮肤黧黑，嗓门特大。她男人在北京建筑工地干钢筋工。往往是，下小雨了，竹嫂带领妯娌们退进简陋的檐棚下，继续制造竹排，雨下大了，有的人不干了，她套个雨披，还干，直到瓢泼大雨倾泻而来，她才罢休。她儿子上小学，放了学，就来工地找她，她让孩子趴在制造好的竹排垛上写作业，后来，另几位竹排嫂也让自己的孩子放学过来，几个孩子一起写作业。竹嫂有时会去院外小店，买来小瓶的奶发给孩子们喝。

有次老板进的竹子，破开后飞出粉尘，显然那竹子是让虫子啃过了，老板还让制成建筑工地用于蹬踩的竹排，竹嫂就抗议：“不行！建筑工人踩上去不安全！”老板说：“知道你男人是干那个的，可哪能那么巧，偏赶上他去踩呢？再说，这样的竹片也不至于就会踩折！”竹排嫂们的男人都是在建筑工地干活的，听了老板这话一窝蜂反驳，一个说：“她男人没踩上，我男人踩折了摔下来你偿命！”一个说：“谁踩上也是个地雷！”竹嫂就跟老板说：“我们还给你拿它做竹排，不过不是做建筑工地用的，做成养羊的那种!”养羊的竹排承重不用那么讲究，而且，竹片之间要留缝，好让羊屎蛋漏下去，当然，批发价也就低许多。老板不愿意:“最近哪有来要那个货的啊!”竹嫂就做主:“姐妹们，这批竹子咱们就给他弄成养羊的!”又对老板说:“你不能黑心赚钱，你要有良心!做成的羊排给你码得齐齐的，早晚能销出去!”老板退让了:“好吧好吧，你个竹嫂，还真惹不起你!”

来了个新手，原来是在鞋厂打工的，鞋厂生意不好，被裁了，来做竹排。为了计件多得，她穿竹排的时候，本该在上好螺母以后，用挫子把露出的螺纹挫花，以防螺母在运送摆放中震松，她却省略那道工序，直到收工前，才被竹嫂发现，竹嫂不依，那媳妇说:“你倒比老板还狠，哪有那么巧的事，偏我做的就散架!”吵到老板那里，老板对那新手说:“你的男人，是在城里收废品吧?你要不跟竹嫂她们一条心，我也不敢用你了。我出的竹排为什么供不应求，口碑那么好?就因为我这里干活的媳妇们，男人全在城里建筑工地干活，她们的心思，是质量的保证，你想干下去，就得听竹嫂的，连我也得让她三分!”结果，那天竹排嫂们加班，把那新手做的竹排一个个找出来加工，她们不再争吵，而是一起唱起了流行歌曲……

三

堪堪又是一载的光景

“堪堪又是一载的光景”，“堪堪”是《红楼梦》里曹雪芹的写法，证明他在那时是用白话文写作，文本里多有“拟音”的俗字，之所以不写成“看看”，是因为北京旗人表达时间流转迅疾时，“看看”要发第一声，音正如“堪堪”。我在2011年初，在内地、香港、台湾同步出版了自己的续《红楼梦》，褒贬由人，作为一个退休金领取者，算是在余生完成了一桩自己愿意做的事情。让我感到高兴的是，我在电视上关于《红楼梦》的讲座和我所出的关于《红楼梦》的书，引发出一些80后、90后对我的好奇：这个人除了写跟《红楼梦》相关的东西，还写过什么？于是有人发现，我还写小说，早在26年前，就因长篇小说《钟鼓楼》获得过茅盾文学奖，2011年年底，出版《钟鼓楼》的人民文学出版社跟我结算版税，这本1/4世纪前首印的老小说，2011年一年之内竟又加印了5次，助手从新浪微博上为我采集了一些微博，虽然写微博的大多穿着“马甲”，但从行文里看出，应该是80后或90后的居多，他们发现《钟鼓楼》“居然好看”，辗转推荐，使得这本长篇小说真正地成了“长销书”。还有人发现我有的散文随笔也值得一看，我十几年前写的《献给命运的紫罗兰》里的一些话语，被广泛地在文摘类刊物和网络上转载流布，以至漓江出版社主动提出给我出个新的版本；还有一篇《心里难过》，则在网络上发现至少有三种全文朗诵的音频。我还从事建筑评论，这件事知道的人还不够多，但也有出版社为我新出了《听刘心武说房子的事儿》。经过 2011 年的准备，漓江出版社在 2012 年 1 月一下子推出了《刘心武种四棵树》（我把自己所从事的小说、散文随笔、建筑评论、《红楼梦》研究四个方面的写作比喻为“四棵树”）、《献给命运的紫罗兰》、《风雪夜归正逢时——我是刘心武》三本书。接下去，漓江出版社还要出我所评点的《金瓶梅》，这当然都是令我自己高兴的事，唯愿有读者能翻阅这些书并从中多少获益。

2011 年里，我在《上海文学》杂志上开专栏，栏名叫《人生有信》，凤凰联动文化传媒集团正在将它结集为一本《见信如晤》的新书，里面有我自己绘制的十几幅素画。其中一幅画的是自然界：池塘里伸出荷叶，上面有大蝴蝶在飞，远处有两只鸟，近处有树上的大树叶……但视觉效果却分明是张人脸，我在下面写了一句话，也体现着我多年文字耕耘中的一个主要内涵：善良，是无法物质化而又实际存在的天地正气。2012 年，我在《上海文学》仍有专栏，名《空间感》，回忆自己人生苦旅中不能忘却的那些空间。

《人生有信》这个专栏的起因，是我在前几年装修房子时，把许多装物品的纸箱存放在了郊区朋友家，结果往回运时少运了一箱，那个纸箱在朋友家空屋床下沉睡了两年，才终于被发现，已被老鼠啃破，还给我后，发现了里面有冰心等文化老人多年前给我的信函，展读旧信，浮想联翩，形成了这个专栏里的文字。在关于冰心那篇里，我第一次讲述了冰心对我那么好，而我却拒绝出席在冰心病室，黎巴嫩政府为她向中国译介纪伯伦而由大使馆为她授勋的仪式，究竟是出于什么心理。关于 2011 年，我要说，在现实生活和写作里，我都继续坚持着一个原则，那就是：个体生命的尊严高于一切。而这也是我今后将守卫的生命底线，也是我献给读者的一句肺腑之言。

不畏年

有人在现代文学馆里，看到我给冰心寄去的贺年卡，见到我问起：怎么每年还别有构思、各具特色？我只好老实回答：已经完全不记得画的是些什么了。十几年前，连续几年里，在年关将近时，我都会忙活几天，给亲友及某些能善待我的人士绘制并寄出贺年卡去。那些贺卡的回应大都让我心热。比如远在美国的朋友李黎、刘年龄都说我画得有灵气，甚至真诚地表示愿意在美国给我办个水彩画展览，她们知道，我这些小幅贺卡，是在比较大幅的水彩写生的基础上衍生出来的。王蒙、宗璞、燕祥也都夸赞。有一年我给周汝昌先生画去的是“有谁曳杖过烟林”的意境，那诗句是曹雪芹挚友张宜泉的，周先生以仅 0. 01 的目力，在灯光下用放大镜观赏良久后，给我复信说，那小画他十分欣赏，产生出帮我拿到报刊发表以飨更多曹迷的冲动，但又怕在翻拍中弄脏受损。台湾刘国瑞先生，那些年是联经出版社老总，也对我的贺卡小画赞好，并希望我能将自己的田野水彩写生割爱一幅给他。说割爱，一点不错，敝帚自珍，我每年作画，至多不过五六幅，除了水彩田野写生，也偶有在家中的想象画，贺卡就是小幅的想象画，偶尔也有较大幅的架上想象画，除水彩、水粉，也画过油画，使用过综合材料，我还为自己的小说、随笔用油性笔画过线画插图，这些画，我都舍不得送人。但国瑞先生求画，我觉得他是难得知音，有回他来北京，沈兄昌文设宴招待，我应约而去，便带了一幅《温榆河边的羊群》水彩画去，赠给了国瑞先生，相信这幅画至今还悬挂在他台北书房里。

有人可能觉得我的贺卡与年祺只献给大家名流，或至少是文化圈中人。其实不然。坦率地说，画贺卡最多的那几年，实际上我很不顺。以上举出的各位固然有名，但我给他们寄去手绘贺卡，是因为他们在我不顺时不仅不弃我，还给予我温暖。有的圈里人，本是很熟稔的，那时尽量不沾我，有一位处境始终良好者偶然遇到我，同情地说："你是给搁到死角里了。"其实他的评估也不准确。我那时给《钟山》投去作品，化名鱼山，承蒙不弃，刊登出来，马上有读者指认："什么鱼山，看起来不就是刘心武写的吗?"最后还是干脆现出真身，虽然边缘化了，但"边缘有光"(我后来就用这四个字命名了自己一个随笔集)，在如棋的世道里，毕竟也还在棋盘边上做成自己的若干"眼"，不是置身"死角"而是"活角"。记得几年前维熙的公子小众从美国回来，陪维熙到我郊区的书房看我，他们父子就发现，我有十分铁的村友，他们不仅可以给予我实际的照顾，更源源不断向我提供写作的素材，小众赞叹说："刘叔地气足啊!"是的，这些年我在边缘越活越带劲，平民朋友多，地气饱满，绝对是个主要因素。村友三儿听我说了句"年年难过年年过"，便大巴掌往我肩上一拍："刘叔，提起精气神来！咱们一块儿过年!"那年他把我们全家请去他家，在他那村舍，大放炮仗礼花，把传说中的怪兽"年"吓走，又在除夕将至时带我到各处"散灯花"驱"年"麾下的"小鬼"，他家又蒸出传统的面点"花果满山"，一起分食，三儿媳妇更将精心打造的十字绣送给我们，三儿告诉我儿子，那上面的"竹报平安”四个字要读成五个字“个个报平安”，三儿还给我们讲述前些年他们村舞龙，他在最后边舞龙尾的情形，又在年夜饭后，带我和儿子到村边守候，我们果然看到了刺猬相继进村觅年饭的有趣镜头……我如何回报三儿一家？就送了他一幅我画的温榆河水彩写生，权当贺卡，他很高兴。

那几年里，我还没使用电脑，手写完稿子，就去安定门内大街一个小门脸去复印，那给复印的小伙子个头不小，胖乎乎，有次我进了门不见他人，高声问：“有人吗？”后墙有个门帘一动，他出来了衣衫不整，我眼尖，就从晃动的门帘缝隙，依稀看到里头有个姑娘。复印完我回家整理，发现漏印了一页，便气冲冲再去他那里兴师问罪，他认罪，给我补上。我说：“你心不在焉，以后我不找你复印了。”他却笑嘻嘻地说：“是甭找我了。我也瞒不住您。心不在焉了！过年我要结婚了，打算放弃这营生，俩人重新创业。”我转嗔为贺，他就说：“知道您还画画儿，能不能送我们一幅画儿？”我应允，马上回家，三进宫，送他一幅水彩写生。后来我再没见到他，但心里一直保留着对他最真诚的祝福。那幅画是我在天坛公园的水彩写生，画的祈年殿，画虽当作婚礼兼贺年卡送人了，好在留下了照片。这画若取个名儿怎么叫？儿子建议叫《向年祈福》，我却想起三儿他们村民将“年”视为怪兽的古俗，不管生命如何走向衰老，不论今后还有什么坎坷，面对祈年殿，不是发出怯懦的祈祷声，而是自信地宣布：不畏年！

在飘窗台上看风景

从 2008 年起有了一个新书房，我仍叫它温榆斋。它有一个 L 形的朝东朝南的大飘窗，窗台朝东的部分长达 2 米，宽 75 厘米，完全可以当床睡。我在飘窗台上铺褥子、设大靠枕，常倚卧在那里读书，更常常朝窗外凝望——那是更生动活泼的社会书页。

倚卧飘窗台上，朝南望去，有好几重风景。远处露出一些低层高档公寓，其中一栋正对着我南窗的，顶楼附带一个游泳池。那里所居住的即使不是这个都会最富有的人家，也一定是超过小康阶层之上的人士了，他们的生活详情，于我而言只能凭借想象。将那高档公寓遮挡住很多的，是几栋马路对面的一般公寓楼，都有 20 多层，开盘有五年以上了，作为期房推销时不过四五千一平方米，如今作为二手房均价却接近三万了；里头住的多是一般的小康人家，其中比较多的是所谓城市白领，“一个单元一辆车，一个孩子一只狗”，为了偿还房贷两口子早出晚归，拼力工作，直到节假日才看到他们开车去远郊旅游，归来时多半是女白领开车，男白领在后座搂着孩子打眯盹，女白领全凭车里的音乐提神，而不知疲劳的宠物狗会在副驾驶座上将头伸出窗外，吐着舌头表示它对这次郊游意犹未尽。

对面高楼底层是些商铺。其中有三家餐馆，一家咖啡厅，还有一家很堂皇的美发店，以及好几家房屋中介公司的营业部，原来有一家小书店，要登一架铁楼梯升至二楼才能进入，我曾是其常客，但往往那书店里除了收银员也就我一个顾客，我想看的书那里不进货，它摆放的我又几乎都无兴趣，后来它分租一半给人家卖服装，再后来连书和服装都卖不动就关闭了，也许还是开一家夜店比较能挣钱，有人告诉我，它最早就是一家晚上 9 点营业到凌晨 2 点的酒吧，名字叫作“9425”，谐“就是爱我”的音。

一条颇宽的马路横在我飘窗下面，因为属于西边繁华地段延伸出来的一段“盲肠”，顶到头只能朝南拐才有相应的宽马路，因此平时车辆不多，但过马路却需比过那些繁华地段的马路更为小心，因为常有飙车族选择这个地段来发威，据说他们特别陶醉于从西朝南全速急转弯时产生的腾跳快感。飙车族发出的呼啸声常令我战栗。但这三年倒并未在我窗外酿成过任何事故。

马路两边几乎整日都停泊着小轿车，一辆开出，另一辆立刻抢着补进。各种价位、品牌的车都有。但我窗下的马路边，常有“摩的”停着，兜揽生意。这当然是违法经营，却也解市民之难，这附近楼盘里的若干老年人，特别是老年妇女，常打“摩的”去西边三里外的大超市购物，来回比打正式的出租车便宜一大半。于是我就会时不时看到城管开着准备装载罚没物的卡车过来，先慢行发出一些威胁性的吼声，然后停住，跳下几个执勤人员，有那逃得慢的“摩的”，就被逮住，城管人员就会将那“摩的”扔到车上。多数情况下这一幕很快过去，但也有几次，我坐在飘窗台上看到社会人生的活剧，一次是形成围观，“斜刺里杀出程咬金”，一位中年男子为开“摩的”的来自河南的妇女打抱不平，指责城管无人性，具体话语我听不大清，但我却跟许多站在马路上围观的闲杂人员一样，同情那位妇女。

窗下人行道上有修鞋摊，每天由一位残疾人开着“摩的”来摆摊揽活，他的修鞋柜上还写着可以开锁配钥匙，那应该是在公安局备过案的；有回城管车来了，下来的人见他那停在路边的“摩的”也欲罚没，不待他自辩，就有附近居民挺身捍卫，他那“摩的”系残疾人合法使用的，城管小头目后来下车算是道了声歉，又告诉大家那见“摩的”就发威的是个“临时工”。鞋摊旁另有辆黄鱼车总停在那里，车上竖起的木柜里全是盗版书，最近在卖的里头有我的续《红楼梦》，我以十块钱买回一册，封面用纸虽糙，里面正文却非扫描而是重新输入的。那卖书的并不知我就是作者。虽说盗版的多卖一本，我和出版方经济上就损失一本，但我对那卖书的一点不厌恨，他也是个残疾人，一条腿畸形地萎缩弯曲着，拄着个木拐移动身体。

除了这些固定、经常出现的人物，从我飘窗下经过的芸芸众生可太多了。有仍甩着铁片“唤头”，推着辆带磨刀石的自行车走过来，粗喉咙大声吆喝“磨剪子磨刀”的；有雇人拿着充气很足的彩色大气球，在那边楼下站成一排，将气球升放到第九层，每个气球上一个大字，连起来是“芳芳嫁我别犹豫”的；有留着长须长发穿道士衣吹着箫走过的；有五六个说着很陌生的方言的年轻男子，不知为什么从那边跑过来，边跑边骂边打架，我在飘窗台上细看，似乎是几个人在齐骂群殴一个，那人已被推倒在地，还有拿脚踢他的，他抱头惨叫，我都有代报110之心，从他们旁边路过的却没有任何人关注，后来就看见那被打的跪着跟其中年龄似稍大，脖子上戴着粗金链子的求饶，似乎在唤什么“哥”，那“哥”指着他鼻子骂了些什么，又拦住还要打他的人，终于放那被打者一条生路，那家伙弯腰急吼吼地朝东逃逸，那“哥”则率其喽啰返回西边，很快窗外风平浪静，几个就在附近KTV包房工作的小姐，穿着长摆罩袍，一起朝我从飘窗看不见却并不远的一个名字古怪的歌厅款款而去；一位爷爷领着一个孙子回家，爷爷代那孙子背着好大一个琴匣……

书房飘窗台是我接地气的处所。从我的飘窗台望出去，是一幅当代的“清明上河图”。当然，我有时会走出书房，下楼到飘窗外的空间，使自己也成为“图”中一分子。我已经或少或多或浅或深接触过若干“画中人”，其中有几位已经成为我的市井朋友，我的活动轨迹已经延伸到他们租住的居所。不消说，我新的长篇小说，其素材、灵感，将从中产生。

窗的随想

中国古典建筑的窗，要求窗框就是画框，看出去是一幅图画。杜甫除有“窗含西岭千秋雪”的名句外，还有若干“望窗外如赏画”的吟诵，如他在成都草堂“去郭轩楹敞，无村眺望奢”，于是窗框就框出了美景：“澄江平少岸，幽树晚多花。”如果窗外望不到自然风景，那么，就人造景观，比如竖起太湖石，栽种芭蕉、梧桐、竹丛、鸡爪红枫……所面对的墙壁会让爬山虎点缀，甚至放养一只仙鹤。而且，中国古典建筑的窗户本身，也往往通过丰富多彩的窗棂样式，构成自身的装饰趣味，从室外望过去，也构成美丽的图像。中国古建筑厅堂轩榭的窗体窗棂一般都是木质的，窗棂的花样常见的有天圆地方、葵花蕉叶、水波冰纹、流云百蝠、岁寒三友等等。中国园林建筑的隔墙上往往还会设置出形态各异的装饰窗，或扇面，或石榴，或蝙蝠，或宝瓶，或仙桃，或云朵……这些小窗内部往往会以瓦片结构出优美的窗槅。北京一些保存完好的四合院，二进的垂花门旁的白墙上，也多有此种花窗，到近代，则会镶上玻璃，上面彩绘山水花卉。

窗的基本功能，是进光、透气。当然在更古的时候，窗洞也是烟囱。中国古典窗，往往为了追求审美效果，而牺牲掉进光量和透气性。西方的古典窗则非常重视进光、透气的功能，比如他们很早就有落地窗，窗户的下部直接与地板衔接，这在中国古典居室建筑中是几乎没有的。德国古典小说《茵梦湖》里写到蝴蝶窗，这种窗户体型大，上部呈圆弧形，窗扇可充分推开以至与外墙面紧贴，这样从外面望过去，窗扇就如蝴蝶的两只翅膀。西方从古典窗始，就追求窗扇闭合时要十分严密，尽量做到隔音、隔气息以及一切窗外的信息。但中国古典窗不但不追求严密隔绝，相反，还追求窗里窗外的沟通，“今夜偏知春气暖，虫声新透绿窗纱”，对于从窗外渗进的地气与虫声，不但不反感，而且是倍觉欣慰。最典型的例子是唐代诗人孟浩然，他有四句诗，“散发乘夕凉”，从外面回到家里，就把头发散开乘凉，“开轩卧闲敞”，把建筑物的窗户全都打开，躺到凉榻上，于是，他眼、耳、鼻、舌、身、心，全方位地享受窗户给予他的生命快乐：窗框如画框，窗外是图画，视觉享受自不消说；“荷风送香气，竹露滴清响”，有嗅觉、听觉享受，在那样一个暑日的傍晚，闻着荷花香，听到竹丛那些竹叶叶尖上凝聚的露滴不断地落到地面或荷池中，肯定满口生津，舌享受也有了，而卧在榻上的肢体肯定也就更加惬意，进一步，他就想弹琴，想知音，想跟朋友分享这美好的一切，心中诗意盎然，灵魂也就从至美升华到至善的境界。

中国窗的私密性差。以往的窗，木质窗棂上糊的是高丽纸，北京有俗语“捅破那层窗户纸”（意味着让真相大白），更有“听窗根”、“隔窗有耳”之说，那种窗户纸不但用手指头很容易捅破，用舌尖的唾液也能将其舔破。《红楼梦》第七十五回，写宁国府的女主子尤氏，带着丫头银蝶，从荣国府回到宁国府，去到其丈夫和一群狐朋狗友聚赌胡闹的屋子窗外，又偷听，又偷看，情节的合理性，就在于那个时代的中国即使是贵族府第，窗棂上多半还是糊着高丽纸，既难隔音，也难隔影。

西方的窗，则很早就重视维护隐私的功能。在玻璃大量使用以前，会以厚实的木材，甚至辅以铁皮，来制作窗扇，一旦窗扇关闭，室内就成为一个与窗外完全隔绝的私密空间。莎士比亚悲剧《罗密欧与朱丽叶》第五幕，场景是朱丽叶的卧室，两个恋人在那里幽会，但是时间匆匆流逝，很快到了天亮时分，朱丽叶母亲随时会来到这个地方，没办法，罗密欧必须离开，这时候就有一句台词由朱丽叶道出："那么窗啊，让白昼进来，让生命出去!"窗，对于他们来说是一道闸门，将隐私空间与公众共享空间严格地划分开，但是白昼来临，罗密欧必须通过窗户、阳台逃走，因此朱丽叶对窗充满哀怨——它竟不能让他们永享私密的爱情。

东西方传统窗文化的差异，并无对错优劣高低妍媸之分，人们到处生活，各处的人们纷纷创造出既有人类共通性又具民族特殊性的窗。现在值得讨论的，是随着全球一体化的进程，新型建筑材料的推广，建筑技术的不断发展，首先在城市里，出现越来越多的无窗建筑，特别是大型公共建筑，尤其是摩天楼，它会有透明墙面，外望或许有窗的意味，但是没有了可以开启关合的窗扇，也就不能称窗。以北京为例，国家大剧院、水立方、中央电视台新楼，以及号称全球最大单体建筑的天竺机场 T3 航站楼，都无窗，环路上不计其数的新楼，也大多无窗，这种趋势也已经推衍到某些高档公寓楼，据说是"智能建筑"，已经根本用不着窗户来提供照明、换气等功能，通过其本身的能源系统，能全天候地保持光亮、通风以及恒温、恒湿。人类的建筑，是否正在走向"窗灭绝"?

今年年初，国际上有"建筑界诺贝尔奖"的普利兹克奖，颁给了中国建筑师王澍，他的那些作品，还大量地有窗，既有中国古典窗的元素，也有西方古典窗的元素，更从中国乡村农舍窗中汲取了营养，形成了一些可资研究的新型窗。

无论如何，这个世界，人们不能只是跟 Windows（视窗）打交道，从居室之窗，到心灵之窗，孟浩然那样的窗享受，应该具有永恒的意义。

江流石不转

那天下午去保利大厦茶寮接受法国一家电台的采访，由头是法国伽里玛出版社新近出了我《尘与汗》《护城河边的灰姑娘》等小说的袖珍本，采访结束后出门一看，哎呀，二环路上双向堵塞，这时候岂能去加入拥堵大军，于是就跟司机小董商量，不如就在大厦二楼吃晚饭，谁知吃完晚饭再到门口，外面下起了雨，环路上已经不能用堵车来描述了，根本就是个大型停车场，双向都不见有移动的车辆！我急中生智，忙打听就在大厦里的保利剧院有没有演出？啊，正巧有俄罗斯国立模范小白桦舞蹈团的访华演出，就让小董去买两张票，真爽！演出结束后，外面环路无论如何该畅通了吧？

小董是个“80后”，很久没进剧场看演出了，这偶然遭遇的演出很令他期待。那天剧院上座率大约四成。演出开始，第一个舞蹈就是小白桦少女环舞，只见二十四个姑娘穿接地长裙手持白桦树枝缓缓舞出，小董的第一反应是：“像朝鲜姑娘啊！”我不得不在他耳边低声解说：“朝鲜女性的裙子虽然也很长，但裙头是系到腰上直达胸前；而且头饰也不同，这些俄罗斯姑娘头上的尖形冠是非常独特的！”小董的第二个评论是：“她们是穿着滑轮在动吗？”我就暂不言声，决定等演出结束后再向他说明。

小白桦舞蹈团成立于1948年，1955年第一次到中国演出。那一年我13岁。在我的记忆里，1955年、1956年，是非常美好的。1954年在北京西直门外建成了有着高耸的镏金细塔顶着红宝石色五星的苏联展览馆，最后面是一个于我而言洋味十足的露天剧场，家里大人就是带我到那里观看的小白桦舞蹈团的演出，记得第一个舞蹈也是小白桦少女环舞，我那在北京大学俄罗斯语言文学系学习的哥哥告诉我，那群姑娘的那般舞动，不是脚上穿了滑轮鞋，而是踮着脚尖在走“云步”，那是小白桦舞蹈团的一种绝技！后来哥哥又找来苏联长篇小说《白桦》给我看，加上当时看到的苏联电影里，白桦树，白桦林，几乎是不可或缺的“无言角色”，哼唱苏联歌曲，“白桦”是歌词里常有的字眼，因此，小白桦舞蹈团这个名称，也就令我生出酽酽的俄罗斯情怀。

但是小董这一代人，苏联是一个历史名词，跟奥斯曼、普鲁士一样，只具有在历史科目的考卷上答对得分、答错扣分的意义，而俄罗斯，虽然中俄之间的文化交流一直在进行，但无论是俄罗斯文学还是电影还是其他什么艺术领域的作品，于他那一代都很隔膜，他们熟悉的是美国大片、韩国连续剧、日本动漫、英国的《哈利·波特》系列小说……以舞蹈而论，他能欣赏的是街舞、劲舞、艳舞、踢踏舞、伦巴舞……乃至钢管舞，而那晚呈现在他眼前的，却是出乎他意料的一种舞蹈，尤其是女子舞，多是缓慢的节奏、简朴的排列组合、绝不炫示三围的转身……看到我转过脸投以询问的眼光，他安慰似的跟我说：“挺好看的啊……”

我把眼光扫向那天台下的观众，几乎都是跟我年龄不相上下的老年人，我算是偶然去观看的一个，那些人应该都是特意去那里追寻旧梦的。我们那一排有位银发妇女，带了她孙子来看，那孙子在第三个舞蹈没跳完的时候就睡着了，大约在第八个舞蹈开演时，忽然醒来，那时候他奶奶已经挪到前面更好的空座位去大过其瘾，他不见了奶奶，惊惶起来，东张西望不得要领，便大叫："奶奶！"这也是代间审美差异的一例吧？

演到后半场，那个著名的项链舞登场了，一反前面女子舞蹈的艳丽服装，这次二十四个高矮一致的女郎一律紫蓝色丝绒长裙，头上戴着银冠，裙袖上镶着银边，在柔曼的俄罗斯民间音乐旋律中，以"云步"缓缓飘出，她们以手臂的巧妙勾连、变动、起伏、宛转，在身躯花环般旋动的漂移中，演示出悦目的项链魅惑……掌声格外响亮，有的观众用俄语高喊："哈啦唆！欧钦哈啦唆！"我告诉小董："那是'好！''太好了！'的意思。"小董说："实说吧，看到这儿才觉得真有特色！"

散场后二环上依然堵车，只是还能一顿一顿地往前移动。出版公司老板是我忘年交，新买了辆豪车，让公司司机小董接送我应付采访，我本应该感谢，但我最坐不来新车，里面座椅皮面等泛出的气息令我窒息，一顿一顿地前移更令我强忍呕吐，好在小董也成了我的忘年交，我就以跟他聊天来化解不适。我告诉他这场演出引出了我太多的感慨。1956 年过去，我还不大懂事，却感受到成人世界的巨大变化，我还跟哥哥提起他的一位同学，曾教我唱"一条小路曲曲弯弯细又长"的，哥哥却闻名色变，告诉我再别提，"他糟糕了"。那以后我也逐渐经历了许多人际的撕裂，但穿越过狂暴以后，1978 年到 1988 年，大体而言，又积累了许多美好的回忆。那以后，苏联解体了，我们这边的表态是尊重那边人民的选择。后来发现，苏联时期的许多事物消失了，但是，苏联的红军歌舞团，依然以俄罗斯红旗歌舞团的名义延续下来，而小白桦歌舞团，更是依然故我地存在着，继续在俄罗斯活跃，继续到世界各国访问演出，来中国的频率更是奇高。我问小董："你觉得这个舞蹈团凭借什么，如同中国一句古诗所说：江流石不转?”他想了想说：“是因为，像那项链舞，什么时候，什么人看，都会觉得好看吧?”我点头：“这样的艺术，扎根在民族传统的最深处，超越政治，超越纷争，达到了形式美的极致。”小董想起陪同我接受采访时的那些问答，疑惑了：“法国记者问您‘伤痕文学’，您说‘伤痕文学’是‘内容大于形式’。但是像小白桦舞蹈，是不是又‘形式大于内容’呢?”我说：“最好的文学艺术作品，确实应该内容和形式都‘大美’啊!”小董问：“您现在正憋着写‘大美’的作品吗?”我说：“惭愧！我老了，怕是写不动了，但是，领悟作品在世道的变迁中‘江流石不转’的真谛，还是我余生的重要功课!”

留下一本书

作家要持续地写作，作品不在数量多而在质量高，如果能有一本书久远地拥有读者，则不枉其一生。这些话现在的年轻人看到，多半会觉得是“废话”。但是，半个多世纪以前，女作家丁玲（1904—1986）竟因说了类似的话，被打倒，清除出作家队伍，流放到北大荒养鸡。

参与揭发批判丁玲的，有一位女作家叫陈学昭（1906—1991），她说1950年左右见到丁玲，丁玲就跟她鼓吹“要写出一本书”，说白朗（1912—1990）写出了一本（长篇小说《在轨道上前进》），草明（1913—2002）也写出了一本（长篇小说《火车头》）；丁玲自己写出的那本《太阳照在桑干河上》当时已经获得了苏联颁发的斯大林文学奖。陈学昭当时写出的长篇小说叫《春茶》，并且正在写《工作着是美丽的》。陈学昭揭发丁玲，应该是迫于压力。之前已经有人指斥丁玲在她所主持的文学讲习所向学员鼓吹“一本书主义”，把她的言论概括为“一个人只要写出一本书来，就谁也打他不倒”，而这也就是“向党示威”，是她组建“反党集团”的纲领。

丁玲后来否认跟陈如此过话，提及的都是女性作家，没举比如说周立波（1908—1979）等男作家的例子。注意这里说到的周立波不是当下的那位脱口秀，当年湖南籍作家周立波也曾红极一时，他那也以土地改革为题材的长篇小说《暴风骤雨》亦获得了斯大林文学奖，而且后来改编拍摄成了电影。中国人的姓名多为三个字两个字，重名重姓并不稀奇，比如有两个叫王亚平的男作家，两个叫张洁的女作家，也有跟我同名的作家。附带声明一句：现在网络上有与我同名开博客和微博的，都非我所为，我至今未写过博客与微博。

其实无论丁玲还是陈学昭，很在意跟她们年龄接近的同性作家的创作动向，应是潜在的竞争心理使然。这其实是很正常的心态。但当时她们所处的创作环境是越来越坏，开始，是革命的行政工作挤压创作，再后，是接踵的政治运动打击创作，再后，丁玲先在1955年被打成“反党集团”头目，1957年又打成“右派”，只有写检讨认罪书的份儿，哪里还能写“自己的一本书”。陈学昭1957年也划了“右”，一度被罚为清洁工。白朗受丁玲株连，与其夫君也是作家的罗烽（1909—1991）被罚到煤矿做苦工，后来精神分裂。只草明遭遇略好，到“文革”时才受一般性冲击。

丁玲复出后，分几步得到全面平反。“一本书主义”的罪名也得到澄清与撤销。其实丁玲当年说那个话，是受到苏联作家爱伦堡（1895—1967）的启发。1949年丁玲参团出访苏联，团长是周扬（1908—1989）。但到了莫斯科，爱伦堡在他家请客，只请丁玲没请周扬，爱伦堡可能觉得周扬是搞行政工作的，丁玲是写文学作品的，至少有《太阳照在桑干河上》那么“一本书”，见面可以聊聊创作。据说丁玲当时主动打电话给爱伦堡，意在最好添邀团长周扬，但爱伦堡秘书接听后回答是“爱伦堡在睡觉”，无意调整邀请名单。1951年爱伦堡来中国访问，丁玲在家里宴请了他，爱伦堡在他那《人·岁月·生活》的长篇回忆录里有所记述。丁玲后来又陪爱伦堡一起到外地去，软卧车厢里聊天，爱伦堡说起，“鞋子要一百双差不多的，不要只有一双好的。而作品相反，不要一百篇差不多的，只有一篇好的也行”。“一本书主义”的源头闹半天竟然是这么个外国人。

想想那个时代的那些作家，真够悲苦。渡过劫波以后，丁玲一直想写完长篇小说《在严寒的日子里》，当时作为文学编辑的我，乍一听这名字以为是一部反思极“左”误国的作品，后来才知道乃《太阳照在桑干河上》的续篇，丁玲复出后多数言论文字是致力于表白自己乃正宗左派的，此续篇始终没有完成。陈学昭平反后完成了《工作着是美丽的》第二部。白朗的旧作也获得重印。草明“文革”前有《乘风破浪》“文革”后有《神州儿女》两本长篇小说出版。爱伦堡出生在乌克兰，而且是犹太血统，苏联解体后，他算俄罗斯作家还是乌克兰作家？他战战兢兢地度过了斯大林严厉“肃反”的历史时期，不少同行惊叹他竟能免于被捕枪毙是“上帝掷出了幸运骰子”，他著有长篇小说三部曲《巴黎的陷落》《暴风雨》《九级浪》，斯大林去世后，他写出《解冻》被认为是社会变革的先声。但上面提到的这些书，现在谁还在读它们呢？世界上多数作家的多数著作，要么是出来时就无甚响动，要么也就风行一时，真能在嬗递的岁月筛子中被筛留下来拥有后代读者的，只是少数。

中国进入改革开放时期以后，作家们的处境，总体而言，好了很多。起码现在任何一个作家追求写出一本“打不倒”的书，即使真标榜为“一本书主义”，都不会被“打翻在地，再踏上一万只脚”（这是“文革”期间流行的斗争语言）了。但如何才能写出留下“一本书”？恐怕不是简单几句就能回答的。和丁玲她们大体同辈的女作家，有早逝的萧红（1911—1942），她的《呼兰河传》，庶几可称“打不倒”的书。现在肯定还有在读《呼兰河传》的。其中奥妙如何？恳盼达人示之。

我的村友三儿

好久没到郊区书房去了，那天一进村，就有面熟的小青年招呼，跑过来问我：“是您把三哥带进新浪的吧？”我一时回不过神来。他所说的三哥，叫张凤才，张姓是村里大姓，转着圈儿几乎全是亲戚，凤才行三，老辈的叫他三儿，叫时这“三儿”两个字要连续快速发音，实际上就是把“三”儿化，我和凤才熟悉后他叫我刘叔，我自然也管他唤三儿；同辈的，含混的叫法是张三，亲切的，则或三哥或三弟；晚辈里竟有叫他三太爷的，而那人的年龄其实跟他相仿，没办法，“种白薯论垅儿”，谁让他“背儿（辈儿的谐音）高”哩。

原来是，那迎上我的小青年，前两天在电脑上查新浪视频，他原是想查张丰毅，没想到在一大堆张姓名人，如张艺谋、张国立、张信哲、张德培、张涵予……里面，忽然发现有张凤才，调出来一看，果然就是他们村的那位，只是与我同时出现在一档采访当中罢了。若非他提起，我也忘怀了。那应该是 2005 年的事情了。

2005 年我因为应 CCTV－10《百家讲坛》邀请去录制了关于《红楼梦》的讲座节目，开播后反响强烈，因此又引出了传媒的新一轮兴趣，邀请做访谈的很多。新浪网也邀请，我觉得应该接触网络这种新传媒，应允了，但我向他们提出一个条件，就是希望能让助手跟我一起亮相接受采访，新浪方面很爽快地答应了。那次，我就让三儿陪着我去，事先也没跟他说一起进视频，但临到录制的时候，我和编导一起邀请他参与，他也就大大方方地跟我坐到了一起，编导问怎么跟网友介绍他，我说："他是我的村友。""村友？"编导开始有些忍俊不禁，因为这样的身份符码实在新鲜，可是那编导毕竟是新锐传媒的新锐力量，他欣然接受了这个称谓，就跟看直播的网友们那样介绍了三儿。虽然那以后，2007 年、2010 年我都又去新浪做过网谈，新浪网视频里增添着我的资料，但 2005 年的那个视频他们始终没有删除，在按字母检索的嘉宾名单里，也一直把张凤才这个名字保留着，除了与上述男士名人为邻，也被张惠妹、张靓颖、张静初、张娜拉等美女包围。新浪的这种做法当然是对的。

回想起这件事的由头，是 2004 年初冬，有个地方电视台邀我录个专访，主题是"回家"，我跟他们说，我虽然出生在四川，但是八岁就离开，后来一直定居在北京，因此，可否把"回家"的寓意展拓开来，就是我这么一个写作者，归根结底，是因为接了地气，所以才源源不断地获得素材，能不断地写出新的文字来，而赐予我地气的，就包括三儿这样的村友，我应该常回的家，就是草根地带，我应该常亲近的人，就是芥豆之民。因此，我建议在我的访谈里，要展现我和三儿的交往；最初联系我的编导同意这个方案，又征得三儿的同意，我把摄制组带进三儿家的小院，又进入其内室，我和三儿随便聊天，他们录下作为素材。但在后来录制的过程里，我发现我的这期节目，他们似乎是外包给一个临时搭凑的班子了，种种细节，都显示出专业水准的缺失，这还是其次的，最令我不快的，是其中有人对三儿明显冷漠。他们录完了，我也就没再过问。过了一段时间，台里通知那期节目将在某日下午播出，偏那天一早我们那个村停了电，于是我就把三儿带到十几公里远的我姐姐家，去看那播出的节目。姐姐听说三儿会出现，也很高兴，把电视调到那个台，到了点大家一起观看。那节目里有大量镜头是在城里什刹海一个茶室里录的，窗外远处可以看到钟鼓楼，这样取景当然是好的，但给我录下的特写镜头，我在那里不断答问，额头上的头发总是被削掉一块，何以如此构图？更令我悻悻的是，节目从开头到结尾，完全没有三儿出现，也没有我们那个村子一个镜头，我那接地气的“回家”立意，一点也没体现出来。节目播完我觉得对不起三儿。三儿全无所谓。我却至今耿耿于怀。那电视台节目组应该在播出前通告我，他们删去了所有关于三儿的内容，当然，那我可能就会阻止他们播出；电视台后来发公函让我签署同意这节目出光盘，我明确表示不同意，并告知他们也不得重播。我后来把三儿带到新浪，执意让他跟我一起出现在视频里，内心里，有种对那电视台几个录节目的人拨乱反正、出口闷气，以及对三儿给予补偿、对自己进行救赎的动机。

其实三儿是个极淳朴的村民，对利他还是看重的，对名真是视若粪土，那小青年在惊讶三哥竟上了新浪视频嘉宾名录同时，也顺便告诉他从百度搜索可以搜出叫一样名字的罪犯，三儿只是呵呵一乐。小青年说要帮忙把新浪那期视频下载到光盘里，送给他长期保留，三儿道：“我保留那玩意儿干吗？”他只对跟我一起喝酒聊天感兴趣。五十大寿过后，三儿答应再把他当大农机驾驶员那段的故事细说给我听，他们村半个世纪的变迁，许多鲜活的人生猛的事，不管今后是否出现在我的长篇小说里，首先充实着我的心灵。

的哥青岭

那次打车去大卖场，为我的书房买落地灯，我跟的哥商量，能不能到了后陪我进去，选好灯后帮我拿出来？当然，为此我会给他报酬。的哥看了看我说：“你是老人，我可以帮忙，耽误我拉活，你该给点，我也不会跟你多要。”他跟我进场以后，我挑灯时，忽听他扬声抗议：“你才是儿子呢！”原来是有顾客认出，我是那个在电视里讲《红楼梦》的人，就先凑过去问他：“你是他儿子？”他没明白对方并无恶意，觉得不中听，因此生气，我忙过去解释，说：“他是我朋友。您有什么要求？”那中年人满腔热情化为乌有，尴尬地摇头离开。我挑好灯，又顺便买了些别的，的哥帮我推着购物车往收银台，半道上我又被几个人认出，其中一个年轻人还正巧包里有本我写的书，取出来让我签名，这下的哥才知道，我是个能惹某些人注意的老头。

的哥往我家拉我，我问他：“你在家不看电视？”他说：“我回家就泡在电视机前头。”我不免问：“你就没有偶然地，在电视上见过我？”他说：“是有点脸熟。您是练柔道的？现在当教练？”原来，他看电视基本上是锁定体育频道，他所熟悉的，是体育界的面孔，说起那不久前排球女将赵蕊蕊上了他的车，跟他聊了几句，到如今他还觉得非常荣幸。问他哪里人士？道通州西集的，我立马想起少年时代到西集参加农业劳动的往事，问起运河，问起村落，双方亲切多了；我注意到他那出车卡上的名字是张青岭，立刻猜出他是 1967 年左右出生的，因为那时候有部由话剧改编拍摄的电影《青松岭》家喻户晓，果然，他说他爹那时候在生产队赶大车，深受那部以赶大车的车把式为题材的电影影响，所以给他取名青岭。到我家楼下，青岭帮我把买的灯具等物品送上楼，我给了令他满意的报酬，互留电话。

后来我常打电话约青岭的车。知道他上中学的时候就被培养为三铁选手，曾勇夺过区里运动会的亚军，有过成为国家级运动员为国争光的憧憬，对体育的热爱一直延续到他成为出租车司机。他说那次帮我买灯回到家里，他说出听来的我的名字，家里人，特别是热爱文学的大哥，都笑他“怎么就知道武的不知道文的”，他承认自己好久都没读过书了。我送给他自己的随笔集，他读后感叹说：“其实我也知道不老少的生活故事，就是不能像你们作家这样从里头觉悟出点什么来。”我说：“作家当然应该有悟性，可关键还是要有获取感受自己生活小圈子外头的人间万象的能力。如果你能把你想起来的有趣的人和事讲给我听，我们一起讨论，那你就成了我写作的泉眼之一。”就这样，每次见面，他几乎都要给我讲至少一个他们运河边的小故事，我也就陆续写出了《气破桑》《兜风》《抱草筐的孩子》等散文随笔。

青岭逐渐成了我人际交往里可信赖可托付的人。有个如今在美国当教授的薛涌，他在国内经常发表涉及中美的时评，并在近年一连出版了十几本书，其中有的还成了畅销书。薛涌 1995 年赴美前，把他的一只成年的三彩长毛波斯猫托付给了我家，此猫长寿，活到 2009 年年末，按猫龄超过 100 岁了！有天我起床后不见了大三彩（这是我给猫取的名字），寻遍整个单元，最后发现它夹在了卫生间马桶后帮与墙面之间，已经奄奄一息，我明白，猫之将逝，不愿以死相示人，故选择这么个角落来隐藏，我趴到地上，想方设法累出一身汗，才终于将它从那夹缝里褪了出来，把它转移到储藏室，它已只能侧卧地上倒喘气。但一夜过去，我到储藏室去，见大三彩居然又蹲坐起来，给它喝水，它舔几下，喂它猫罐头，它闻也不闻。又一夜过去，我发现大三彩又钻进了卫生间马桶后面，但仍有气息。怎么办呢？儿子儿媳均是上班族，村友三儿那阵家里正张罗喜事，文化圈的朋友老的老忙的忙，谁能理解、情愿并有能力帮助我解决这样一个关乎生命的急难问题？于是想到了青岭。青岭从很远的地方赶过来，一见那情景就懂，这猫必得帮它找到一个能够由它从容藏匿的地方熄灭它的生命，并在它确实去世后妥善安葬。青岭将大三彩送往西集他岳父家的农家院，在大三彩去世后，连同带去的猫笼、水碗、食盆、剩余猫粮等一起掩埋在了运河边。

10 月份薛涌庄炜伉俪回国探亲，带着女儿来看望我，我告诉他们那只大三彩波斯猫已寿终正寝，他们知道眼下中国宠物殡葬业还不发达，多有将宠物尸体裹起来当垃圾抛掉的，问我最后如何处理？我告诉他们多亏有的哥青岭帮忙，释怀后，他们也为我庆幸，能在民间凡人里，结交到这样的朋友，不但能有共同语言，还能够在关键时刻尽快出现，帮助解决这种烦琐、私密的事务，福气啊！

溱潼湿地野为魂

2011年暮春曾到溱潼湿地一游，所见的柳林苇丛、野鸭麋鹿仍历历在目。如今已是2012年冬日，那溱潼湿地，会否呈现一派枯枝残荻的萧索景象呢？从网络上搜索，见到“驴友”拍下不久的一组照片，那里的乔木灌木固然存绿不多，芦荻蒲草也果然残花瑟瑟，但是，湿地中却布满来憩的野禽，飞动出一天的音符，嬉戏出一湖的诗句，正是生气勃勃、催人咏唱！

溱潼湿地辟为了旅游地，如何在生态保护与吸引游客上保持良性平衡？看来很是下了一番功夫。像这样的旅游景点，其主要的功能，是向游客普及保护自然环境的观念，人类若不能将日见减少的自然湿地加紧保护，最后将会随地表的干燥化、沙漠化而丧失生存条件。游客到了这里，切莫悍然自视为“大自然的主人”，扬言什么“我们不能等待大自然的恩赐，我们的任务是向大自然索取”，在对湿地的原生态地表及生物链的观察欣赏中，要对大自然生出敬畏之心，懂得我们只能是努力成为大自然的朋友，而绝不能无休止地向大自然索取，得到大自然的恩赐后，应虔诚地向大自然奉献回报。

溱潼湿地景区，努力地维护着原生态的植被、河汊、水生动植物，除了必要的木质栈道、栈桥，在亭台楼阁的点缀上，体现出可贵的克制。如果说苏州园林那类的景观是以意为魂，也就是说，处处体现出人工营造美丽的丰富想象力与技能技巧，那么，湿地景观的开发，则应以野为魂，就是要将人为刻画的痕迹减至最小，处处尽可能呈现出野景野态，以使被过度“现代化”压抑的游人心灵，从大自然的拙朴形态中获得舒张。

溱潼湿地管理部门，约请了国际著名的专业设计师，设计出湿地科普博物馆，整个建筑群的形态与周遭自然环境和谐，内部的布展手段达到国际先进水平，估计投资不菲，这叫作把钱用到了刀刃上，值得为之鼓掌。相信一批又一批的参观者，进馆时可能是一种懵懂的状态，出馆时再到湿地园区去漫步，眼睛会更亮，心会更软，那些野生的树木苇草会显得更有诗意，那些飞翔其上、游动水中的野禽，会觉得格外值得爱怜，再不忍心将其捕捉戕害。

溱潼湿地与泰州的其他景观相连，游人可以在欣赏完自然景观后再去人文景观中流连。到我去参观时为止，我觉得相关部门在两组景观的衔接上处理得不错，不是将它们以商业区勾连，而是令其有一大片田园作为过渡，这是对湿地的呵护。游客们，特别是年轻的游客，他们往往不管到了哪里，都想在观览之隙找些余兴，比如品尝美食、泡温泉、进行带有刺激性的娱乐活动，溱潼湿地理所当然地为他们准备好了度假村、餐饮店，和规模颇大的温泉城，但这些活动空间的布局，都十分合理，无论是品尝当地著名的“溱湖八鲜”，还是享受当地的地热资源泡温泉，那些餐馆和温泉城都适当地离开了湿地的原生态区，不会使游人在湿地中享受诗意时，忽然被烹调的气息败兴，或在苇丛后突现出一大片泡温泉客人的停车场。溱湖最大的水域是喜鹊湖，湖畔正兴建一座很抢眼的佛塔，据说一部分湖面为年轻游客提供快艇、水上划翔、气球升空一类的娱乐项目，我个人建议，类似佛塔那样的人造景观最好到此为止，切莫再予增添，喜鹊湖最好彻底恢复平静，给野生飞禽们一个更免受惊扰的大环境。

冬日的溱潼湿地尚且有偌多的野禽来亲近栖息，其他季节更何消说。据说有的禽鸟本该再飞往别处的，结果却在溱潼湿地乐而滞留，大有归化之意。看到热心“驴友”放到网上的照片，特别是那些丹顶鹤愉快剔翎的美姿，我不禁心旌摇曳。当春风又绿溱潼岸时，那湿地的野趣一定更浓，诗情画意必定更加自然天成，重游的欲望，在我心中愈加强烈！

衣裳已施行看尽

——怀念崔瑞芳嫂

2010年春应邀到台湾参加一个文学活动，见到王蒙崔瑞芳伉俪身健神旺，非常欣慰。在下榻的酒店，我打电话到他们房间，王蒙接的，我说：“想跟瑞芳嫂单独谈谈，如果她方便，希望她能抽空到我的房间来。”不知王蒙听了是否颇觉意外，反正没过一小会儿，瑞芳嫂就来按响我那房间的门铃。

我跟蒙兄瑞芳嫂一直很亲近，但所谓亲近，只是心里一直互相关怀，真正地你来我往，并不很多。从十几年前起，我就极少参加活动与饭局，跟他们在活动与饭局中见面的机会也越来越少。只是偶尔通个电话或电邮。

瑞芳嫂从我1978年第一回见到她起，就觉得她是蒙兄的坚实支柱。现在关于王蒙的报道，多有说王蒙1957年蒙难后被发配新疆，瑞芳嫂随夫赴难，勇气可嘉的。这样粗线条地表述未为不可。但实际情况是王蒙被戴帽子后，经过一段下放劳动，已获较众多同类好许多的安置，让他到北京师范学院去当教师。去新疆，虽是他们二人合计后主动向组织申请获准的，但据我所知，大主意，还应该是瑞芳嫂拿的。她在当时阶级斗争的弦越绷越紧的情势下，决意与蒙兄携手远离政治中心，而且你弦绷得越紧，我们飞得越远，最后到伊犁农村落户，扎根在淳朴的少数民族农民群中，现在想来，极为高明，也极可赞叹。我曾和妻子晓歌议论，瑞芳嫂在那些年里，等于是为民族细心保护了一粒文学火种，倘王蒙在后来的政治海啸中，仍是北京师院的一名教师，那后果不堪设想。虽说狂暴的政治海啸任是国边疆角也要波及，但那离中心遥遥远远的地方，冲击波到达时，已不知衰减了多少倍，从蒙兄瑞芳嫂的回忆文字中可知，那里的人们即使在北京狂暴地“横扫一切牛鬼蛇神”时，也一如既往地善待他们。但这话若跟瑞芳嫂去说，她怕是要摇头的，她那时恐怕是再不愿王蒙搞文学创作，只愿二人“日出而作，日入而息”，生儿养女，过平静而诚实的朴素生活，求个“帝力于我何有哉”罢了。滋润瑞芳嫂心灵的，是她深知深信，有个叫王蒙的男人，只爱她一个，活在世上，有此已足。前几年瑞芳嫂观看昆曲《牡丹亭》的演出，当舞台上不过是写意地表现出，杜丽娘与柳梦梅爱得死去活来，幽幽笛音，咿呀韵词，一般欣赏者至多不过是感受到超常的形式美，意会到超越时空的爱情主题罢了，她却当场落泪，这是为什么？恐怕就是因为她的生命体验，与台上的表演融为了一体，人间其实少有男女能享受到如此专一、深挚的爱情，而她却分明享受到了！

瑞芳嫂是个有杀伐的人。关键时刻她能一锤定音。记得大约是 1979 年，他们夫妇重返北京，王蒙获得改正，成为北京市专业作家，那时候住房还全靠组织上分配，市里拨给了北京市文联一些单元房，其中有几套在“前三门”（那时人们对北京崇文门、和平门、宣武门一线所盖出的板楼的统称），瑞芳嫂去文联办公室谈分房事宜，接待她的管事人可能觉得北京市文联恢复身份的资深老作家很多，那些恢复了待遇的老作家工资远比王蒙为高，就絮絮地跟崔瑞芳说，“前三门”的单元数量有限，收取的管理费

(那时候还没有“物业”一说，故不称“物业管理费”）不菲，一米要三块四云云，那时候一年一米三块四，若是七十平方米的单元，一年就要二百三十八元，在那个时期，王蒙恢复到的月工资估计不到百元，管事人的意思希望代表王蒙的崔瑞芳知难而退，任凭那人滔滔不绝，待那人说完后，崔瑞芳只淡淡地回应了一句，就令那人哑然，一句什么呢：“有没有一米三十四块的？”后来，王蒙一家果然就住进了“前三门”一个每年每米收取三块四管理费的新单元。瑞芳嫂为争取自身应有权益说出那句话，不是赌气，而是她有自信心，首先是对王蒙充满信心，恢复了文学青春的王蒙依靠辛勤的创作不难挣出应付管理费的稿费，而她自己作为资深物理教师，也一定能依靠认真教学获取到牢靠的工资。

王蒙后来不仅文学上喷涌出彩，仕途上也一度飞黄腾达，住房也越搬越大，可是，瑞芳嫂只对他文学上的焕发感到兴奋，对他的官位，确实是视若粪土，对此我是深有所感的。2006年，王蒙和她竭尽二人的全部稿费（瑞芳嫂以方蕤为笔名出过畅销书），再获得子女的援助，自费购买了一所远郊的别墅，邀请我和妻子及儿子儿媳去作客。那之前我也曾应邀去过几处别墅，他们所购的，坦率地说，小巧而已，离所谓豪宅，距离不小，但他们的自得其乐，给我很深的印象。王蒙劝我：“别把浏览存折当乐子，把自己诚实劳动所得化为实际的东西吧！”瑞芳嫂也表示，原来住过的朝内北小街四合院，还有后来搬迁到的部长楼大单元，毕竟是公家的房产，还是靠自己版税稿费买的这个别墅住着更亲切，她一边带领我和妻子晓歌往阁楼上走，一边快活地说：“真是有趣极了！”登上阁楼，她把那些原有结构上的特点，以及他们巧妙设计，化锥形空间为带轱辘的可利用的书刊储藏柜，一一指点、演示给我们看，那份不见外，应该是对至爱亲朋才有的吧。

且说在台湾，我将瑞芳嫂单独请来，是因为我觉得，在这世界上，有的事情，唯有她，可以指导我。瑞芳嫂坐下后，我就对她说，晓歌仙去一年了，她的遗裳，该清理处置一下了，可是我一来有心理障碍，二来手足无措——如今收废品的都不收衣裳了，人们大多忌讳过世的人穿过的东西，我该怎么办呢？瑞芳嫂非常理解我，给予我睿智的排解、细腻的建议，她说她懂得我此时此事“排斥”王蒙而单独求教于她的心理。

万没想到的是，接近晓歌仙去三周年时，瑞芳嫂竟也仙去了！我和维熙兄一起到蒙兄家致悼，王蒙把我们引到一边单独交谈，他说，瑞芳嫂病笃时召集全家留下遗言，真可谓掷地作金石声，她说此生无悔无憾，“只是还放心不下王蒙”，蒙兄道出此句遗言，声音颤抖，眼溢泪花。

时间用勺子，将我们的生命一勺勺地舀走。有瑞芳嫂的爱情滋养，蒙兄总能在每勺被舀走前，乐观地品尝一番滋味。但愿他今后亦能如此，令瑞芳嫂在天之灵放心。

我要对瑞芳嫂在天之灵说：我对于晓歌，衣裳已施行看尽，也确实，针线犹存未忍开。不知蒙兄对她的衣裳，可能妥善地处置？蒙兄要习惯没有瑞芳嫂的日子，恐怕是很难修炼的功课。

没有绯闻的王蒙，观昆曲《牡丹亭》落泪的崔瑞芳，他们那“一生爱定一个”的当代传奇，难道不是最美的人生行为艺术吗？

2012 年 4 月 16 日

悔未陪师赏海棠

——痛悼汝昌师

前些天还在《今晚报》上看到周汝昌师的散文，今天下午忽然得他仙逝的消息，虽说早几月跟他女儿周伦玲通电话时就知道，他已经多时难以下床，时发低烧，心理上有所准备，但总又觉得他头脑还那么清楚，文思还那么蓬勃，不至于就怎么样吧。打电话给伦玲致悼，她说父亲确实大脑一直保持着最佳状态，前些天还跟她交代新书的章节构想，只是其他器官明显在衰竭，本来就属孱弱的书生，毕竟九十多个春秋了，“丝”未尽而“蚕”亡，也在规律之中。她说不打算在家中设灵堂，不开追悼会，让老人静静地离去。

我本来只是个《红楼梦》的热心读者，1992年才开始写出发表一些关于《红楼梦》的文字，那时《团结报》的副刊接纳了我，允许我开设《红楼边角》的专栏，连续发表若干篇后，忽然一天得到周汝昌先生来信，他表扬我“善察能悟”，能注意到《红楼梦》中的小角色，如卍儿、二丫头，甚至有一篇议及“大观园中的帐幔帘子”，鼓励我进一步对《红楼梦》细读深探，得他来信，我异常兴奋，马上给他回信，一致谢，二讨教，他也就陆续地给我来信，我们首先成为忘年“信友”。他开始写来的信，还大体清晰，但是，随着目力越来越衰竭，以至一只眼全盲，一只眼仅存 0. 01 的视力，那时写文章，大体已是依靠伦玲，他口述，伦玲记录，再念给他听，包括标点符号，他再修订，最后抄录或打字，成为定稿，拿去发表，但他给我写信，却坚持亲笔，结果写出的字往往有核桃那么大，下面一字会覆盖住上面半个字，或忽左忽右，一页纸要写许久，一封信甚或会费时一整天，由伦玲写妥信封寄到我处。阅读他的信，我是既苦又甜，苦在要猜，甜在猜出誊抄后，竟是宝贵的指点、热情的鼓励、平等的讨论、典雅的文本。二十年来，汝昌师给我的信，约有几十封之多，我给他的信，应有相对的数目，其中一次通信，拿到《笔会》发表，还得了一个奖，过些时，会与伦玲女士联系，将我们的通信加以汇拢、编排，出成一本书，主要是展示汝昌师的学术襟怀与提携后辈的高尚风范。

我关于《红楼梦》的文字，始于“边角”，延伸到人物论，又进一步发展到角色原型研究，最后聚焦到秦可卿，试图从秦可卿的原型探究入手，深入到曹雪芹的素材积累、创作心理、艺术手法、人生感悟、人性辨析、终极思考各个层面，对于我这样一个“红学”的门外汉，汝昌师不但能容纳我的“外行话”，而且为了将我领进“红学之门”，不仅是循循善诱，更无私地提供思路乃至独家材料。在对秦可卿研究的过程里，要涉及康熙朝两立两废的太子胤礽（后被雍正改名允礽）的资料，汝昌师为帮助我深入探讨，将他自己掌握而尚未及在文章中运用的某些独家资料与考据成果，在信中毫无保留地写出，并表示随我使用。在汝昌师还是个大学生时，胡适曾无私地将孤本手抄《石头记》即“甲戌本”借给他拿回家使用，如今有人问：“现在还有像胡适那般无私提携后辈的例子吗?”我以为，汝昌师对我的无私扶植，正与胡适当年的学术风范相类，我将永远铭记、感怀！

我所出版的关于《红楼梦》的书，在CCTV-10《百家讲坛》录制播出的节目，以及去年推出的续《红楼梦》二十八回，利用了许多汝昌师的研究成果，我告诉他将使用其学术成果时，他欣然同意，从某种程度上说，我如今被一些人认为是“红学家”，其实是汝昌师拼力将我扛在肩膀上，才获得的成绩。当然，我们大方向一致，却也有若干大的小的分歧，大的，比如他近年发表著作认为《红楼梦》的第一女主角应是湘云而非黛玉，宝玉真爱的并非黛玉而是湘云，我就不认同；小的，如他认为宝玉有个专门负责帮他洗澡的丫头，通行本上叫碧痕，他认为应作碧浪，跟宝钗问拿没拿她扇子的那个丫头通行本作靛儿，他认为应作靓儿，我却觉得仍应叫碧痕与靛儿，等等；我们都认为《红楼梦》最后一定会有《情榜》，但拟出的名单也有不少差异。

我可算得汝昌师的私淑弟子，但正如他所说，我们是“君子之交淡如水”，虽然通信不少，他还常为鼓励我吟诗相赠，隔段时间会通电话，多半是他家子女接了，把我的话大声重复给他听（他耳早聋），他作出回应，子女再转达给我，但有好几次，他觉得不过瘾，非要子女将话筒递他手中，亲自跟我对话，极其亲切，极其真率，写此文时，那声音仿佛还在我耳边回响。但我们相交二十年，见面却不过屈指数次。我第一次到他家，发现他家家具陈旧，不见一件时髦的东西，也未见到可观的藏书，颇觉诧异，后来又去几次，悟出他的乐趣，全在孜孜不倦的学术研究及文学创作中，当然“红学”是他最主要的乐趣，但他拒绝“红学家”的标签，他对《红楼梦》的理解是中华文化的百科全书，他研“红”也就是研究中华大文化，他还是杰出的散文家、书法家和书法理论家。

汝昌师学术造诣极高，却不善经营人际关系，尤拙于名位之争，看他在《百家讲坛》讲“四大古典名著”，缺牙瘪嘴，满脸皱纹，但他一开讲，双手十指交叉，满脸孩童般的率真之笑，句句学问，深入浅出，大有听众缘，以至有的年轻粉丝赞他风度翩翩。他家里人，也都憨厚。我知几年前有一事，他们那个居民区，有些不养狗的人，对某些养狗的邻居，弄得吠声扰眠、狗屎当道深恶痛绝，便起草了一封信件，直递市政府，要求禁止养狗，到他家征求签名，汝昌师根本听不见，不知何事，子女接待，也未及细看信件文本，便代他签了名，哪知传媒报道了此事，可能是签名者中周先生名气最大，就以“周汝昌等吁禁止养狗”为标题，我看了那呼吁禁狗的信件引文，起草者大概是个恨狗者，把狗说得一无是处，结果引出网络上一片哗然，爱狗者群情激愤，将周先生骂个狗血喷头，有的还打听到他家电话，打去兴师问罪。我后来给周家打电话，回应是“此号码不存在”，想了若干办法，才接通周伦玲，她说不得已换了号码，且不忍跟父亲说明。其实汝昌师耳聋目眇，且极少下楼活动，哪里会因犬吠狗屎而觉困扰，更哪里会恨狗并恨及养狗为宠物者？代人受骂，直至仙去尚浑然不知。但就有学界某人知其事而在一旁嘲讽：“养狗有何不好？我就养了好几条藏獒。”

记得几年前最后一次去拜望汝昌师，他说春天到了，海棠即将盛开，真想跟你一起去看海棠花！他说即使只看到模模糊糊的一派粉白，也是好的；又说海棠不是无香，而是自有一种特殊的气息，淡淡的，雅雅的。我当即表示待海棠开时，找辆车陪他一起去赏海棠，他说知道北土城栽种了大片海棠，我说原摄政王府花园现宋庆龄故居的海棠树大如巨伞花期时灿烂如霞，也是一个选择。我深知汝昌师最钟情《红楼梦》中的史湘云，而海棠正是湘云的象征之一。但后来我竟未能践约，如今悔之晚矣！

2012年5月31日急就

幽窗棋罢指犹凉

——贺王澍获普利兹克奖

这阵子有两个热门话题，一个是第 84 届奥斯卡颁奖，一个是 NBA 纽约尼克斯队的林书豪。其实都跟咱们中国关系不甚大。奥斯卡奖，这回最佳外语片奖中国电影又没能入围，这回更难说人家有什么政治性偏见，美国的政治家跟伊朗的政治家 PK 得正酣，但这回奥斯卡奖的评委们却能超越政治，把最佳外语片的小金人授予了伊朗小成本制作的电影《纳德和西敏：一次离别》。在网络上，中国网民有“冲奥”一词，我乍看到时以为是冲击奥林匹克运动会的金牌，后来才知道指的是冲击美国奥斯卡奖的小金人。不管在什么范畴里，许多中国人都希望自己的同胞“夺金”，林书豪是生于美国长于美国的美国人，只因为从血统上说有福建的根，他在美国职业篮球界的暴红，也引出许多国人的亢奋，连中央电视台的记者采访他时，都迫不及待地追问他何时加入中国国家篮球队去为中国争光。这种希望中国人能在国际上扬名的心态，应该被理解。

第 84 届奥斯卡颁奖礼已经落幕，完整获奖名单在网络及纸媒上都可很方便地查到，相关评论很不少。林书豪作为话题资源似已透支。其实，有个话题应该热起来，那就是有个中国建筑家，出生在中国，成长在中国，工作在中国，作品在中国，中国记者采访他用不着使用英语，他也不会像林书豪那样只能说一点简单中文而大都以英语来回答，当然更用不着追问他“何时回中国报效祖国”，这个人今年才49岁，他叫王澍，2012年2月27日，美国相关机构宣布，将2012年的普利兹克建筑奖授予他。

中国网络上比“冲奥”使用得更多的词语是“冲诺”。许多中国人希望瑞典的那个诺贝尔奖在自然科学奖项上能再次授予中国人，特别是如今仍居住工作在中国的科学家，这种心情更可理解。但是国人应当注意到，当年诺贝尔立遗嘱时，在自然科学方面只设生物与医学、物理、化学三个奖项，且偏重基础理论研究，像数学、应用科学与工程技术方面，则并无奖项，但被“诺奖”忽略的领域里，如今几乎都有世界公认的具有权威性的奖项，那么，美国的普利兹克建筑奖，就相当于建筑界的“诺奖”，是一个非同小可的奖项，其获奖者，理应比奥斯卡电影奖的小金人得主、NBA的球星，更被我们看重。

王澍到目前为止的作品，也许因为不处于大都会的中心，因此知者不多，其图像在电视、纸媒中此前也很少出现，网络上有，但行业外的观赏者稀少，至于特意到其作品里去欣赏者，就更少了。我希望出现王澍热。主要是应该让国人都见到他的作品，电视、纸媒、网络齐动员，让他的作品，能像上海浦东的那些摩天楼、北京的“水蒸蛋”（国家大剧院）、“大鸟巢”（国家运动中心）、“大歪椅”（中央电视台新楼，还有另一俗称恕不引用，对库哈斯的这一作品的总体评价另说，这里只强调它的独创性）……一样，进入国人的眼球，成为显著的时代、地域、文化符码。

从建筑评论的角度谈论王澍的作品，我的准备还很不足，但我希望除了一般性的宣传，建筑界应当由此引发出讨论，将以往已经持续进行着的设计创新话题借机深入。

王澍的代表性作品，我知道的有中国美术学院杭州象山校区建筑群、苏州大学文正学院图书馆等。他规划设计的中国美术学院杭州象山校区建筑群，充分体现出他那“向乡村学习”、“轻盈建筑”的理念。你乍看到他的这个作品时，可能会有这样的反应：唔，我知道他都使用了什么样的建筑语言，这种线条让我想到汉司·沙龙的柏林爱乐音乐厅，那个细节让我想到柯布西耶的朗香教堂，那边嘿，有点山西悬空寺栈廊的味道，这里嘿，又严格地在按宋人的《营造法式》行事，那个角度令我揣测是受到西方近来“简约主义”的影响，暮色中的轮廓线又似乎有路易斯·康的孟加拉国会大厦的韵味……但是你真的流连其中，就会忘记了建筑史与晚近的各种流派，你就会觉得王澍所提供的，是他独特的构思。他超越了他必须熟悉的建筑史上的、近年流行的、同行创作的那些范式、新潮，而且，他也并不是在玩所谓“同一空间里不同时间的并置”，那种以拼贴、装饰趣味取胜的“后现代”（无论是在建筑上还是在别的，比如说造型艺术、影视、舞台演出、文学的领域，“后现代”那一套都是最难超越的），他不是将一盘营养大餐展示给我们，而是将那盘大餐自己吃了进去，并充分消化，成为自己灵感的营养，再发挥出来，使我们见到了非他王澍而不成的个性化杰作。这是非常了不起的。

象山校区的建筑上，王澍设计出不少非规整形态的窗洞，数量虽多，气流虽畅，透光效果却会令一些人觉得稍逊一筹，有位访问者就此问到他，他说他是在追求中国传统文化里的“幽明”意境，因为这组建筑是用来培养美术家的，因此，他的这种追求，是恰当的，更是意味深长的。西方建筑越来越彰显的“大放光明”、“宏大叙事”的特点，值得借鉴，但是，中国传统建筑的暖昧性、诗词化，却是万不能因追求所谓“现代化”（“全球一体化”）而抛弃掉的。《红楼梦》里，曹雪芹写大观园的那些文字，实际上是很好的建筑规划设计方案，贾宝玉奉父亲之命，为大观园诸景点题对联，有一联下句是“隔岸花分一脉香”，可以引申联想，虽王澍是靠自己的独创性做出精彩设计，但普利兹克建筑奖颁给王澍，这“隔岸”的喝彩，确实能够让他作品的芬芳成为国人的骄傲；贾宝玉还有一联下句是“幽窗棋罢指犹凉”，王澍常练书法、赏国画，因此能有对“幽明”等意蕴的追求，我想他对大洋那边的颁奖，应有一种胜棋的快感，却绝不会发起热来，他会继续遍体清凉地，投入到新的设计项目中。

2012 年 2 月 28 日　北京温榆斋中

让三束光照亮心灵

读到一本北京大学出版社刚出的《维维的故事》，作者是一位居住在美国的华裔母亲。

谁也不想遇上最困难的事情，特别是作为母亲，发生在自己孩子身上的巨大困难，首先要以母亲的胸怀与臂膊来承受化解。请注意，我没有说那是不幸，只说那是困难。确实如此，被困难吓倒压垮才是不幸，而这本由一位母亲写出的书，她讲述的是第二个女儿落生即显现畸形后，如何将其抚养成人，在承受化解困难中的收获，我们从中分享的不是喘不过气来的悲情与紧张，而是在一步步切实地克服困难过程中的大舒张、大欢愉。

这是一本让我们再一次感悟母爱的书。这样的书以前固然已经有过很多，但新的书写新的阅读总还能令我们心旌摇曳。人类为什么能够绵延？母爱是最本原的活力。当然也有丧失了母爱，以及对母爱麻木的个案，但人类的大多数，是不可能舍弃母爱的。这本书发射出的第一道亮光，就是母爱之光。我很喜欢作者龚晴的叙述方式，她摒弃夸张，拒绝煽情，不重藻饰，尤其是不强迫自己去“升华”出什么“哲理”，她只是娓娓道来，平实冷静，但她以文字抒发着作为母亲的真性情，令读者自然动容，同时自由地去感悟，不同的读者也许被感动、被启发的部分并不一致，但是，通部书所传输的母爱，则如稳稳的烛焰，平静地将光亮铺进读者心怀，这种满足感，相信是每一位展读者都会有的。

毋庸讳言，我们大家现在所置身的世界，似乎是风浪中的巨舟，人类遇到了许多前所未有的挑战，一位年轻人跟我说，他之所以喜欢重金属伴奏的摇滚歌，是因为他必须依恃那种外在的强烈躁动，才能使内心的戾气得到无害的宣泄。他还爱阅读恐怖小说、爱看惊悚电影。对此我都理解。但是，他又告诉我，有的时候，他却又会抛开狂躁的东西，一个人坐在微弱的灯光里，听以最传统的方式演奏演唱的纯古典的《圣母颂》，还有瞎子阿炳传下来的夹杂着许多衍入声的二胡独奏《二泉映月》，那时，他的心灵仿佛被微温的熨斗轻柔地熨过去，常常地，脸颊就接纳了久违的感动的泪滴。我其实与这位年轻朋友一样，会在多种多样的精神食粮中拣食合乎自己口味的东西，有时会是极辛辣的，有时却又会是极清淡的。我不能夸张地将这本书比喻为《圣母颂》或《二泉映月》，但它确实多少含有些那样的韵味，属于我们在这理抹不清的世道上跋涉时，多少能给予我们一些清凉与温馨的文字。

阅读这本书所叙述的维维及其亲人的故事时，还会有另一道光照进我们心灵，那就是社会之爱。这社会之爱是非常具体的，体现于完善的社会保障体系。倘若只有龚晴作为母亲的爱，以及家庭其他成员的相携相助，而没有完善的社会保障体系来支撑，则维维的故事也许会是另一种版本。我们都知道，维维所生活的美国，就社会保障体系来说，比起不少欧洲国家，特别是北欧国家，还存在着差别，有着差距，美国自身的几种社会力量，也正在就社会保障体系这个问题进行着争论，乃至博弈。但仅就维维及其家庭所享受到的社会保障福利而言，则是令中国读者羡慕的。这社会保障体系的理念基础，是人类的人权共识。龚晴的文字里没有意识形态，但却清晰地传递着尊重生命，尤其是尊重有缺陷的生命，这一人类文明的核心价值观。中国大陆的社会自进入改革开放的历史时期以后，毕竟在进步，建立全民共享的社会保障体系，提升公民的社会之爱，已开始达成共识，并艰难地排除阻力，在构建之中。

还有第三束光，那就是书中维维本身所发射的光。这道光叫自爱。自爱不是唯我至上的自恋，不是封闭与自满，其核心意识是不自弃，这是每一个生命必须要有的最基本的信念。不以自己有缺陷而自卑，不以自己有困难而气馁，不以自己显得特殊而自嫌，不以自己遭遇不快而自暴。我们的生命形态也许比维维靓丽完善，但读完此书可以扪心自问：我们的心灵可有她那样自信、坚强、乐观、爽洁？

一本书能发出三道光，很不错了。我还没有见到过作者和维维，但是我与维维的父亲，还有她的祖母，一度过从甚多，因此，阅读这个故事，对我来说就具有更深切的触动。无论怎样的生命，都需要亮光。让我们把相濡以沫，说成相照以光吧。

《红莓与白桦》序

至今记得2007年6月23日，在圣彼得堡享受白夜节的特殊魅力。我和归智兄在著名的涅瓦大街一家咖啡馆聚齐，那时他在圣彼得堡大学任教，我只是短期访问，异国相见，说不出的新鲜与欣喜。咖啡馆外大街上涌着汪汪人流，都朝一个方向——冬宫广场，那里有白夜节的演出和狂欢活动，我们从玻璃窗望出去，情绪也受到感染，觉得那真是奇妙的一天。我跟归智兄说起在圣彼得堡已经游过哪些地方，他提醒我，有一处不应错过，就是普希金决斗处。我说已经跟俄罗斯方面人士提出，但那为我们开车的司机却说并未去过那地方，不好找，归智兄就强调无论如何还是要去一下。第二天我和同去访问的朋友向接待方提出，他们也就带我们去了，那确实是一个比较偏僻的小景点，不过非常值得一游，在那里我感慨万端，普希金就在那个地方，结束了他仅仅38岁的生命。后来我又去探访了陀思妥耶夫斯基的故居，那也是一般游客很少关注，而归智兄鼓励我一定要去看的。举出这两个例子，就可见归智兄对俄罗斯文化的寻幽探胜，绝非一般泛泛的游客可比。我只不过去了十来天，回国后也很写了些游记。归智兄在那边待了两年，又利用假期作了更广泛深入的游览，以优美细腻的文笔，写出这本游记，实非一般介绍风土人情的游记可比，有丰富的知识，有纵深的探寻，如歌如诗，如曲如画，值得细品。

2011 年 3 月 1 日

赏唐朝人书法作品

几年前从邻近的居民楼里传来学拉提琴的声音，吱吱哑哑，比那装修时用冲击钻凿线槽还刺耳锥心，我不过是心里埋怨，有那不能忍受者就反映到物业，要求他们以管理者身份进行干预。后来那噪音终于消隐，据说是那家人自己安装了双层隔音玻璃。渐渐地我也就把这事淡忘了。前些天傍晚开窗透气，坐到阳台摇椅上养神，忽然有极优美的琴音沁入，断定是哪家的音响里传出的大师之奏，恰好物业上门来代收水费，顺便跟他们说听这音乐多么曼妙，物业上门的女士笑了："不是放音响，就是那年大家最烦的那家，人家闺女如今就要举办独奏演出啦！演出结束，就去国外留学，听说收她的那位教授，听了她寄去的录音赞赏得不行，为她争取到了最高级别的奖学金！"可能是我诧讶的表情令她误会，她忙说："是不是又扰民了？等会儿我过去劝她还是关上窗户吧。"我摆手："哪里，我是没想到，她进步这么快！"她笑道："也许再过几年，她出了光盘，咱们楼盘里的人，好多都会买张来听哩！"

我坐回摇椅，继续聆听琴音，感慨良多。拉琴有个由刺耳——顺耳——悦耳——润心——沐魂的攀登进程，其他各门艺术何尝不是如此？拿书法来说，大体也会是顺难看——将就——还好——精彩——独特的进程而腾跃。

我不知道朝人兄是什么时候开始练习书法的，他将其书法作品展示于我时，已经是独具风格了。

朝人兄的书法作品，评论已经极多，可谓好评如潮，论者多以内行语言夸赞，我是外行，不敢擅用那些专业用语与古典形容词，但外行来欣赏，也未必全是凑热闹，我愿为朝人兄的书法精品写几句，确实是因为，我从他的书法作品里，获得了心里极舒服而嘴里道不明的审美愉悦。

好的艺术作品，总能使欣赏者产生通感，比如听古琴演奏仿佛看到《富春山居图》，面对油画仿佛听到交响乐，赏一幅风光摄影仿佛读到一首田园诗，看一部电影觉得摄影效果酷似印象派绘画，看京剧从旦角水袖舞动仿佛见到彩蝶纷飞，读一首诗又仿佛看到天上云朵池中莲花，读一篇小说则仿佛行走在长长古巷耳边有叫卖杏花的声音，听大鼓书仿佛在攀登十三级玲珑宝塔，听摇滚观踢踏舞又仿佛在瀑布下任水流泼溅……依愚见，不管什么门类的艺术作品，倘若受众在接受过程中无一人产生出通感，则必定是失败的。

我观朝人兄书法，最大的乐趣就是产生出浓酽的通感，也并非觉得见到了龙飞凤舞，他的草书是独特的，我的感受也完全属于个案。我会觉得是从山顶俯瞰无际的麦田，成熟的麦子如金色的海浪在不停歇地起伏荡漾；我会觉得是在穿越一条长长的隧道，忽明忽暗，令我忽悲忽喜，正心存疑惑，顿时冲出隧道口，大放光明，以至我不得不闭上眼睛，去消化满心的欢喜；我会觉得是在观看一部略嫌晦涩却充满哲理意味的高级文艺片，似不在情理之中，更非意料之外，我全懂得，可充知音；我会觉得是出昆乱杂呈的冷僻折子戏，旦角是程腔，幽咽婉转，九曲回肠，在台上水袖翻飞、腾跃扑跌，一种悲怆情绪袭上心头，却又仿佛听到柴可夫斯基第六交响乐第四乐章的高潮乐段……

朝人兄的书法境界，难说已经极顶，他会继续攀登，而留给我欣赏时的通感之乐，也更可期待。

2011 年 6 月 13 日

送枝玫瑰给自己

编辑约稿，让写自己最近的枕边书，反正编辑读者也无法查证，大可说本其实并不在枕边的书来应付，但我想还是实话实说的好。最近我枕边放的，是自己写的长篇小说《四牌楼》，每晚读一点，心旌摇曳，牵动出的那份情感，确实超过旧友重逢，酷似情人相会。

我应该不算是个自恋的人。勾引出将《四牌楼》从书架上取出，放到枕边的缘由，是我的一位年轻朋友，从新浪微博上为我搜索到一批涉及我的“围脖”，其中大多数是有关我的《红楼梦》揭秘和续书的，但也有一些谈及我其他作品的，其中谈到《钟鼓楼》的占比例较大，这些写微博的人士虽然大都穿着“马甲”，但从“考完试啦”、“寒假期间”、“趁宝宝睡着”、“送老爸老妈”等语句不难判断，大概是些80后、90后的人士，他们最初只知道我是“那个在《百家讲坛》讲《红楼梦》的老头”，后来有的就发现，我还写小说、散文随笔和建筑评论，出于好奇，找我的小说看，《钟鼓楼》因为1985年获得过茅盾文学奖，比较好找，结果发现那小说还挺好看的，我自己也没有想到，人民文学出版社2011年底跟我结算《钟鼓楼》的版税，一年之内，从第13次印刷增至第17次印刷，一本26年前初版的长篇小说，销售势头竟然还如此看好。这当然令我欣慰。但更高兴的是，见到若干条提及我的长篇小说《四牌楼》的，其中一条这样说："一直打心里不服气刘心武，写的都是些什么啊。不过看过了《四牌楼》，我服了。因为你感受过的值得一个作家的封号。真心服了，呵呵。"对于我来说，不认识的人里，自发读者里，能有一个这样的知音，我的这部长篇，也算没有白写！于是将《四牌楼》放到枕边，自己重读。

《四牌楼》是我1993年写成出版的，由上海文艺出版社首印，并获得过上海优秀长篇小说奖，他们印刷过三回，1994年台湾幼狮文化事业公司出了繁体字版，2005年其中一章以独立形式作为小长篇《蓝夜叉》在法国翻译出版，2006年东方出版社将它和前面的《钟鼓楼》、后面的《栖凤楼》一起作为"三楼系列"收在"刘心武精品集"中出版，2009年作家出版社又推出了一个新版本，按说累计起来也印得不算少，但在广大读者中，影响至今有限。而我自己，却认为《四牌楼》是我已出版过的作品里最好的。

我爱《四牌楼》。敝帚自珍。它是我在人生大坎坷、大苦闷中酿出的一杯醇酒。它集中体现了我那时正式形成的大悲悯情怀。生之艰辛，爱之悲欣，人际诡谲，人性深奥，我通过一个家族的几代成员及其亲友在20世纪中的浮沉，以我、你、他三种人称交叉书写，忧伤而沉静。我之研究《红楼梦》，其实最大的初衷，就是向曹雪芹"偷艺"，以形成《四牌楼》的文本。这些天我把《四牌楼》放在枕边，重读，思考，酝酿着我新的长篇小说。我送枝玫瑰给自己，祝步入70岁的我，仍有创新的勇气与能力！

谈《飘窗》及自己的写作历程

我的长篇小说《飘窗》2014 年 5 月出版以后，颇受读者欢迎。总有人问我：你这些年不是在研究《红楼梦》吗？怎么又写起长篇小说来了？其实我研究《红楼梦》的目的，恰是为了向母语经典学习，在生活素材积累得比较丰厚时，来写长篇小说。写长篇小说，进入技术层面的时候，我觉得讲故事、设置悬念还是很重要的。我在《百家讲坛》讲《红楼梦》时尝到些甜头。《百家讲坛》的栏目组曾把红学会的专家几乎全都请来讲《红楼梦》，播出并且制作光盘。根据央视索福瑞的统计，节目收视率不高，有的几乎为零，不是他们没有学问——讲得都很认真，只是那种讲法只适合大学课堂或学术会议，不能引起电视观众的兴趣。我是很偶然走进《百家讲坛》的，考虑到要面对的也许是不耐烦的、没有知识准备的观众，我必须首先激起他们的兴趣，因此在设计的时候就注意设置悬念，开头十三讲就是揭秘秦可卿，收视率很快就上去了。我的相关书籍也有这样的特点，让读者就像读丹·布朗的推理小说一样，产生兴趣。一般民众，特别是年轻人，原来可能读不了《红楼梦》，我的讲红只是一家之言，目的并不是要求听众都来认同我的观点，但我激发出他们对《红楼梦》的兴趣。因此，在推广《红楼梦》，促使一般民众特别是年轻人去找《红楼梦》来读这方面，我确实是做了有益的工作。

讲《红楼梦》时采取激活受众兴趣的叙述策略，现在自己写小说，更应该发挥这个长处。在《飘窗》里，我有意识地设置悬念，大悬念里套小悬念。每个出场人物都有他的故事，每个故事都有枝杈。过去我写的小说情节性也强，不是单纯的文本技巧展示，不是拼接、变形。我写的是现实主义的文本，这种文本在20世纪80年代后逐渐衰退，受马尔克斯等外国作家作品影响，很多小说创作是从想象出发。这种写法也好，很奇诡，使50年代的一批作家取得巨大成功。但这种文本不提供人物画廊，只是以文本的颠覆、以意念的想象完成创作。后来是后现代主义，靠拼贴，时空迅速转换。这种文本我也欣赏，读了也拍案叫绝：亏他想得出来！

但我写小说还是写实主义的路数。写实主义有两个特点，一是用最笨的办法——过去叫深入生活；二是要提供丰富的人物画廊，要接触人，要有素材，要有人物库和生活细节库、语言素材库，不能完全靠想象，这是一度被人嘲笑的写法。我从那个时代过来，一直钟情这种写法。现在有些作家的素材来自阅读，更多来自想象。

我是20世纪40年代出生的，我尝试写作的时候，拉美魔幻文学还没产生，我受写实主义影响比较深。中国古典四大名著里也有魔幻的成分，总体上还是写实的。我青年时代对引进的作品也是欣喜若狂，外国文学读了很多，巴尔扎克、狄更斯、托尔斯泰、契诃夫等写实主义的作品对我影响很大。我的阅读史和写作史跟50年代出生的作家都不一样。他们是纯洁的写作史，从改革开放后才开始写作。

我 1958 年发表第一篇文章，在“文革”前我陆续发表过约 70 篇小文章。“文革”刚结束时，被打倒的老作家还没解放出来，划“右”的作家还没改正，知青作家还在为返城而努力，那时我是出版社的编辑，能够写作，就写出了《班主任》。其实“文革”后期我就开始发表作品并出版了《睁大你的眼睛》那样单本的书。

《飘窗》是写实的作品。书中人物的名字像《红楼梦》一样，也有很多隐喻。为人物取名我掌握两个原则：一是生活化，非常真实，尽量不重样；二是多少有些寓意。比如薛去疾坎坷一生，老想把这些“疾”去掉。我的人物库分为几类，一类是深入接触的，像卖水果的顺顺，我去过人物原型和他的朋友们租的房子，也吃过他们做的蒸包，这是比较深入的交往，了解他们的生命前史和现在的生存困境；一类是观察，小说中的报告文学作家、台商、回国经商的华人，也都是有原型的，所有这些原型不可能直接挪用到小说中来，会有变化；一类是比较难以真正深入了解的，像麻爷，写的时候想象的成分多一些。小说囊括了社会众生相，包括退休工程师、歌厅小姐、保镖、票贩子、论文枪手、黑社会成员、极“左”分子、海归创业青年……有评论说这是一部特别接地气的作品，包罗社会万象。这部作品篇幅不大，但是动用了我二十来年的生活积累。

我的写作，扎扎实实接触人，接触生活，过去的写实主义作家都是这么做的。80 年代初我是北京文联的作家，那时的专业作家队伍充满名家，老前辈有萧军、骆宾基、端木蕻良、雷加、阮章竞、管桦等，解放后成名的一批作家有杨沫、浩然等。这些资深作家都主张深入生活。他们对我有一定的影响和感染。骆宾基就说，即使是写一个山区收购站，那人物都得有原型，提及的山区药材都要有根有据。当然从生活到艺术有升华，不能对号入座。有人说《青春之歌》里的余永泽就是张中行，这是调侃的说法。

但是现实主义流派后来遇到了困境：一是干预生活、干预现实，这就变得敏感；二是改革开放以后，年轻人的写作就像有“疯狗”（即现代派）追着，不是现代派就被视为落伍。当然作家“疯跑”也“跑”出了很好的文本，也有的被世界公认。近 30 年过去了，我认为现实主义写法到了该“激活”的时候。

我认为现实主义的回归恰逢其时。讲完《红楼梦》之后，有很多年轻的读者追着读我的作品。我的助手从网上把看到的贴吧里的帖子以及涉及我的微博，下载给我看，从评论的语气可以看出，有相当多的 80 后、90 后读者。“耶，刘心武原来是老头耶，还写小说耶！”他们就查到我有“三楼系列”（《钟鼓楼》《四牌楼》《栖凤楼》），读完评价说写得好看，尤其是《钟鼓楼》。

我觉得《飘窗》是激活写实主义的一次尝试。我不是故步自封。写《钟鼓楼》时已经和杨沫他们那样的线性叙述不一样了，是橘瓣式的结构，在文本上，我有一些自己的巧思，开始注重悬念。《飘窗》是强悬念的文本，有新的元素，语言上追求海明威式的简洁。我不搞语言瀑布，不造文字摩天楼，有时完全用对话推进情节，也不回避性的因素，这在以往的现实主义中一度是禁忌。我有突破意图。不是无形中一不小心的突破，而是构造文本时主观的突破。

《飘窗》写得非常愉快，没有任何写不下去的苦恼。我的心智健全，只是年龄大了，有做体力活的感觉。过去一天写一万字，现在一天几百字，有疲劳感。这也是控制文本字数的一个原因。

我觉得这部小说的深刻性在于，解构了庙堂和江湖二元对立的思维。江湖也不是我们想象中那么纯洁美好。看完之后读者会想，薛去疾这个“疾”究竟去没去？作品中最让人绝望的，是薛去疾对麻爷的一跪。这一跪，使庞奇的崇拜彻底被粉碎，动摇了信仰或信念……有记者问我：这里的绝望，是不是也是您的绝望？庞奇最后要杀死薛去疾，是否别有寓意？作为叙述者，我要提醒读者，不能从大概念理解人物——每个角色都是独特的“这一个”。庞奇本来是和文化隔阂的，薛去疾对他有启蒙影响，而且是西方古典的人文思想的影响。但是小说最后，庞奇要杀薛去疾。这是启蒙的困境，更是启蒙的悲剧。我的作品不是否定这些，而是体现这些。

《飘窗》整个文本，采取《红楼梦》的写法，所谓地域邦国朝代纪年皆失落无考，小说中一概没有具体的年代，但能感觉到是当代故事。叙述者本身有意不凸显年代标记。二是几乎没有真实的地名出现，就是大都会。

我是写小说的人，不搞政治。无非是小说叙述文本大胆——也不是胆大胆小的问题，我就是观察者、叙述者，是讲故事的人。所谓“大胆”，是驾驭的时候没有犹豫，只是中性叙述。我对夏家骏有些调侃，何司令是好人坏人，我在叙述中没有任何否定，没有讥讽。我是中性叙述，没有引导读者。我希望大家读了以后体味一些东西，体味多少算多少。可以有不同的解读。我要表现的，是每个人都有困境，我在写各种不同的生命的生存困境；以探索人性的文本，写人性的复杂和脆弱，这是很具有悲剧性的。我以为这才是文学的功能。有一种观念认为，所有人都应该投入政治，作家应该是公知，这种期望我能理解，但是不能勉强。

《飘窗》之前，我最后一部写实的长篇小说是《栖凤楼》，近

20年了。我从1959年写小小说，发表在《北京晚报》“五色土”副刊，现在也还经常写一些小小说，在《新民晚报》“夜光杯”发表，有的还被收入课本。2012年天津地区的高考语文题是我的小小说《掐辫子》，占了20分，我试着做了一下，得不到满分。现在考学生很大程度上是考察思维方式是否敏锐。

写小小说是一种享受。我很珍爱这种享受，每年写几篇，都取自真实的素材。有人觉得，写这些成不了文豪。有亲友很真诚地劝我，到晚年了，再多出几个大部头多好。

写作是一种享受，我的人生目标不定位于文豪。我是一个边缘化的人，中心意识非常淡薄。我给自己的定位非常准确，我现在就是一个退休金领取者。我没有什么焦虑，没有创作任务。这么多年不写也没关系。我目前也不是专业作家，写作变得纯粹，成为生命的乐趣，使我能获得有尊严的生活。我从小喜欢写作，一路写来，有过坎坷，但坚持下来了，我为自己高兴。2012年江苏人民出版社出版了《刘心武文存》，共40卷一千万字，从1958年第一篇文章收到2010年底，2012年我又出了《人生有信》，2013年出了《空间感》。

我经常会回过头来看自己的作品，像看自己孩子似的，很亲切，不是为了修订或挑毛病。当然，我在《钟鼓楼》里发现过错字，再版时改掉。

《钟鼓楼》是我的第一部长篇。1980年中国作协召开长篇小说座谈会，茅盾说，我们新的中短篇都有了，文化要发展，要尝试长篇创作。他问：“刘心武来了吗？”我站起来，茅盾对我微笑着点点头。他鼓励我写长篇，对我来说是很大的激励。后来他宣布拿出全部稿费设立基金。我想，我一定要争取得到茅盾文学奖。

我是从北京出版社出来的，《钟鼓楼》完成后，自然要给北京出版社的《十月》先发，这是不消说的。一个副主编说，因为刊物提前组稿，排满了，只能 1984 年最后一期发上半部，1985 年第一期发下半部。这样就错过了评茅奖的时间。我找了《当代》杂志的章仲锷，他答应撤掉当期的小说，马上安排在 1984 年内全部刊出。结果第二年评第二届茅盾文学奖，我就评上了。

茅盾对《班主任》特别肯定，亲自给我颁奖；《钟鼓楼》获茅奖后，是在北京国际俱乐部举行的颁奖仪式，茅盾那时已经去世。获得茅盾文学奖是很大的荣耀，名利双收。更重要的是，茅盾和我四目相对给过我激励。

第二届茅奖，第一名是李准的《黄河东流去》，第二名是张洁的《沉重的翅膀》，第三名是《钟鼓楼》。李准全票，张洁少一票，我少两票。结果颁奖的时候，李准病了，张洁有个人的事情，只有我一个人出席。这是一场别开生面的茅奖颁奖。

那年因为北京市有两个作家获茅奖，颁奖的时候，当时北京市分管文教的副市长陈昊苏上台讲话，他手里拿着一份《文摘报》，上面刚摘了我的《公共汽车咏叹调》，他很兴奋地说个没完，并且念起了《公共汽车咏叹调》。

《钟鼓楼》是在什么情况下写出来的呢？80 年代初，北京市文联要作家报深入生活的计划。我报了去隆福寺商场体验生活。有人批评，说老作家还去农村深入生活，为什么刘心武不去？王蒙当时是北京文联作协副主席，王蒙说农村需要有人写，城市生活也要有人去写。后来我写出了《钟鼓楼》，素材大都来自那儿的采访。我的兴奋点在市民生活这块。我没有在农村长期生活过，农村题材跟我的生命体验难以衔接。这部作品为北京风情作了记录，传达了来自底层的温暖，表达了人性善美的一面。

我非常后悔，那时由于非常羞涩，没有去拜访茅公。茅盾是

杭州西湖，美景涤心。

一位严格的写实主义作家。他甚至认为非写实主义是不对的。茅盾倡导革命现实主义，他有一本书《夜读偶记》，梳理文学史的脉络，认为是写实和非写实的斗争。

上《百家讲坛》、出《刘心武揭秘〈红楼梦〉》的书，带来很多争议。尤其是续写红楼。揭秘《红楼梦》就引起浪头了，但喜欢的很多。续书说好的不多，彻底否定的不少。我很坦然，我做了一件我喜欢的事，销售也很成功。梅耶荷德（苏联的一位戏剧家）的定律就是，所有人说你好是彻底失败，所有人说你坏那你可能还有些自己的特点，如果有的人非常喜欢，而另一些人恨不得把你撕成两半，那就是真正的成功，我的解读《红楼梦》就符合这个定律。

我还从事建筑评论的写作。王明贤主持中国十大地标的评选，邀我做评委，我接受了。我出版过《我眼中的建筑和环境》（中国建筑工业出版社）、《材质之美》（中国建材工业出版社），我的评论能从城市规划、设计风格一直谈到建筑材料的问题。当年我曾和高中同学马国馨一块画水彩，他后来顺利考上清华大学建筑系，成为吴良镛的学生，现在是中国工程院院士。

我的写作开始得很早。16 岁时，我在雪片般的退稿信中，终于发现一张用稿通知单。这一年，我的一篇文章在《读书》杂志刊登了，题目是“谈《第四十一》”。很快接到编辑部来信，大意是大文刊出，表示感谢。他们以为我是老学究，没想到是一个高中生。但是我的写作走过弯路，直到发表《班主任》，才算摸上正道。

总有人问我：《班主任》还有生命力吗？我认为，作品生命力是指有一代代读者来读。我的作品发表，一开始是同年代人读，有的现在还在源源不断印下去。《班主任》是我的成名作。《剑桥中国史》从先秦一直写到“文革”结束，写到改革开放，关于我的内容有一页半，其中包括《班主任》《我爱每一片绿叶》。也有一些中国人或外国人写史，对《班主任》不以为然，放在次要位置，或忽略不计，我无所谓。

《班主任》的深刻在于，“文革”切断了和四种文化的联系：中国古典文化、中国现代文学、当代文学、外国文学。打蛇打七寸。“四人帮”搞文化专制的罪恶就在于此。《班主任》力图重新把这四种文化接续下去，让年轻一代有健全的文化生活。茅盾喜欢我不是偶然的，他看出了《班主任》在那样一个历史阶段的特殊意义。很多人认为伤痕文学就是哭哭啼啼，其实《班主任》里没有眼泪，获取了最大公约数。

《飘窗》也试图“打七寸”，引发读者对当下世界无处不在的资本力量，以及资本与人性互动的思考，但不够厚重。我是有能力厚重的，但没有刻意去厚重。

《班主任》得到了那时主流批评家的一致肯定，但是我的第一个中篇《如意》却并不“如意”。后来我从《我爱每一片绿叶》《如意》《立体交叉桥》转移了文学的落点。《班主任》的诉求我还在坚持，但那种写法需要改进。那以后我就确认文学是写人性的，要展示人的生存困境，弘扬人道主义。没有任何事情可以使我停笔。我所舍弃的都是可有可无的，一些名分、待遇与我无关，关键是不可剥夺我写作、发表的权利。

我不存在没东西可写的问题。我只是觉得，力气没那么大了，写不动了，有这种惶恐。我的心态好，基本达到与世无争。我继续“种四棵树”，即坚持小说、散文随笔、建筑评论、《红楼梦》

研究的写作。我的长篇小说大体都是常销书，揭秘《红楼梦》的系列作品则成为畅销书。我被市场认可，这是多大的乐子！我去复旦大学讲课，二三百人的厅坐满了，还有人挤在门边站着听。我有这自信：我的生命价值，不用头衔什么的来证明。这也是我长期埋头创作积累出的效果。

（此文根据《中华读书报》记者舒晋瑜的采访记录修订而成）

远去的风琴声

1950年冬，我随父母从四川迁来北京，插班上学成为一个问题，住家附近的公立学校插不进去，只好先上私立小学，先上的那所私立小学就在我们住的胡同里，但是它因陋就简，竟然连风琴也没有。我上学的事情由母亲操办，她经过一番努力，终于把我送进了公立的隆福寺小学，那小学离我家稍远，母亲带我去报到那天，刚进校门，就听见音乐教室里传出风琴的声音，母亲颔首微笑，她认为风琴伴着童声齐唱的地方，才是正经的小学。

这里所说的风琴，不是手风琴、口琴，当然更不是管风琴，而是指那种立式的踩踏板用手指按琴键发出音响的管簧乐器，它外形跟钢琴很相似，但钢琴是键盘乐器，虽然也有小踏板，弹奏时是要用手指敲击琴键，发声原理不同，乐感也不同。

那时候学生还不称教课的为老师，而是称先生。有天放学我就随口说起："'小嘴先生'教我们唱《二月里来》啦!"我觉得那首歌很好听："二月里来好风光，家家户户种田忙，只盼着今年收成好，多打些五谷交公粮……"我在城市里长大，想象不出"种田忙"是什么景象，更不懂什么是"交公粮"，正想跟妈妈问个明白，妈妈却先批评我："不许给先生取外号!"我就辩解："又不是我给取的！同学们背地里都这么叫她，她嘴巴就是特别小嘛!”妈妈说:“我记得她姓因,你就该当面背地都叫她因先生!”我就笑了:“咦吧!妈妈,你也咬不准人家那个姓啊!她姓英,不姓因!”我们四川人,分不清韵母 in 和 ing,一般都只发 in 的音,另外,也分不清声母 l 和 n,一般只发 l 的音。母亲虽然早年曾在北京生活过,但毕竟母语是四川话,我们全家到北京以后在家里也是讲四川话,这就使得我们的普通话虽然都讲得不错,但一遇到有这两个韵母和声母的字眼,还是难免露怯。

“小嘴先生”,现在回忆起来,是一个美丽的女子,她的嘴,是名副其实的樱桃小口,有趣的是她偏会唱歌,唱的时候小嘴张得圆圆的,声音非常嘹亮。她总是踏着踏板按着风琴教我们唱歌,时时扭过头来望望我们,这时我就特别注意到,她那张小嘴真的很厉害,发出的声音往往会压倒全班同学的合唱。

她有时候会让某个学生站起来独唱,不一定是把整首歌唱全,多半会让你唱几个音节,通过纠正你的唱法,来教会大家把歌唱好。上到六年级的时候,有次她就点我的名,让我唱《快乐的节日》。那首歌第一句是“小鸟在前面带路,风啊吹着我们”。我站起来,闭紧嘴,就是不唱。“小嘴先生”就问:“你为什么不唱啊?”我说:“要唱我就唱《我们的田野》。”“小嘴先生”更惊讶:“那又为什么呢?”有个同学就故意学舌:“小了在前面带路!”他就知道我发不好“鸟”的音。“小嘴先生”明白了,微笑地看着我,对我说:“不要慌。不要怕。要敢张口。要敢咬字。对了,老早我就教过你,叫我英先生,不要叫我因先生,跟着我说:(她吐字用力而且很慢)因为,英雄,印刷,影子……这次,再跟我说:小鸟,了解,列宁,树林……”我心里抗拒,咬嘴唇,一些同学看“小嘴先生”很尴尬,忍不住笑了,“小嘴先生”却一点不生我的气,对我说:“好的,刘心武同学,欢迎你唱《我们的田野》!”《我们的田野》那首歌的歌词:“我们的田野,美丽的田野,碧绿的河水,流过无边的稻田,无边的稻田,好像起伏的海面……”直到后面才有一句里出现“雄鹰”,绝少 in、ing 和 l、n 的困扰,我就唱得格外舒畅,唱到第三句后,“小嘴先生”就去按风琴伴奏,后来又示意同学们一起合唱,唱完了,她对大家说:“今天刘心武唱得真好,我们都为他鼓掌吧!”同学们就鼓起掌来,有几个男生还故意在大家的掌声结束后,再拍响几声。《我们的田野》成为那时段我最喜欢的歌曲。

1984 年,那时我已经成为一个作家,应邀到联邦德国(西德)访问,我带去了根据自己同名小说改编拍摄的电影《如意》的录影带,我所参加的那个活动允许我另带一部中国电影放映给大家看,我毫不犹豫地从电影局借出了谢飞导演的《我们的田野》,那是部表现中国“知青”命运的电影,以我们童年时代熟悉的歌曲《我们的田野》的旋律贯穿始终。我所带去的两部电影录影带投影放映时,观众不多,但映后反响都不俗。就在放映《我们的田野》的过程里,我忽然忆起了忘记很久的“小嘴先生”,耳边响起她循循善诱的声音——“跟着我说:因为,英雄,印刷,影子……再跟我说:小鸟,了解,列宁,树林……”在异国他乡,那幻听勾起我浓酽的乡愁。

直到 20 世纪 80 年代,小学校象征之一,仍是风琴伴奏下童声齐唱的音韵。1985 年我回四川,在一个翠竹掩映的山村留宿了一夜,那个村落在丘陵最高处,村屋大多以石头做础、竹墙糊泥刷粉、茅草做顶,室内就是泥土地面,床边桌下会拱出竹笋,看上去很美,但城里人多住几日就会感到不舒服。我是借住在乡村小学的那排房子里,跟一位什么都教的山村教师同室而眠。那一夜我睡不踏实,是因为不适应,他却为什么也辗转反侧、失眠许